アウステルリッツ

W・G・ゼーバルト
鈴木仁子 訳

白水社

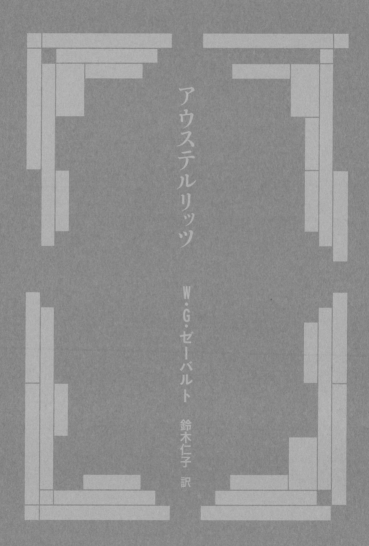

[改訳] アウステルリッツ

AUSTERLITZ

六〇年代の後半、なかばは研究の目的で、なかばは私自身判然とした理由のつかぬまま、イギリスからベルギーへの旅をくり返したことがある。一日か二日のこともあれば、数週間にわたることもあったが、いつも遠いはるかな異郷へいざなわれる心地になったそのベルギー旅行のうち、ある輝くような初夏の一日に私が訪れたのは、それまで名前しか知らなかった都市アントワープであった。一風変わった尖塔を両端に飾った高架橋を渡り、列車が暗い駅舎ホールにゆるやかに滑りこんで到着したとたん、私はなんともいえぬ気分の悪さに襲われ、当時のベルギー滞在を通じて、その悪心《おしん》に最後までつきまとわれた。今でも、ひどくおぼつかない足取りで市内を闇雲に歩きまわったことを憶えている。エルサレム通り、小夜啼鳥《ナハテハール》通り、伽藍鳥《ペリカン》通り、極楽《パラデイス》通り、とこしえの魂《インマージール》通り、大小のさまざまな通りを経めぐって、頭痛と不吉な思いに苛まれながら、最後にアストリッド広場わきの、中央駅に隣接する動物園に逃げ場をもとめた。あでやかな羽色の花鶏《あとり》や真鶸《まひわ》が無数に飛びかう禽舎《きんしゃ》のわきにあった薄暗がりのベンチに腰を下ろして、私はいくらか気分が回復するのを待った。そして午後の陽もすでに傾いてから園内を歩き、しまいに数ヶ月前に開館したばかりの夜行獣館をのぞいたのだった。眼が人工の仄暗さに慣れるまでにかなりの時がたったが、やがてガラスの向こうに、どんよりした月明かりに照らされて陰鬱な生を送るさまざまな動物たちを見分けられるようになった。今はもう、あ

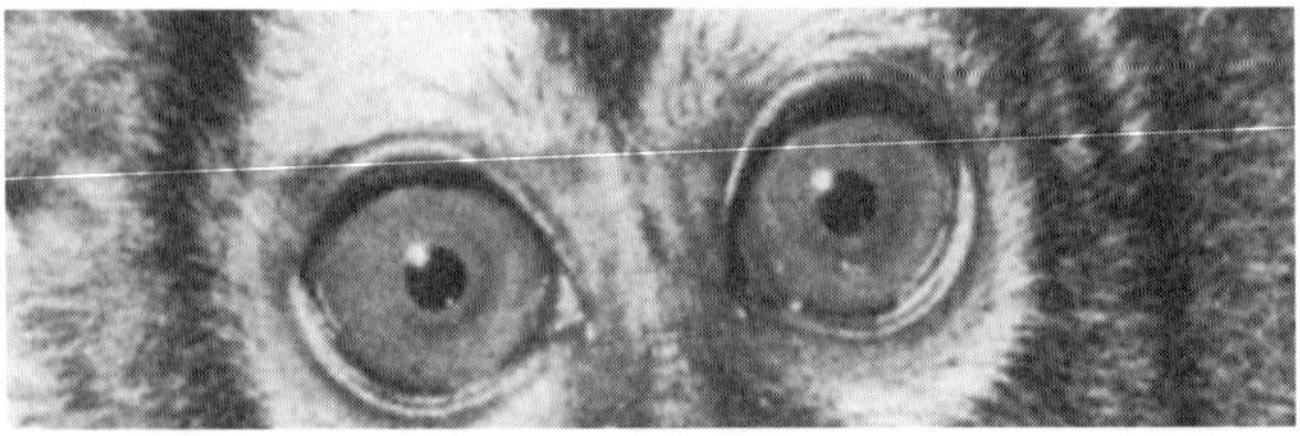

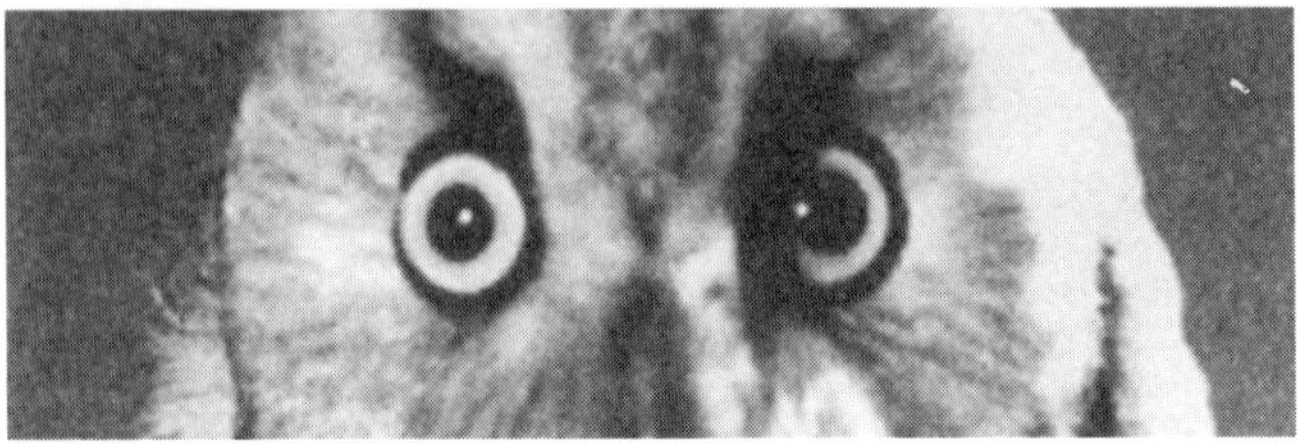

のアントワープの夜行獣館でどんな動物を見たのか、はっきりと思い出せない。おそらくはエジプトかゴビ砂漠あたりの蝙蝠や跳び鼠、ヨーロッパの針鼠や木菟《みみずく》や梟《ふくろう》、オーストラリアの袋鼠や松貂《まってん》、山鼠《やまね》、原猿類などだったのだろう、それらは枝から枝へ飛び移り、灰黄色の砂地を敏捷に走り去り、あるいは一瞬のうちに竹藪の中に姿を消していった。今くっきりと脳裡に灼きついているのは、一匹の洗い熊の姿だけだ。私はその洗い熊を長いあいだ見つめていた。真剣な面持ちで小さな川のほとりに蹲《うずくま》り、くり返しくり返し一切れの林檎を洗う。そうやって常軌を逸して一心に洗いつづけることで、いわばおのれの意志とは無関係に引きずりこまれた、このまやかしの間違《ファルシュ》った世界から逃げ出せるとでも思っているかのようだった。そのほか夜行獣館の動物については、何匹かがはっとするほど大きな眼をし、射るような眼差しを投げていたことだけが記憶にとどまっている。その眼差しは限られた画家や哲学者たちの、ひたすら眼を凝らし、ひたすら考えること

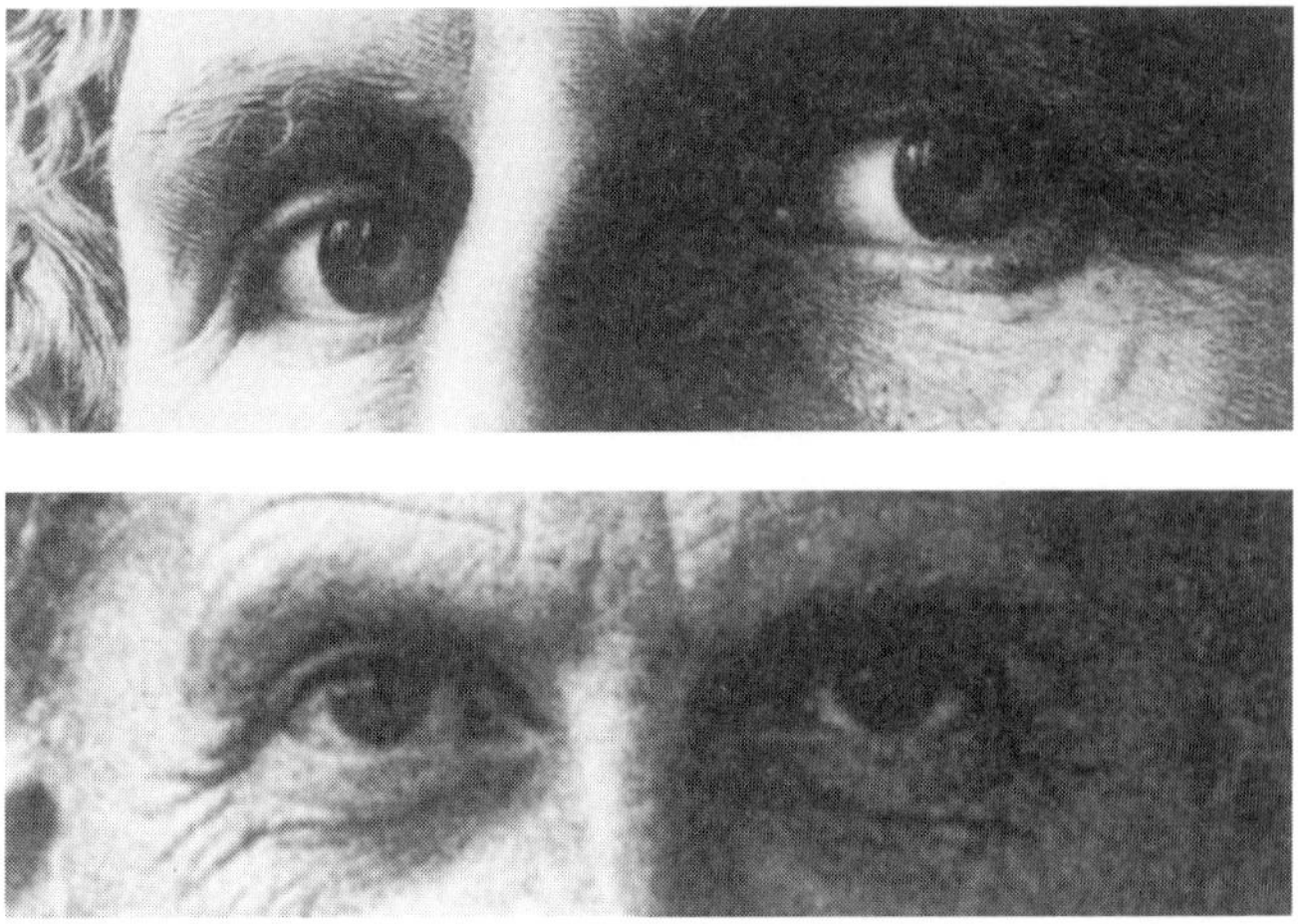

によって、周囲を取り巻く闇を透かし見ようとする眼差しと同じものであった。もうひとつ脳裡をよぎったのは、観客が去って園が閉まったあと、本当の夜がはじまりをつげたときに、この夜行獣館の住民のために電燈は灯されるのだろうか、それならこのさかしまの小宇宙にも昼が来て、彼らもいくらかなれ心穏やかに眠りにつけるだろうに、ということだったと思う。——この夜行獣館の館内の心象は、歳をふるうちに記憶の中でアントワープ中央駅の〈失われた歩みの間《サル・デ・パ・ペルデュ》〉（コンコースなどのホールのこと）と呼ばれる広い待合室の心象と交じってしまっている。いま待合室を脳裡に浮かべようとするとたちまち夜行獣館が見えてくるし、夜行獣館のことを考えると、待合室が彷彿とするのだ。それはおそらくあの日の午後、動物園を出たその足で駅に向かったせいなのだろうし、あるいは、駅前広場につかの間たたずんで、朝着いたときはぼんやりとしか眼に入らなかった駅舎の幻想的なファサードを仰ぎ見ていたせいなのかもしれない。しかしいま目の当たりにしてみると、国

王レオポルド二世のお声掛かりで造られた建物は、たんなる実用性をはるかに通り越していた。緑青にびっしりと覆われた黒人少年の像を、私は感慨を覚えつつ眺めやった。少年は連れの駱駝とともに、アフリカ大陸の動物と土着民の世界を記念する碑《いしぶみ》として、ファサードから張り出した左側の塔上にただひとり、フランドルの空を背に一世紀にわたって立ちつづけているのだった。高さ六十メートルの天蓋《ドーム》を戴く中央駅ホールに踏み入ったときには、動物園を訪れたうえに駱駝の像を見たからだろうか、まっさきにこんなことが頭をよぎった。この豪著な、しかし当時は落魄の著しかったホールには、ライオンや豹の檻、鮫や大王烏賊や鰐の水槽が大理石の壁龕《へきがん》に嵌めこまれているにちがいない、その逆に動物園には小さな列車が走っていて、それに乗ればいわば地球の隅々まで行くことができるのだから、と。アントワープでいわばひとりでに湧き上がったそのような想念のためだろう、私の知るかぎり現在は社員食堂になっている待合室が、私にはいまひとつの夜行獣館のように思われたのだった。ふたつの光景が重なり溶けあったのには、むろん、待合室に入ったちょうどそのときに、打ちつづく家並みの彼方に夕陽が落ちていったこともあずかっていただろう。正面の窓に向かって並ぶ半曇りの巨大な壁鏡の列はまばゆい金銀の残照をまだ留め、待合室は冥界じみた薄闇に包まれていた。旅行客がぽつりぽつり、おたがいにひどく離れたまま、身じろぎもせず黙りこくって座っていた。ちっぽけなフェネック狐、跳び兎、ハムスターと、夜行獣館の動物におやと思うほど体の矮《ちい》さい種が目についたように、この旅行客たちも、私にはなにかしら小さく縮んでいるように思われた。それは並みはずれて高い天井のゆえだったのか、あるいは深まりゆく夕闇のゆえだったのか。それ自体はナンセンスなある考えがふいに脳裡をよぎったのも、おそらくそのせいだったのだろう。この人々は故郷を追われるか滅亡するかした民族の、数少ない最後の生き残りだったのだ、自分たちしか生き残らなかったがゆえに、動物園の動物と同じ苦渋に満ちた表情を浮かべているのだ、と。――その〈失われた歩み《サル・デ・パ・ペ》の間《ルデュ》〉で待つ者のひとりが、アウステルリッツであった。六七年の当時は少年といってよいほどに見え、金髪がふしぎなぐあいに波打っていて、そんな髪を私はラングのニーベルンゲン映画に出てくるドイツの英雄ジークフリートにしか見たことがなかった。あれから私たちは幾度も出会いをくり返したが、いずれの時もそうだったようにアントワープのあの日、アウステルリッツは重たいウォーキングブーツに色褪せた青いキャラコの作業ズボンのようなものを履いて、誂《あつら》えたとはいえ疾《と》うに廃った型の背広を身につけていた。その外見は別にせよ、ただひとり漠然と宙に視線を漂わせていない点でも、アウステルリッツはほかの客とは異なっていた。あきらかに私たちが今いる広間、パリやオーステンデ行きの次発列車を待つためというよりは、国家行事にふさわしそうなこの豪奢な広間について、メモやスケッチを熱心に取っていたのだ。うつむいてなにかを書き留めていないとき、アウステルリッツの眼は、窓の連なりや縦溝の入った付柱《つけばしら》といった建物の構造のさまざまな細部に長く注がれていた。一度などはリュックサックからカメラを、蛇腹式の古びたエンサインを取り出し、いつかしらすっかり闇に沈んだ鏡の写真を幾枚か撮影していた。だが、一九九六年冬に再会してまもなく彼から託された何百枚というほとんど未整理の写真の中に、私はいまだこの時の写真を発見していない。私はとうとうアウステルリッツに近づき、待合室にずいぶんと興味をおもちのようですね、と声をかけた。すると私の不躾さに驚いたふうもなく、アウステルリッツはみじんのためらいも見せずに答えを返したのである。のちに私自身たびたび経験したことであるが、独り旅する者は、誰とも口をきかない日を何日も送ったあとは、話しかけられるのをむしろ喜ぶものなのだ。ときには見知らぬ他人にあまさず胸襟をひらく者すらいる。とはいえその日もそれ以降も、アウステルリッツはおのれの素性や来歴についてほとんど何ひとつ私に明かさなかったのだから、これは待合室《サル・デ・パ・ペルデュ》での彼にあてはまることではない。アントワープの対話、とアウステルリッツがのちに呼びならわしたこのときの会話は、彼の驚くべき専門知識に相応して、おもに建築史をめぐるものになった。天蓋のある大ホールをはさんで待合室のちょうど向かい側に位置する食堂に場所を移してからも、私たちは夜半近くまでその話を続けた。ただでさえまばらな夜更けの客はしだいに姿を消し、やがて先の待合室と鏡像のように造りの似た食堂には、独りフェルネット酒を飲んでいる男と、バーのマダム、そして私たちだけが残された。そのマダムはカウンターの後ろで、脚を組んでどっかと椅子に腰掛け、一心に爪を磨いている。プラチナブロンドの髪を鳥の巣のように盛り上げたマダムの姿に、過ぎにし時代の女神ですね、とアウステルリッツはぼそりと言った。なるほど、彼女の背後の壁にはベルギー王国の獅子の紋章が掲げられ、その下にはこの広間の主役である大時計が掛かっている。往時の金箔張りが今は列車と煙草の煙で黒くすすけた文字盤の上を、六フィートはあろうかという長針が時を刻んでいるのだった。話がとぎれて沈黙が落ちると、そのたびに、私たちは一分という時の過ぎ去るまでのはてしない長さを思い知った。そして斬首人の刀を思わせる長針がびくりと動いて、一時間の六十分の一を未来から刻み取り、動いたあとも脅かすようにぶるぶると震えるのを見ると、予期していながらも、そのたびに心臓が止まりそうになるほど縮み上がったのである。――十九世紀の終わりごろですね、と、アントワープ駅の歴史について訊ねた私の質問にアウステルリッツは口を切った。そのころでした、世界地図で見えるか見えぬかくらいのちっぽけなベルギーが、灰黄色の版図を拡大してアフリカ大陸へ植民地経営に乗り出していったのは。ブリュッセルの資本市場と原材料株式市場は目もくらむほどの莫大な取引に明け暮れ、そうしてとめどなく浮かれたベルギーの市民たちは信じたのです、長らく外国の支配下にあって辱められ、分裂し不和を託《かこ》っていたわが国が、いまこそ、新興の経済大国として擡頭する時がきたのだ、と。はるかな過去とはいえ今にいたるまで私たちの生活を左右しているあの時代、国王レオポルドの治世下で発展はかぎりなく続くかに思われ、そのレオポルド自身のたっての希望によって、躍進する国家に世界的な名声をもたらすべく、懐に入った唸るようなにわか金が公共建築に投じられたのでした。そうやって時の最高権力者が音頭をとったプロジェクトのひとつが、フランドルの首都の中央駅、私たちが今いるこの駅なのですよ、とアウステルリッツは語った。中央駅はルイ・ドゥラサンスリの設計で、計画から完成まで十年の歳月をついやし、一九〇五年の夏に国王臨席のもとで開業をむかえたという。この駅の範として、レオポルド王がおかかえ建築家にすすめたのは、ルツェルン駅の新駅舎※だった。とりわけ国王を魅了したのは、それまで駅舎建築の常であった低い天蓋を超えて劇的に高くそそりあがる天蓋のコンセプトだった。そしてそのコンセプトを、ドゥラサンスリはローマの万神殿《パンテオン》にヒントを得て、すばらしく効果的に実現したのである。だから現代人の私たちですら、とアウステルリッツは語った、建築家のもくろんだ通り、このホールに踏み入ったとたんに俗世を離れ、世界の交易と交通に捧げられた大伽藍《カテドラル》の中にいるかのような感慨に打たれてしまう。ドゥラサンスリはこの記念碑的《モニュメンタル》に壮大な建物の主要素をイタリア・ルネサンスの宮殿から借用していますが、とアウステルリッツは語った、ビザンチンやムーア様式からも影響は見てとれます。ここに着くとき、あなたも白と灰色の御影石の丸い小塔をごらんになったのではないでしょうか、あの塔の目的はただひとつ、やってくる旅人に中世を連想させることにあるのです。大理石の階段ホールに鉄骨ガラス屋根のプラットホームというような、過去と未来を結びつけたそれ自体は笑止なドゥラサンスリの折衷主義は、じつは、この新時代に現れるべくして現れた様式でした。それにこの様式のおか

げで、とアウステルリッツは続けた、かつてローマのパンテオンで神々が人々を見下ろしていたまさにその高みに、アントワープ駅では十九世紀のいわば神々——鉱業、工業、交通、商業、資本といった神格が、その位階にふさわしい順序で並ぶことになったのです。きっとお気づきになったでしょうが、エントランスホールのぐるりの壁の中ほどに、穀物の束、交差したハンマー、羽の生えた車輪といった、象徴を刻んだ石盤がそこかしこに取りつけられています。ちなみに蜜蜂の巣箱の紋章モティーフがありますが、あれは人間に利用される自然の象徴でもなければ、共同体の徳目としての勤労の

※この手記を読み直していてまた記憶を喚び覚まされたのだが、一九七一年の二月、私はスイスに短期滞在したおりにルツェルンの街も訪れている。氷河博物館を観てから駅へと帰路をとり、湖上《ゼー》橋を渡りかけて、しばし足を止めた。そこから駅舎の天蓋と、抜けるような冬の青空に純白の雪をいただいてそびえる背後のピラトゥス山の巨魁を眼にして、四年半前、アントワープ中央駅でアウステルリッツが語ったことを思い起こさずにいられなかったからである。それから数時間した二月五日深夜、チューリヒのホテルの一室で私が深い眠りにおちていたころ、ルツェルン駅から上がった火の手はすさまじい速度で燃え拡がって、ドーム建築の駅舎をほぼ全焼させるにいたった。翌日の新聞やテレビで眼にし、数週間にわたって脳裡から消えやらなかったそのときの写真からは、なにか私の心をざわつかせ、落ち着かなくさせる気配が発せられていて、それは、ルツェルンの火事の咎は私にある、少なくとも自分は咎を負うべき人間のひとりだ、との想いに凝縮されていった。あれから何年を経ても、私は夢の中で一度ならず天蓋の屋根から火柱が上がり、雪に覆われたアルプスのパノラマが赤々と染め上げられるさまを見たのである。

象徴でもない。一見するとそう思うかもしれませんが、じつは、あれは資本の蓄積の原則を表しているのです。そうしてあらゆるシンボルのなかで、とアウステルリッツは語った、最も高い位置に鎮座しているのが、針と文字盤で表される時間なのです。ホールとプラットホームをむすぶ十字状の階段は、建築全体の中で唯一のバロック的要素ですが、その頭上二十メートル、パンテオンなら正面入り口からまっすぐ線をのばして皇帝の肖像があったところ、時計はまさにその位置に掛っている。あらたな全能の統治者として、国王の紋章よりも、〈団結は力なり〉というモットーよりも、高い地位を占めているのです。時計はアントワープ駅の中心点であり、そこから全旅行客の動きを見渡すことができ、逆に旅行客はひとりのこらず時計を仰ぎ見て、いやがおうにも時計に合わせた行動をとらざるを得なくなる。じっさい、とアウステルリッツは語った、鉄道の時刻表が共通の時間にのっとるようになるまでは、リールやリエージュの時計はヘントやアントワープの時計とは異なる時を刻んでいました。そして十九世紀の半ばに統一時間が導入されてからというもの、時間は疑いもなく世界を仕切っているのです。私たちは時間が定める進行表にしたがってはじめて、人と人を隔てる広大な空間を移動できるようになった。事実、とアウステルリッツはしばし言葉を切ってから言った、旅をするとわかるように、空間と時間の関係には、今日にいたるまでどこか幻術めいたもの、幻覚めいたものがあります。外国から戻るたびに、自分が本当に遠くまで行ってきたのかどうか、覚束なさをぬぐい切れないのはそのためです。――会った当初から私を驚嘆させたのは、アウステルリッツがこうした思索を話しながら纏《まと》め、いわばとりとめのない思いつきからこのうえなく端整な文章をつむぎ出し、さらに彼にとって専門知識を語り伝えることが、一種の歴史の形而上学へのゆるやかなアプローチになっている――そしてそこでは想起されたものがいまひとたび生命をもって甦る――ことであった。背の高い壁鏡の製造方法をくわしく解説したあと、どんよりした鏡面をいまいちど仰ぎ見ながら、彼がフランス語でこう自問して去って行ったことは忘れられない。「どのくらいの労働者が死んだのでしょう、劣悪で有害な環境におかれ、水銀とシアン化物の蒸気を大量に吸いながら、こんな鏡を作っていたら……」と。最初の晩そのことばでふっつり話を切ったアウステルリッツは、翌日、私たちがスヘルデ河畔の遊歩道で待ち合わせたときも、寸分変わらぬ口調で、のっけから考察の続きをはじめた。朝陽にきらめく広い河面を指しながら、アウステルリッツは語った。十六世紀末、いわゆる小氷河期と呼ばれた一時期に、ルーカス・ファン・ファルケンボルヒという画家が一枚の絵を描いています。その絵は凍結したこのスヘルデ河を対岸から眺めたもので、背景にひどく暗いアントワープの市《まち》と、海岸に向かって細長く伸びている平坦な土地が見えています。聖母司教座聖堂の塔にかかる陰鬱な空からはおりしも雪が降りはじめ、そして戸外の河面、私たちがいま四百年後に眺めているこの河面で、アントワープの市民が氷上の遊びに興じているのです。土色の上着を着た庶民、黒いケープに白いレースのひだ襟をつけた上流階級の人々。前景、右端の付近では、ひとりの貴婦人がばったり倒れている。そのひとはカナリア色のドレスをまとい、心配そうに彼女の方に身をかがめている連れの紳士はまっ赤な、乏しい光の中でもひどく眼を惹くズボンを履いている。今こうして河面を眺めながら、あの絵と、そこに描かれたちっぽけな人物たちに想いを馳せていると、私には、ルーカス・ファン・ファルケンボルヒが描いた瞬間がすこしも過ぎ去っていないような気がしてくるのです。カナリア色の婦人はいまこの瞬間に転ぶか気絶するかしたばかりで、黒いビロードの帽子はたったいま頭から転がり落ちたかのような気がする。そのささやかな、大半の鑑賞者が見過ごしてしまうにちがいない厄災はあたかも永遠に反復されているかのようで、終熄することがなく、誰をしても何をもってしてもけっして償《う》めあわせがつかないかのように思えてくるのです。アウステルリッツはその日、私たちが遊歩道の眺めのよい場所をあとにして市内を散策しているあいだ、しきりと〈苦痛の痕跡〉という言葉を口にした。彼が熟知しているというそれは、無数の細い線となって歴史を貫いているという。駅舎建築を研究していると、と午後遅くハントスフーン・マルクトにあるカフェのテラス席で歩き疲れた足を休めているあいだにもアウステルリッツは語った、別離の苦悩と異郷への恐怖という考えがなぜか頭にこびりついて離れません、そんなものは建築史とはなんの関係もないのですが。もっとも、けた外れに巨大な建設計画は、往々にして人間の不安の度をなにより如実に写しているものなのです。要塞の建設を見るとよくわかります、たとえばアントワープ要塞がうってつけの例ですが、あらゆる外敵の侵攻を防ごうとするならば、自分たちの周りにつぎつぎと防御設備をめぐらしていかざるを得なくなり、その結果、同心円がとめどなく拡大していって、最後に自然の限界に達して終わるまで続くのです。フロリアーニ、ダ・カプリ、サン・ミシェリからルーゼンシュタイン、ブルクスドルフ、クーホルン、クレンゲルを経てモンタランベール、ヴォーバンに至る築城術の展開を追っていくと、驚きを禁じ得ません、とアウステルリッツは語った。これら軍事要塞の大家が、そろいもそろって傑出した才人でありながら、現代人の私たちにはやすやすと見て取れる根本的に間違った発想に、いかにかたくなに、何世代にもわたって拘泥していたことか。鈍角の塁壁とV字に飛び出した半月堡という理想の図面を完成させさえすれば、壁の外の作戦地域は要塞の十字砲火によってくまなくカバーされ、この世のどこにも勝る不落の都市ができる、と彼らは考えていたのでした。今では誰ひとりとして、とアウステルリッツは語った、当時の築城術関連の文献のはかり知れない多さや、そこに記された幾何学的、三角法的、兵站《へいたん》学的計算の現実離れしたありよう、途方もなく膨れあがった築城術と攻

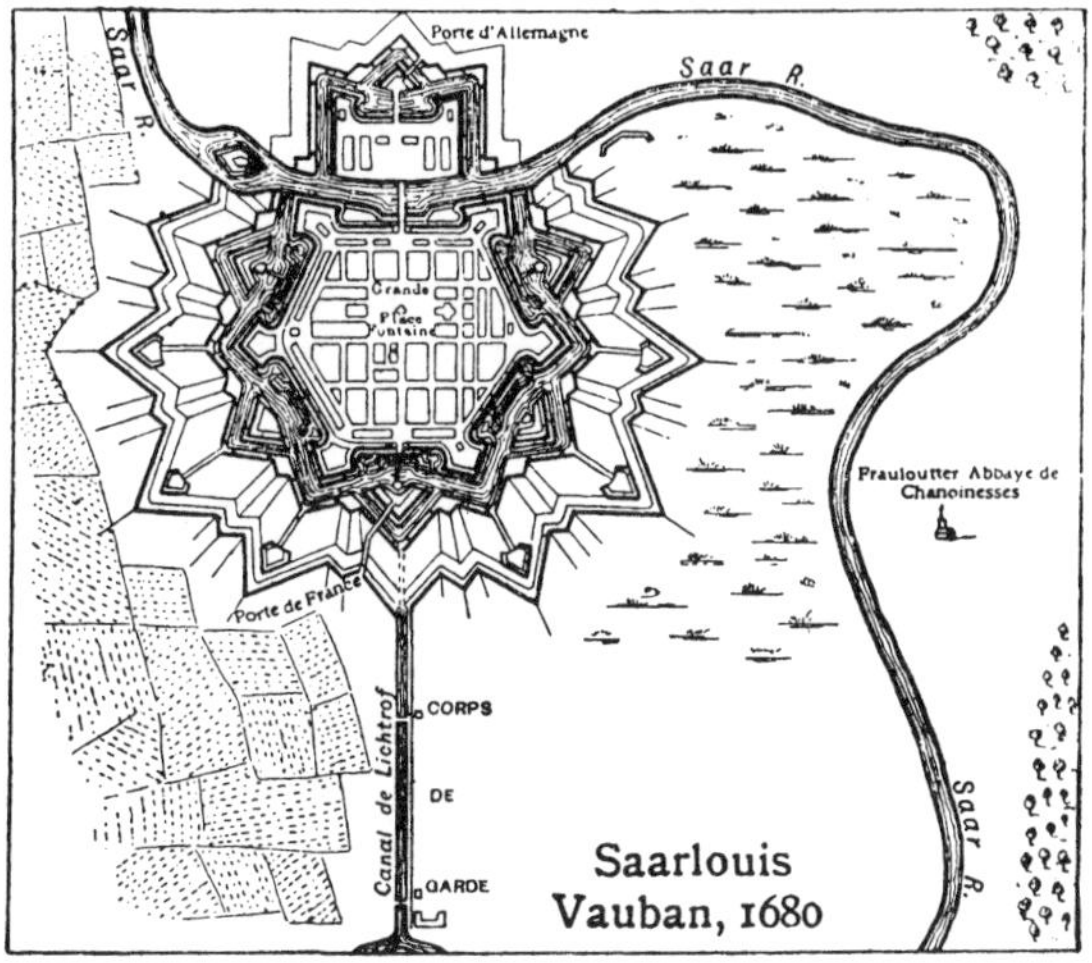

囲術の専門用語を想像だにできないでしょうし、内岸壁、幕壁、塁道、城中砦、斜堤といった単純きわまりない呼称すら、なんのことやら解せないでしょう。けれど現在の私たちの目にもあきらかなのは、十七世紀の終わりごろ、さまざまなシステムを集約するかたちで壕を備えた星形十二角形のグランド・プランが浮上し、主流になっていったことです。それは黄金分割から導かれたいわば理想のひな型で、クーヴォルデンやヌフ・ブリザック、ザールルイといった要塞の精緻な平面図を見れば一目瞭然ですけれども、しろうと目にすら、いかにも絶対権力とそれに奉仕する技術者の技量の象徴だとわかるものでした。ところが現実の戦闘では、十八世紀をつうじて各地で造られ完成されていったこの星形要塞は、あんがい所期の目的を達しなかった。というのも、このフォルムばかりに血道をあげたあげく、人々は最大の要塞が必然的に最大の敵を吸い寄せてしまう、ということを失念してしまったからなのです。堡塁で固めれば固めるほどおのれが防御にまわる度合い

は大きくなり、とどのつまりは、手段のかぎりをつくして固めた砦に立て籠もったまま、大兵器庫と化し、林立する大砲が発射を待ち、兵士であふれかえった要塞をあっさり無視した敵勢が目の前で好き放題に陣地を築いていくのを拱手傍観するほかなくなってしまう。ですから、ほかならぬ要塞の築城自体が――おまけにそれは総じて偏執的にとめどなく凝っていく傾向がありました――敵の攻撃を誘うような重大な弱点になる場合がたびたびあったのです、とアウステルリッツは語った。もっともこんなことを云々する以前に、設計図が複雑になればなるだけ具現化までの時間も長くなり、すると完成前とはいわぬまでも完成した時分には砲術も戦術もとっくに進化を遂げていて、できあがった要塞は使い物にならなくなっていたのが現実でした。勝敗の帰趨を決するのが動であって静でないことが明らかになるにしたがって、戦術も相応の変化を遂げていったのです。かてて加えて、要塞の耐久力が現実に試される段になっても、そのためにたいてい莫大な軍需資材を濫費しましたから、けっきょく成否は断じられないことがほとんどでした。それをどこよりも如実に示して見せたのが、ここアントワープなのです、とアウステルリッツは語った。一八三二年、新王国成立後もベルギーの領土をめぐるいざこざが絶えぬなか、パチオロが建設しウェリントン公が外郭を強化したアントワープ要塞は、当時オランダ軍によって占拠され、そこを五万のフランス軍が三週間にわたって包囲攻撃しました。十二月の中旬、フランス軍はつとに押さえていたモンテベッロ要塞を起点として、半壊状態にあったサン・ローラン眼鏡堡に猛攻をかけ奪取、砲兵隊が突破口を開いて、城壁の真下まで進軍に成功します。アントワープ攻囲戦は、莫大な戦費といい、戦いの苛烈さといい、少なくともその後数年にわたる戦争史に類をみないものとなりました、とアウステルリッツは語った。攻囲戦が銘記すべきクライマックスに達したのは、ペラン大佐の発明になる巨大臼砲から要塞に千ポンド砲弾七万発が撃ちこまれたときで、これにより二、三の装甲室をのこして要塞は完膚無きまでに破壊されます。瓦礫と化した要塞の老司令官、オランダ将軍ド・シャッス男爵は城内に地雷を仕掛け、みずからの忠誠と剛勇の記念碑もろともわが身を吹き飛ばす覚悟でしたが、いよいよというとき、降伏をゆるす国王の知らせが届いたといいます。このアントワープ占領によって、要塞建設や攻囲戦の狂愚は白日のもとに晒されたわけですが、とアウステルリッツは語った、信じ難いことに人々がそこから引き出した教訓はただひとつ、都市の外郭をさらに増強し、いっそう外へ拡大しなければならぬ、ということでした。一八五九年、これに応じるかたちで古い要塞と外堡の大部分が取り壊され、長さ十マイルにわたるあらたな城壁と、この城壁から徒歩三十分強の距離に八つの砦の建設がはじまります。ところがこの計画は、二十年を経ぬうちに大砲の到達距離の伸長、爆薬の破壊力の増大によって、用をなさなくなることが判明するのです。そこでこんどは、あいも変わらず同じ論理にのっとって、城壁より六マイルから九マイルのぐるりに十五の外堡を備えた強固な外郭がもうひとつ建設されはじめる。これがまた三十年を越す築期間のうちに、当然のなりゆきといいながら、とアウステルリッツは語った、支障が生じたのでした。商工業の急速な発展につれてアントワープが古い市街地の外へ拡大し、そのため城砦の外郭を三マイル外に拡張する必要に迫られたのです。ところがそうなると、全長三十マイルを超してメヘレンの市域に食いこみ、これを適切に防備するにはベルギー全土の軍隊をもってしても足らなくなってしまう。そんな次第で、とアウステルリッツは語った、現実の要請にとうに応えられないことがわかっていながら、すでに進行中の事業がそのまま完成まで続けられたのでした。この一連の事業のしんがりに来るのが、ブレーンドンクの要塞です、とアウステルリッツは語った。ブレーンドンク要塞は第一次世界大戦勃発の直前に完成しましたが、開戦後数ヶ月たらずで、市と国の防衛にはまったく役に立たなかったことが判明しました。こうした防備施設の例えからも、とアウステルリッツは席を立ち、リュックサックを肩に掛けながらアントワープのハントスフーン・マルクトでの話をざっとつぎのように締めくくった、如実にわかるのです、たとえば鳥は何千年と同じ巣を作りつづけているのに、一方われわれは、手を染めた事業をともすれば理性の限界を越えてとめどなく押し進めてしまう、と。一度、とアウステルリッツは言い添えた、建築物を大きさの順に並べたリストを作ってみるといい、この国の建物でふつう以下の大きさのもの——たとえば野中の小屋、庵、水門わきの番小屋、望楼、庭にある子ども用の小家《ヴィラ》——がいずれも少なくとも平和のはしくれ程度は感じさせてくれるのに、ひるがえってかつて絞首台が置かれていた通称首吊り丘、あそこに立つブリュッセル裁判所のような巨大建造物について、これを好きだという人は、まともな感覚の持ち主にはまずいないでしょう。驚くというのがせいぜいのところで、そしてこの驚きが恐怖に変わるのは、あと一歩なのです。なぜなら、途方もなく巨大な建築物は崩壊の影をすでにして地に投げかけ、廃墟としての後のありさまをもともと構想のうちに宿している、そのことを私たちは本能的に知っているのですから。

——去りぎわに残されたその言葉を心にとどめつつ、私は翌朝、アウステルリッツがふたたび現れるのを心待ちにして、彼が昨晩さっさと去ってしまったハントスフーン・マルクトの同じ店でコーヒーを飲んだ。そして待ちがてら新聞を広げているうちに、ハゼット・ヴァン・アントウェルペン紙だったか、ラ・リブル・ベルジック紙だったかいまやさだかではないが、ブレーンドンク要塞についての一記事に目をとめた。一九四〇年、要塞がその史上二度目にドイツの手に落ちると同時に、ドイツはここに懲罰収容所を兼ねた仮収容所を造営したのである。強制収容所は一九四四年八月まで存続し、戦後一九四七年以降は、国定の記念地として、またベルギーのレジスタンス博物館としてあたうるか

ぎり原形をとどめるかたちで保存されている、というのだった。もしも前日アウステルリッツとの話にブレーンドンク要塞の名が挙がらなければ、私はそもそも記事に気づかなかったろうし、かりに気づいてもその日のうちに訪ねる気には毛頭ならなかっただろう。——私の乗った列車は、メヘレンまでの短い距離を行くのに、半時間あまりを要した。駅前からウイッレブルーク村へバスが出ており、村はずれの野原のまんなかに、土塁と鉄条網と幅の広い水濠に囲まれた広さ十ヘクタールの要塞が、海に浮かぶ小島さながらに広がっていた。季節のわりには異様に暑く、南西の地平線に大きな積雲が湧き出しているのを眺めながら、私は入場券を手に橋を渡った。昨日の話からして、私の脳裡には厳密な幾何学的図式にのっとって城壁の高くそびえる星形稜堡の姿が描かれていたのだったが、このとき眼前に現れたのは、背の低い、外縁の角をことごとく丸められたコンクリートの塊であって、悪寒を起こすようなずんぐりむっくりの白茶けた代物であった。化け物のだ

だっ広い背中だ、と私は思った。鯨が海原からぬうと現れるように、化け物がフランドルの大地から背中を剝きだしている。私は黒い門から要塞の内部に入っていく気持ちにどうしてもなれず、かわりに島を覆う、蒼色とまがうほど不自然に濃い緑の草を踏んで建物をぐるりと一周した。どの位置からどう見ても、要塞の全体像は見きわめのつけがたいものであった。外に張り出したかと思えば内にくねり、内にくねったかと思えばまた張り出す、その形は私の想像の埒外にあって、とうとう最後まで、人類の文明史上自分の知るいかなる形態とも、いや有史以前か歴史初期のいかなる物言わぬ遺構とすら結びつけられなかったのである。しかも眼を凝らそうとすればするほど、要塞は私に正視をゆるさないように思われ、そのために一段と得体が知れなくなるのだった。つぶれた腫れ物の痕じみたあちこちの箇所から砂利がむきだしになり、糞化石《グァノ》もどきの風化した粒々と、石灰の縞模様に表面を被われている要塞は、まさしく醜悪さと見境ない暴力をこれ以上ないまでに具現した石の怪物であった。のちに手にした図面で砦が左右対称形をしていることが判明したが、異様に伸びた四肢とハサミといい、主翼の前面に眼のごとく飛び出した半円形の塁壁といい、ずんぐりした後ろ半身といい、合理的な構造が明瞭になってからも、私にはなにやら蟹めいた生き物の図解としか思われず、人間の理性で設計された建築物とはどうにも信じられなかったのである。要塞を一周する道は、タールを塗った黒い柱が並ぶ処刑場わきを抜け、野外作業場のかたわらを通っていた。外郭の土塁を築くために収容者が盛り土を運ばされていた場所であった。二十五万トンにおよぶ土と瓦礫を運搬するために与えられたものは、シャベルと手押し車のみ。入り口を入ってすぐの部屋にその一台が展示されていたが、当時の眼になって見るにせよ、ぞっとするほど原始的な代物だった。運搬台というべきものの一方の端にいかつい両の握りがつき、反対の端に鉄輪を打った木の車輪がひとつついている。荒削りの板を斜

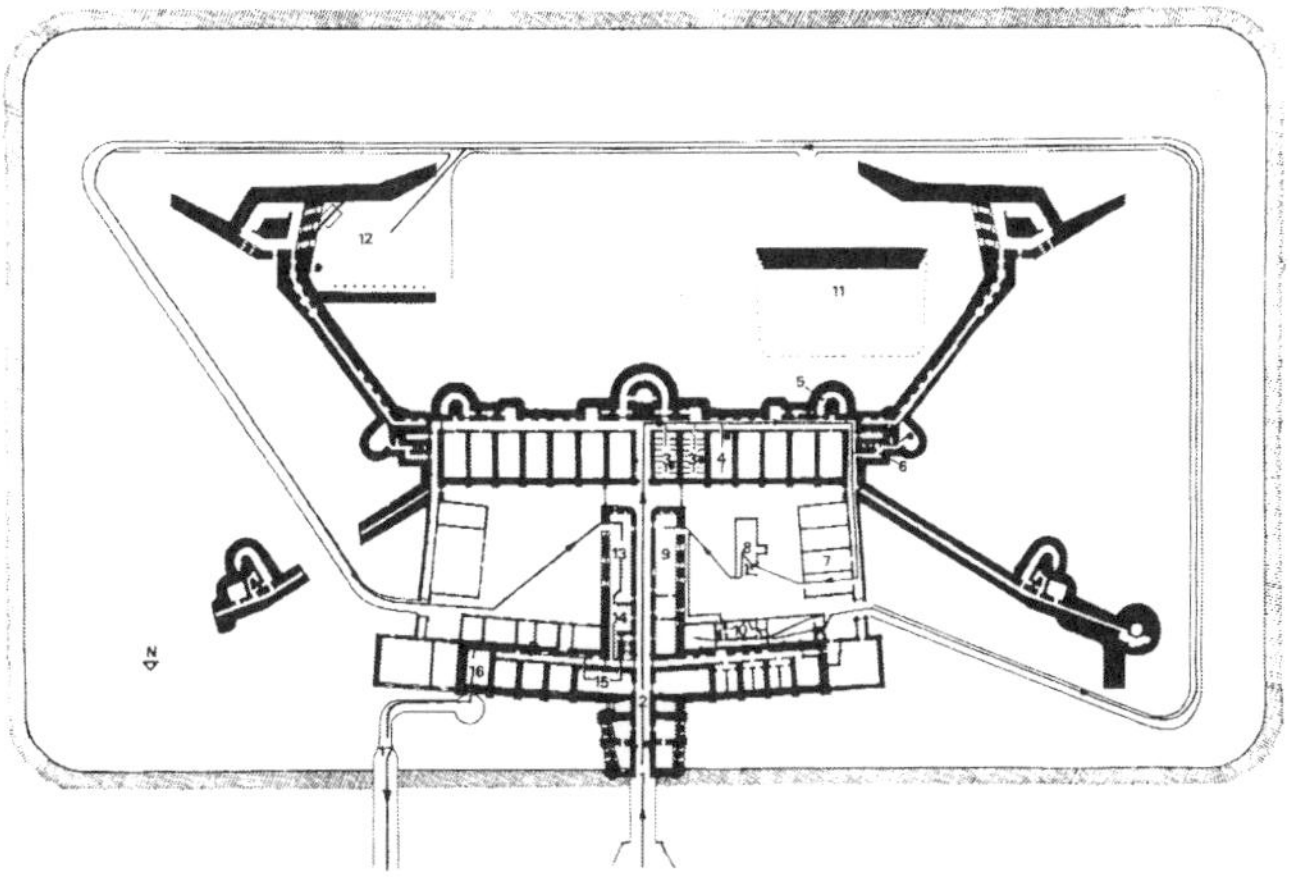
12
11
5
4
6
13
9
8
7
10
14
16
15
2
N

めに寄せて貼った木箱が台座の垂木に据えられていて、その無骨な造作は、農夫が家畜小屋から堆肥をはこび出すのに用いるいわゆる一輪車に似かよっていたが、ただ、ブレーンドンクの手押し車はその倍も大きく、たとえ物を載せずとも五十キロには達するだろうと思われた。逮捕され収容される以前には肉体労働など経験したこともなかった大半の収容者が、ずっしりと土を載せた車を押し、陽に炙られて固まったこちこちの轍《わだち》の交錯する粘土の上を進み、あるいは雨の翌日、ぬかるみのなか車を押していった様子を、しかし私は思い浮かべられなかった。心臓が破れるほど全身を突っ張って重い荷を押していった様子も、前に進めなくなると見張り番によってシャベルの柄が頭に打ちおろされたさまも、脳裡には浮かべられなかった。しかし、ブレーンドンクのみならずいたるところの大小の収容所で、連日、幾年となく続けられたそうした虐待とは裏腹に、私の想像がたちまち及んだのは、ついに要塞の内部に歩み入って、とっつきの右手の扉のガラス窓から親衛隊のカジノと呼ばれていた部屋をのぞきこんだときだったのである。テーブルとベンチ、ぶ厚い鋳鉄のストーブ、壁にゴシック文字で整然と描かれた格言の数々。ここにたむろしていたのは、フィルスビーブルクやフールスビュッテル、シュヴァルツヴァルトやミュンスターラントなどドイツの田舎からやってきた一家のあるじたちであり、よき息子たちだった。勤務が終わってトランプのテーブルを囲み、故郷の女房や恋人に手紙を書いているさまが眼に浮かんだ。それというのも、私も二十歳になるまではこうした人々と生活をともにしていたのである。ブレーンドンクの来訪者が正門から出口に至るまでに通過する十四の見学場所の記憶は、時を経るうちに朧《おぼろ》になり、暗がりに沈んでしまっている。というよりも、こう言ってよいなら、要塞を訪れたその日、すでにぼやけ闇に没していたのだ。それは、眼に映じたものを私が本当には見ようとしなかったからかもしれないし、あるいは自然光を永遠に遮られた、わずかな照

明が乏しくともるのみの世界にあって、あたかも事物の輪郭が溶け去っていたかのように感じられたせいなのかもしれない。今ブレーンドンクの蟹じみた図面を引っぱり出し、そこに描きこまれた旧執務室、印刷室、収容棟、ジャック・オシェ作品展示室、独房、屍体置場、遺品室、陳列室などの単語からなんとか記憶を手繰りよせようとしてみるのだが、闇はいっこうに散じていかない。いやむしろ、われわれが記憶しておけるものがいかに僅かであることか、ひとつ生命が消え去るたびにいかに多くのものが忘れ去られていくことか、それ自体は思い起こす力をもたない無数の場所と事物に付着していた種々の歴史が、誰の耳にも入らず、どんな記録にも残されず、語り継がれてもいかないがゆえに、世界がいわば自動的に空になってしまうかを思えば、闇はいっそう濃くなるばかりなのだ。たとえばこんな歴史が、たった今書きながら爾来はじめて意識に甦ってくる。麦藁をつめた布団の歴史。その藁袋は二段三段に重なった木の寝台に影法師のように横たわっていて、

なかの藁が長い歳月に朽ちてやせ細り、短くなり、そのため縮んでぺしゃんこになっていて、そして今思い返すと、私には当時それが、かつてあの暗闇に軀を横たえていた人々の亡骸であるかのように思われたのだった。また別のことが甦ってくる。要塞のいわば脊柱をなすトンネルを奥へ奥へと進むあいだ、私は、胸に巣食っていた、いまだに不吉な場所に赴くたびに襲いかかる気分――一歩踏み出すたびに息がつまり、上からじりじりと重みがのしかかる気分と闘いながら歩いていたことが。とまれ、人っ子ひとり出会わずにブレーンドンク要塞の内部にとどまっていた一九六七年初夏のあの深閑とした真昼どき、私はある地点まで来て、その先一歩も進めなくなったのである。ふたつ目の長いトンネルの突き当たりに、大人がようやく通れるほど背の低い、私の記憶ではかなりの急坂をくだった先に、装甲室のひとつがあった。たちどころに、この円天井を厚さ数メートルはあるコンクリートの層が掩っていることが感じられた。装甲室は一方の隅が尖り、もう一方の隅が丸くなった狭い空間で、そこまでの通路よりも床が一フィート強は低く、ために牢獄というよりは、むしろ墓穴のようなものを思わせた（要塞の装甲室はしばしば牢獄として使われた）。その墓穴を、徐々に沈下していくかに思われる床を、鉛色のつるつるした床石を、中央に開けられた排水溝の格子蓋を、そのわきに置かれたブリキのバケツを、凝然と見下ろしているうちに、意識の底からW村にあった私の家の洗濯部屋の光景が浮かび上がってき、同時に、天井から垂れたワイヤの先に吊り下げられた鉄の鉤に記憶を喚び覚まされて、肉屋の光景が甦ってきた。それは子どもだったころの私が登校のためにはいやでも通らなければならない肉屋であった。帰り道には店主のベネディクトがゴムのエプロンを当て、太いホースでタイルを洗い流している姿が一再ならず眼に入った。幼年時代の恐怖を封じこめていた扉がある日だしぬけに破られたとき、われわれの心中にいったい何が生起するのか、正確に説明することはおそらく誰にもできまい。ただ

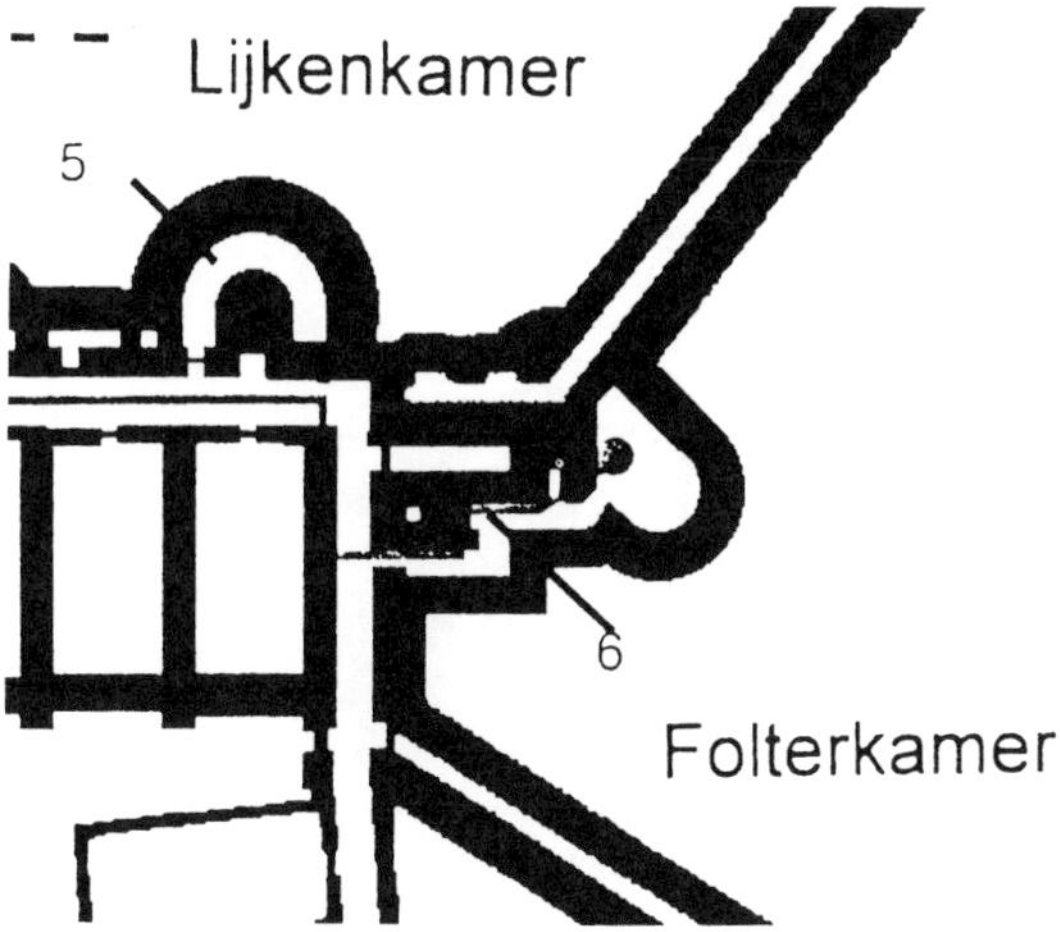

5 屍体置場　6 拷問室

あのとき、ブレーンドンクの装甲室の中で胸の悪くなるような軟石鹸の臭いが鼻に甦り、その臭いがさらに頭のどこか狂った部分で〈根ブラシ〉（剛毛のブラシ）という、父が好んで使い、私には嫌でたまらなかった語につながっていったこと、そして目交いを黒い毛の塊がぶるぶると震えはじめ、こらえきれなくなって額で壁にもたれかかったことを、私は憶えている。鉛色の壁はそこかしこに薄蒼い染みが浮き出し、細かな冷たい粒々の汗（であるかのように思われた）にびっしりと覆われていた。ただ、この悪心《おしん》によって、私が生まれたころにこの場所で行なわれていた過激な訊問なるものがいかなるものだったか、おぼろげに想像がついたというのではなかった。というのも、私がジャン・アメリーの手記によって、アメリーがブレーンドンクで耐え通した拷問のもよう、拷問する側とされる側の軀が怖気の走るほど近寄っていたことを知ったのは、それから数年してのことだったからである。アメリーは、両手を背中で括られて宙に吊り下げられた。パキパキという、かたときも忘れたことがないと彼の書く音とともに、肩関節の関節臼から骨頭がはじき飛び、身体がガクンと落ちた。腕は脱臼し、背中に回ったまま頭上でねじ曲がり、そのかたちでアメリーは宙づりになったのだった。〈後ろ手に縛って、気絶するまで吊す〉クロード・シモンがあらためて記憶の倉庫に降り立った書物、『植物園』にそんなくだりが見える。同書の二三五頁では、シモンはガストーネ・ノヴェリなる、アメリーと同じ特殊な形式の拷問を嘗めた人物の生涯を断片的に語っている。そのくだりの冒頭には、ロンメル将軍による一九四三年十月二十六日の日記の抜粋があり、イタリア警察が無能きわまりないため、自分が指揮を執らざるをえない、という意味の記述が挿入されている。シモンによると、これに基づいてドイツ軍が講じた措置によって、ノヴェリは逮捕され、ダッハウに移送されたのだった。そこで彼の身にいかなることが降りかかったか、とシモンは続ける、ノヴェリはついにだんまりをつらぬいた。ただたった一度、こんなことを言ったことがある。収容所から解放されたのち、自分にはドイツ人というドイツ人、いやいわゆる文明人なるものが、男女を問わず見るも堪えがたくなった、それでろくに体も癒えぬうちに手近の船に飛び乗って南米に渡り、彼地でダイヤモンドと金鉱探しで身を立てようとしたのだ、と。ノヴェリはいっとき、背の低い赤銅色の肌の一族にまじって密林に暮らしていた。ある日、その人々があたかも虚空から湧きでたように、葉一枚も動《ゆる》がせずそばに立ったのだという。ノヴェリは一族の習慣を身につけ、そして、おおむね母音のみ、とりわけ抑揚と発音の無数に異なるAの音からなる彼らの言語の辞書を全力をあげて編纂したが、この言語のことを、とシモンは書いている、サンパウロの言語学研究所はひと言も言及していない。後年、故国に戻ってからノヴェリは絵を描きはじめた。その主要なモティーフはAの文字であって、ノヴェリはそれを変幻自在に——あるものは糸のように細く、ああるものはふたたび細々と、あるものはいかにもおぼつかなげに、さまざまな形と組み合わせによって描いた。みずから塗り上げた色面を、鉛筆や筆の軸やあるいはもっとごつい道具で引っ掻いては、Aの字を並べた。重なりひしめくAの列は、限りなく反復しながらひとつとして同一のものがなく、高く低く波のようにうねって、長く引き延ばされた叫び声を思わせた。

AAAAAAAAAAAAAAAAAAAAAAAAAAAAAA
AAAAAAAAAAAAAAAAAAAAAAAAAAAAAA
AAAAAAAAAAAAAAAAAAAAAAAAAAAAAA

――一九六七年六月の朝、アウステルリッツはアントワープのハントスフーン・マルクトについに姿を現さず、私はブレーンドンクへ向かったのだが、今もってふしぎに思われるのは、当時の私の行き当たりばったりのベルギー旅行のなかで、私たちの行路が必ずといってよいほど交錯していたことである。中央駅の待合室で知り合ってからわずか数日の間をおいて、リエージュ市の南西のはずれにある工場地帯で、私はひょっこりアウステルリッツに再会した。サン・ジョルジュ＝シュル＝ムーズからフルマルへと歩いていって、私の到着したのは黄昏どきであった。雷雨をはらんだ厚い紫紺の雲間をぬって暮れ方の最後の陽が射しこめ、工場の建物や庭やうねうねと連なる従業員宿舎や、煉瓦塀やスレート屋根や窓ガラスが、内側から火を熾《おこ》したようにあかあかと染め上げられていた。じきに雨が通りを叩き、逃げ場を求めて、たしかカフェ・デ・ゼスペランス《希望》（「カフェ絶望」とも読める）といったはずの小さなバーへ駆けこんだのだが、驚いたことに、そこにアウステルリッツが、樹脂製のテーブルに身を屈めてノートをとっていたのである。この再会のときもそれ以降も同じことだったが、私たちはまともな人間ならつゆ訪れそうもないこんな場所でまたしても出くわすとは、といった無駄口にはいっさい言を費やさず、いきなり話に入った。カフェ・デ・ゼスペランスで夜更けまでねばった席からは、裏窓ごしにその昔は青々とした河原であったろう谷がのぞきこめ、巨大な鋳鉄工場の溶鉱炉の炎が闇夜の河面にぎらぎらと照り映えているのが見えていた。その光の戯れに私たちが魅入られたように眼を凝らしていた二時間あまり、アウステルリッツが延々と話しつづけたことを今もありありと思い出す。十九世紀、慈善の志に富んだ企業家たちが思い描いた労働者の理想の町をつくる夢は、実現したときには、兵舎となっていた。そういうものです、とアウステルリッツは私の憶えているかぎり語った、もっともよかれと思って企てたものが、いざ現実に実現する段になると、正反対のものにひっくり返ってしまう。リエージュのこの再会から数ヶ月後、またしても彼にひょっこり出くわしたのは、ブリュッセルの通称首吊り丘に立つ、最高裁判所の正面階段の上だった。ヨーロッパ最大の角石の集積です、とアウステルリッツは即座に言ったものだ。アウステルリッツが当時論文を書くつもりだったというこの異様な、ばかでかい建築のお化けは、彼の話によれば一八八〇年代にブリュッセルの市民階級《ブルジョワジー》がせかして慌しく造らせた建物で、ジョセフ・ポエラールなる建築家による豪壮な設計は、細部まで練り上げられないうちに着工されたという。そのために容積七十万立方メートルあまりの最高裁の建物には、どこにも通じていない廊下や階段、ドアがなくて開かずの間になった部屋や広間などがいくつとなくできてしまい、四方を塞《ふさ》がれたからっぽの空間が、処罰制裁を下すあらゆる権力の最奥の秘密を象徴するということになってしまった。アウステルリッツはさらに、裁判所の地下か屋根裏に、フリーメーソンの加入儀礼が行なわれた迷宮があるとの話を聞き、石の山嶽の内部を何時間となくうろついてみたと語った。柱列の森を抜け、巨大な彫像の居並ぶわきを過ぎ、階段を降りつ昇りつしたが、誰ひとり咎めだてなかったという。歩きくたびれ、方角をたしかめようと

してときおり厚い外壁に穿たれた窓のきわに寄ってみると、眼下には建物の鈍色の小屋根が叢氷のように重なり、はるか下には、かつて一条の光すら射しこんだこともないような深い狭間と、立坑の底にも似た中庭があった。アウステルリッツは、廊下をどこまでも歩きつづけたと語った。左に右に曲がり、ときにははてもなく直進し、背の高い扉を開けてつぎつぎと敷居をまたぎ、広い廊下からわき道にはずれていく、いかにも仮拵えらしいギシギシいう木の梯子段を幾度か昇ったり降りたりした。すると上階と下階のあいだの宙ぶらりんの階に出、暗い行き止まりに突き当たるのだが、そこにはブラインドの残骸や、高机や事務机や事務椅子などの調度品が、あたかも誰かがそこで籠城でもしていそうなけしきで山のように積み上げられていたという。おまけに噂では、とアウステルリッツは語気を強めて話した、実際およそ想像を絶するこの建物内部の入り組みようで、歳をふるうちにあちこちの空き部屋や廊下のはずれで、煙草屋だの馬券売場だのカウンターバー

だのといった、小商いをはじめる者が続出したという。あるときなどは、アフテルボスという男が、半地階にあった男性トイレを外の通行人をあてこんだ公衆トイレに変え、入り口に小机と代金入れを据えて店番をしていたというし、さらにその後には床屋の心得のある助手が雇われて、いっときは理髪店になっていた。建物の傲然として冷ややかな即物性とはいかにも裏腹のその種の怪しげな話を、アウステルリッツは後にも会うたびによく話してくれた。十一月の午後のしじま、テルヌーゼンのビリヤードカフェでのひとときもそうだった――ぶ厚い眼鏡をかけて若草色の靴下を編んでいた女将の姿が、今でも私の眼に浮かぶ。暖炉にまるい炭が燃え、湿ったおが屑が床に散らばり、チコリの苦い匂いがただよっていた――ゴムの木に縁を飾られたパノラマ窓から外を見やると、スヘルデ河の河口が霧に煙ってどこまでも遠く広がっていた。クリスマスが近いころには、夕闇が降りはじめ、人っ子ひとり見あたらないゼーブルッへの遊歩道をこちらに向かって歩いてくるアウステルリッツに出くわした。じきにふたりとも同じフェリーを予約していたことがわかって、私たちはいっしょにぶらぶらと港までの道を引き返した。左手に北海が渺々と広がり、右手には砂丘に造成された高層のアパート群がそびえて、その窓々にテレビの青白い光が妙にちらちらと不気味に踊っている。フェリーが出る時分には日はとっぷりと暮れていた。私たちは後方のデッキに肩を並べて立った。航跡の白い筋が闇にのまれていき、灯影に雪がちらほらと舞ったのを見たような気がしたことも記憶に残っている。夜のドーヴァー海峡を渡ったこのとき、彼の何気ないひと言からはじめて知ったのだったが、アウステルリッツはロンドンのさる文化史研究所で講師の職についていた。個人的なことがらはこちらからはいっさい訊ける雰囲気ではなかったし、私たちはたがいの出身地も知らぬままだったから、アントワープで会って以来、ふたりの会話はもっぱらフランス語ですすめられていた。私のは恥ずかしいほど下手だったが、アウステルリッツのそれは洗練された完璧なもので、私はそれでてっきり、アウステルリッツをフランス人だと思いこんでいたのである。それだけに私の便宜をはかって会話が英語に切り替えられたとき、私はある奇異の念にとらわれた——それまで私の眼にはまったく隠されていた、なにやら不安げなものが、アウステルリッツからちらりとのぞいたのである。それは軽い言い間違いや、ときたま挟まる吃音となって表れた。そしてそれらが起こるたびに、アウステルリッツは擦り切れた、かたときも左手に握って離さない眼鏡ケースをきつく握りしめたのである。握ったこぶしの下で、骨が白く浮き出してみえるほどに。

＊

それからの歳月、私はロンドンに赴くたびに、ブルームスベリーにある大英博物館にほど近いアウステルリッツの仕事場をたずね、彼の狭い研究室で一、二時間をすごすのを常とするようになった。そこはあたかも書庫か紙の倉庫のようで、床にも満杯の書棚の前にも紙束が山と積まれ、生徒の私はおろか、アウステルリッツ自身すら座る場所もないありさまだった。私が生徒だというのは、アウステルリッツは私にとって小学校このかた、はじめて出会った傾聴に値する教師だったからである。私ははじめドイツの大学に入学したが、当時教鞭を執っていた人文科学系の、大半が一九三〇年から四〇年代に学問の世界で身を立てて、依然権力幻想の虜となっていた学者連中からは、ほとんど何ひとつ学ぶものがなかったのだった。今も記憶に鮮明であるが、アウステルリッツが学生時代から取り組んでいるという資本主義の時代における建築様式について蘊蓄を傾けてくれたとき、彼のいう思索の試みなるものは、いかにするりと私の頭に入ってきたことだろう。彼がとりわけ熱弁をふるったのは、

裁判所、刑務所、駅舎、証券取引所、オペラハウス、精神病院、四角く格子状に並んだ労働者住宅などにくっきりと刻印されている、この時代における秩序への異常なこだわりと、モニュメンタルなものへの傾斜についてだった。アウステルリッツがあるとき語ったところでは、彼の調査は博士号請求論文を書くという当初の目的をとうにはずれ、書き進めるにつれて膨れ上がるままに、今ではまったく独自の見解にもとづいた、これらの建築物の類縁性についての研究の際限のない下準備になっているという。こんな茫漠とした領域になぜ手を染めてしまったのかは自分でも解せないと、アウステルリッツは語った。最初の研究を提出したとき、きちんとした助言を受けなかったからなのかもしれない。けれどももう一方でたしかに言えるのは、自分がおのれ自身にもよくわからないなにかの衝動にしたがってきたということであり、そしてその衝動は、ごく早いうちから気づいていたのだけれども、ネットワークの概念、たとえば鉄道網のシステムのようなものに強く心を

惹かれることとどこかで繋がっている、というのだった。大学に入ったころからすでに始まっていたが、アウステルリッツはのちにはじめてパリに滞在したときも、ほとんど日課のように朝や夕方のひとときにどこかの大きな駅を訪れたという。たいていはパリの北駅や東駅で、黒く煤けたガラスのホールに蒸気機関車が入ってくるのを眺めたり、深夜、あかあかと灯をともした神秘的な寝台車《プルマン》が夜闇の中を静かにすべり出ていくのを、はてのない海原に船出する船を見送るように眺めたりしたものだった。駅は幸福な場所とも不幸な場所とも感じられて、そこにいると時々とてつもなく危うい、わけのわからない感情の波に引き攫《さら》われてしまうことがあった、とアウステルリッツは語った。このときのアウステルリッツが、今も私の眼に彷彿とする。ロンドンの研究所の昼下がり、アウステルリッツは〈駅狂い〉と彼がのちに呼ぶものについて、私よりはむしろ自身に言い聞かせるように語っていた。そしてこれが、私がドイツに帰国するまでに彼が漏らした、心中をうかがわせる唯一の言葉となったのである。一九七五年末、私は九年間の留守のすえにすっかり他所他所《よそよそ》しくなった故国にいま一度腰を据えるつもりで、ドイツに戻った。記憶ではたしかミュンヘンから二度ばかり、アウステルリッツに手紙を書いたと思う。だが返事は一度もなく、私は彼がいずれどこかを旅しているのだろうと思い做していたのだが、今にしてみれば、アウステルリッツはおそらくドイツに宛てて手紙を書くのを厭ったのだろう。沈黙の理由がなんであれ、私たちのつながりはそれきり絶えた。それから私は一年を経ずしてふたたびドイツを去り、二度目の移住の決意を固めてイギリスに戻ったのだが、そのときもアウステルリッツに連絡を取ることはなかった。思いもよらぬ計画の変更を彼に告げなかったのは、むろん私のせいであろう。しいていうなら帰国してまもなく私の悪しき時代がはじまり、そのために他のひとの人生に対する感覚が鈍磨していたからだったのかもしれない。長らくなおざりにしていた書くという仕事を再開することで、私はそこからじわじわと抜けだすことができたのだった。ともあれその長い歳月、私はアウステルリッツのことを滅多に考えなかったし、たまに思い起こしても、たちまち忘れてしまっていた。以前と変わりのないつかず離れずの関係が再開されたのは、それからじつに二十年後の一九九六年十二月、奇妙な偶然が重なったすえのことである。当時の私は、いささか心穏やかでない状態にあった。あるとき電話帳を繰りながらなにかの住所を探しているうちに、気づいたときは右眼の視力がほぼ完全に、いわば一夜にして失われていたのである。開けたページから眼を上げて、壁に掛かった額入りの写真に眼を凝らしてみたのだが、右眼で見ると上下が妙に歪んだ黒っぽいものが並んでいるばかり——隅々までなじんでいた形や風景はぼやけて判別不能になり、黒い不気味な縞模様と化していた。それでも視野の端ははっきり見えているような気がしてしかたがなく、たぶんヒステリー性の眼精疲労だろう、端に眼を向けさえしたらすぐ元に戻るのではないかと考えた。だが何度やっても無駄だった。それどころか灰色の視野は漸次拡大していくらしく、見え方を較べようと両眼を交互にぱちぱちやっているうちに、なにやら左眼まで視野が狭くなっていく。進行性の失明ではないかと私は動転した、そしてそのかみ、十九世紀に至るまで、ナス科植物のベラドンナから抽出した目薬を、女性のオペラ歌手は舞台に上がる前、若い娘は求婚者に引きあわされる前に、網膜に二、三滴垂らしたものだという話をどこかで読んだことを思い出した。そうすると瞳がもの言いたげな、この世ならぬ輝きを放つようになり、ただしその一方で本人はほとんど何も見えなくなってしまったという。自分の陥った事態とその連想とが薄暗い十二月の朝になにゆえ結びつくことになったのか、今はもうさだかではない。だがたしかなのは、私の頭の奥でそれが麗しい偽りの見かけと早すぎる消滅の危機という想念にどこかで繋がっていたことであり、それゆえ自分はもはや仕事ができなくなるのではないかと怖れたことであったが、その一方で、こう言っていいものかどうか、私はそこに救われたおのれの幻影も見ていたのであった。幻影の中の私は、書いたり読んだりを永遠に続ける義務から解き放たれ、庭にすえた籐椅子に軀をあずけて、輪郭さだかならぬ、幽かに色が識別できるだけの世界に囲まれていた。数日しても状態にいっこう改善のきざしはなく、結局私はクリスマスの直前にロンドンの、ひとから薦められたチェコ人の眼科医を受診することになった。十二月のその日も、独りでロンドンへ出て、ロンドンの街に入っていくときの常として、私の胸には一種ぼんやりした絶望といったものが湧いていた。車窓の外には樹影をほとんど欠いた起伏のない風景が流れている。だだっ広い茶色の畑地、一生降り立つこともないだろう駅の数々、例のごとくイプスウィッチの町はずれのサッカー場に集っている鷗《かもめ》の群れ、延々とつづく家庭菜園、枯れた蔓草のからみつく、堤から突き出したいびつな裸の木、マニングツリー近辺の水銀を流したような干潟や川、横倒しになったボート、コルチェスターの給水塔、チェルムスフォードのマルコーニの工場、ロムフォードのがらんとしたグレーハウンドレース場、建て売り住宅群の醜悪な背面、そのかたわらまで延びてきている鉄道の郊外線、マノアパークの墓地群、ハックニーの高層住宅、変わりばえのしない、ロンドンに向かう私のかたわらをいつも流れていきながらいっこうに親しみの覚えられない光景――イギリスに来て以来相当の歳月を経ているというのに、いつまでたっても馴染めない、薄気味の悪い光景だった。とりわけ最後の一区間では、きまって背中を寒いものが走った。列車はリヴァプール・ストリート駅に入る間際にポイントをつぎつぎに渡って狭い路をくねくねと進む、すると煤煙とディーゼル油で黒茶けた煉瓦塀が両側から迫ってきて、丸いアーチや柱列や窪みやが、この朝もまた地下納骨堂を思わせたのであった。ハーレイ街に着き、整形外科医や皮膚科医や泌尿器科医や婦人科医や神経科医や精神科医や耳鼻咽喉科医や眼科医ばかりが入居しているモーヴ色の煉瓦の建物のひとつに入り、やわらかい灯りをともした、いくらか暖房の効きすぎているズデネク・グレゴール医院の待合室の窓辺に立ったころには、かれこれ午後の三時をまわっていた。雲の低く垂れこめた鉛色の空からちらほらと雪が舞い降り、裏庭の底なしの闇の中に消えていく。私は山あいの地の冬のはじまりを、森閑とした静けさを思った。そして幼いころいつも、雪がなにもかも埋《うず》めてしまえばいいのに、村じゅう、山のてっぺんまで、と思っていたこと、春になって雪が溶け、自分たちが氷の中から出てくるとしたら、それはどんな感じだろうと想像していたことが脳裡に甦ってきた。アルプスに積もる雪、吹きだまりになった寝室の窓ガラス、玄関に張り出す雪庇、電柱の碍子に被さった白い雪帽子、ときには何ヶ月も凍てついたままの水飲み場の桶……そんなものを思い出しているうちに、いちばん好きな詩のひとつの出だしの数行が浮かんできた。〈……私は雪をまちこがれる　ロンドンの低い丘に吹ぶく雪……〉。深まっていく夕闇のなか、まぶたに外の景色が浮き上がってくるようだった。東から、北から、重なりあい伸びてくる無数の街路や線路に覆われた街、ひとつの家並みのその向こう、そのまた向こうの、ホロウェイやハイベリーのその彼方につづく家並み……そしてこのばかでかい、異様に成長した石のお化けの上に雪が降る、ゆっくりと、しんしんと、すべてが埋まり、覆いつくされるまで。〈……ロンドンはやわらかい陶土のうえにはびこった苔、計画のない、でこぼこの円……〉。そしてまさにそのような、端がぼやけ消えていくような円を、ズデネク・グレゴール医師は検査をすませてから紙に描き、右眼の灰色のゾーンの大きさを私に向かって図示してみせたのである。たいがいは一時的な障害にすぎません、と彼は言った。網膜の下などに傷がついて、そこに透明な液がたまって水泡ができます、専門的には中心性漿液性脈絡網膜症と呼ばれていますが、原因はほとんど判明しておりません、と。ただ、この病気にかかるのはほとんど中年男性で、読んだり書いたりのしごく多い人であることはわかっているという。説明のあと、網膜の中の傷ついた部位を特定するためにさらに蛍光眼底血管造影というものを受けることになったが、それは眼の写真を、というべきか私の理解が正しければ、眼の奥底、虹彩や瞳孔や水晶体のその奥を撮影するのであった。検査のための特別の小部屋でつとに待機していた技師はひとかたならぬ気品の持ち主で、頭に白いターバンを巻き、まるで予言者モハメッドのようだった（と私は馬鹿げていると知りつつも思った）。彼は注意深く私のシャツの袖をまくり上げ、二の腕の内側に浮き出した静脈に注射器の針を差し入れたが、それはちくりともしなかった。造影剤を血液に注入しながら、ことによるとしばらくのあいだ、いくらか気分が悪くなるかもしれません、と彼は言った。いずれにしろ三、四時間は皮膚が黄色く染まった状態になるでしょう。寝台車の車内灯のような弱々しい灯りに照らされた小部屋で、私たちはめいめいの位置についたまま黙って待っていたが、ややあって彼が近寄るようにと言い、私は言われるまま机上に固定されたスタンドのようなものに頭をあて、顎を平たい皿にのせて、額を金属の板に押しつけた。今こうやって書きつけているあいだにも、シャッターが押されるたびに大きく見開いた眼の中ではじけた、あの微小な光の粒々が甦ってくる。――半時間後、私はリヴァプール通り、グレート・イースタン・ホテルのサロン・バーで家へ戻る次発の列車を待っていた。小暗い隅の席を選んで座ったのは、言われたとおり皮膚が黄変したうえに、悪心が起こったからだった。タクシーに乗ってホテルに向かううちにはやくも、車が大回りして移動遊園地の中を走っているのかと思われたほど、街の灯がフロントガラスで踊りはじめ、ホテルに着いてからも、鈍い光を放つ張り出し燭台やカウンターの背後の鏡面やずらりと並んだ色とりどりのボトルが、メリーゴーラウンドに乗ってでもいるかのように眼前をぐるぐると旋回していた。頭を壁にもたせ、吐き気のこみ上げるたびにゆっくりと深呼吸しながら、私は先刻から、シティにあるゴールドマイン社の工員たちが、いきつけの酒場であるこのバーに晩方早くからたむろしているのを観察していた。濃紺の作業服、胸にのぞくストライプのワイシャツ、けばけばしい色のネクタイ、誰も彼もが同じに見えた。たがいにくっつきそうなほど身を寄せて立ち、仲がいいようで喧嘩腰であり、グビグビと喉を鳴らして杯を干し、がやがやしたざわめきがしだいに興奮の度を増していって、やがてだしぬけに誰かがぷいと帰っていく——どのような動物寓話にも描かれたことのないこの種の動物のふしぎな習性をなんとか理解しようとしているうち、ふと、すでに足元があやしくなった一団の陰に、ぽつんとひとり座っている人がいることに気がついた。その人こそ、とその刹那にはっと意識したのだったが、二十年このかた会えぬのを寂しく思ってきたアウステルリッツその人だったのである。風貌にいささかの変わりもなく、物腰も服装もそのままであって、あのリュックサックを肩に下げたところまでが昔日の彼であった。ただ、以前と同じく妙なぐあいに頭からふくれあがった金色の波打つ頭髪だけが色褪せていた。とはいえこれまで私より十歳は年長だろうとふんでいた彼は、私の健康状態が芳しくなかったためか、あるいは彼という人が一生涯少年じみた面差しをとどめるあの独身者のひとりであったからなのか、このとき私よりも十歳は若いように見えたのである。私はアウステルリッツの思いがけぬ出現に虚をつかれて、かなりのあいだ呆然としていたように思う。いずれにせよ記憶にあるのは、彼のそばへ行くまでに、アウステルリッツとルートヴィヒ・ウィトゲンシュタインが似ているという想いにふと打たれ、両者の相貌にともにある驚愕が穿たれていると、凝然と考えていたことだった。それには、なによりも彼のリュックサックがあずかっていたのだろう。アウステルリッツが後日語ったところでは、そのリュックは大学入学の少し前にチャリング・クロス・ロードの軍放出品を扱う店で十シリングで買い求めたスウェーデンの軍用品で、彼いわく、自分の生涯でただひとつ真に頼り得る物だということだった。彼アウステルリッツと、一九五一年にケンブリッジで癌のため死去した哲学者の風貌がどこか似かよっているなどと、それ自体は的外れに近い想像に及んだのは、そのせいだったと思う。ウィトゲンシュタインもまたリュックサックをつねに携行していた人であって、プーフベルクやオッタータールのみならず、ノルウェーやアイルランドやカザフスタン、あるいは姉たちの待つアレー小路の家にクリスマスの祝いに帰ったときにも、リュックを携帯していた。私にはあなたと同じほど可愛く思われます、と姉マルガレーテが弟に書き送っているそれは、いつど

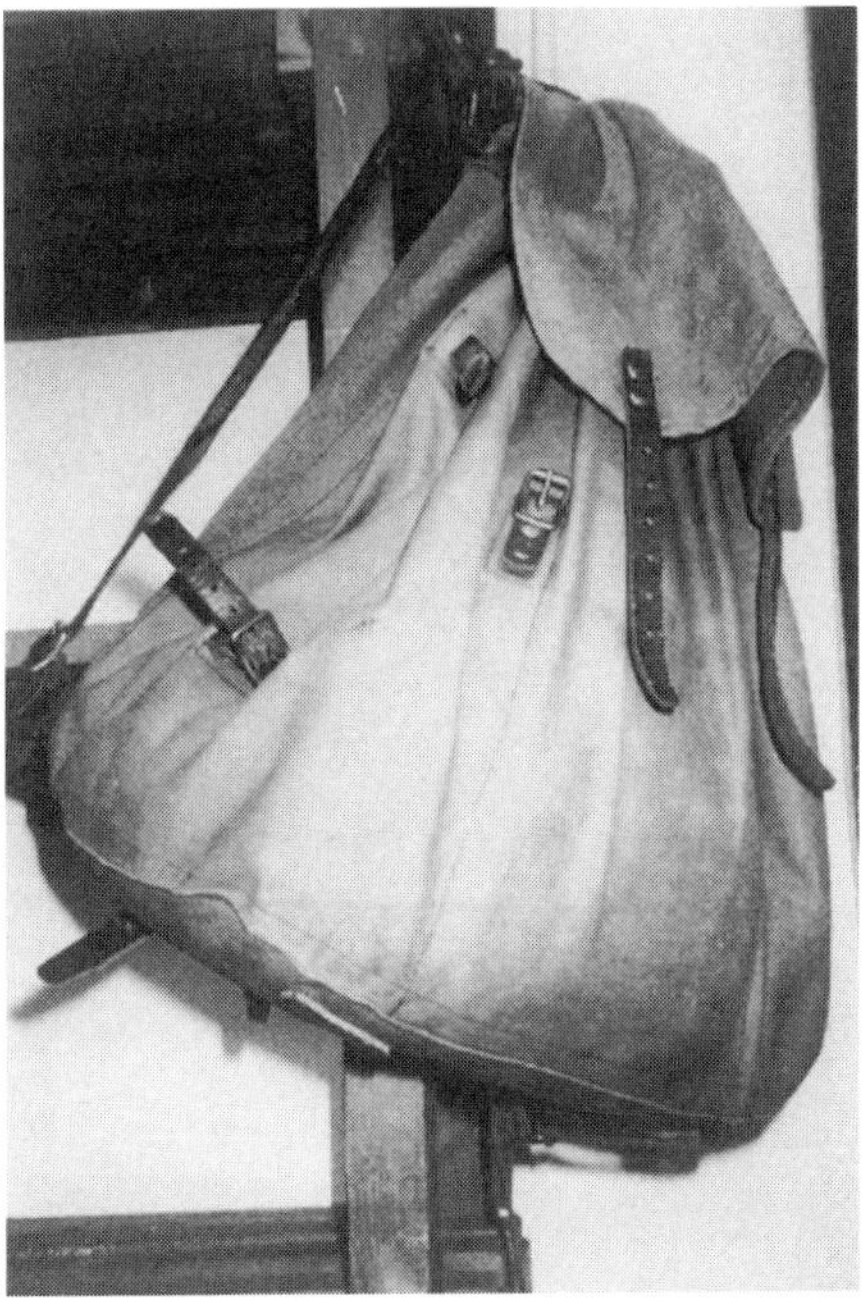

こへでも、ウィトゲンシュタインが定期船クイーン・メアリー号で大西洋を渡り、さらにニューヨークからイサカに向かったときにも、たしか彼とともに旅をしたのだった。そのため今は一段と感が深まるばかりなのだが、どこかでウィトゲンシュタインの写真を見かけるたびに、私にはたちまちアウステルリッツがこちらを見つめているように思われるし、アウステルリッツを眼にすれば、そこにあの鬱々とした、論理的思考の明晰さと同様に感情の惑乱にがんじがらめになった思索者の姿を見つけないではいられない。ふたりの相似はじつに驚嘆すべきもので、形姿《なりかたち》のみならず、不可視の限界を乗り越えて一事を探求する姿勢といい、当座しのぎでしかなかった生活といい、あたうるかぎり僅かのもので自足したことといい、さらには、アウステルリッツにもウィトゲンシュタインにも際立っていた、前置きをくだくだ述べることのどうしてもできない性分までがそっくりであった。こうしたわけで、アウステルリッツはその晩グレート・イースタン・ホテルのバーにおいてもまた、あれほど久方ぶりの純然たる偶然がもたらした再会についてはまったく言を弄しないまま、かつて中断されたほぼそのところから話をはじめたのである。グレート・イースタンは近々全面改装をするということだったので、今日の午後いっぱい中を少し見て回った、とりわけフリーメーソンの寺院を見てきたと、アウステルリッツは語った。その寺院は、世紀転換期に、鉄道会社の重役たちによって当時新築まもない、調度の贅を尽くしたホテルの中に造り入れられたものだった。じつのところ、私は建築の研究はとうの昔にやめてしまったのです、とアウステルリッツは語った。が、それでもときたま昔の癖がぶり返すことがあります、とはいえ今はもうメモもスケッチも取りはしません、ただなんとも不可思議な、人間の手が造り出した事物を、感嘆の眼で眺めているばかりです、と。今日もそんなところで、グレート・イースタンのそばを通りかかってふと思い立ち、ロビーに足を踏み入れたのだが、そこで思わぬことに支配人のペレイラというポルトガル人に丁重きわまりないもてなしを受けたのだという。私の関心がどこにでもあるようなものでないのはたしかでしたし、私の風采もいっぷう変わっていたのですが、とアウステルリッツは語った。ペレイラは私をいざなって、とアウステルリッツは続けた、広い階段を登って二階へ上がり、大きな鍵で入り口を開けてくれました。寺院に歩み入ると、砂色の大理石の羽目板とモロッコ産の赤い縞瑪瑙《めのう》を張った広間があり、床は黒白の格子模様、そして円天井の中央にひとつきり輝いている金色《こんじき》の星が、四方を囲む厚い暗雲に光明を放っていました。ついで、ペレイラとともにほぼ休業状態に入ったホテルの館内をすみずみまで廻りました。三百人を超える客

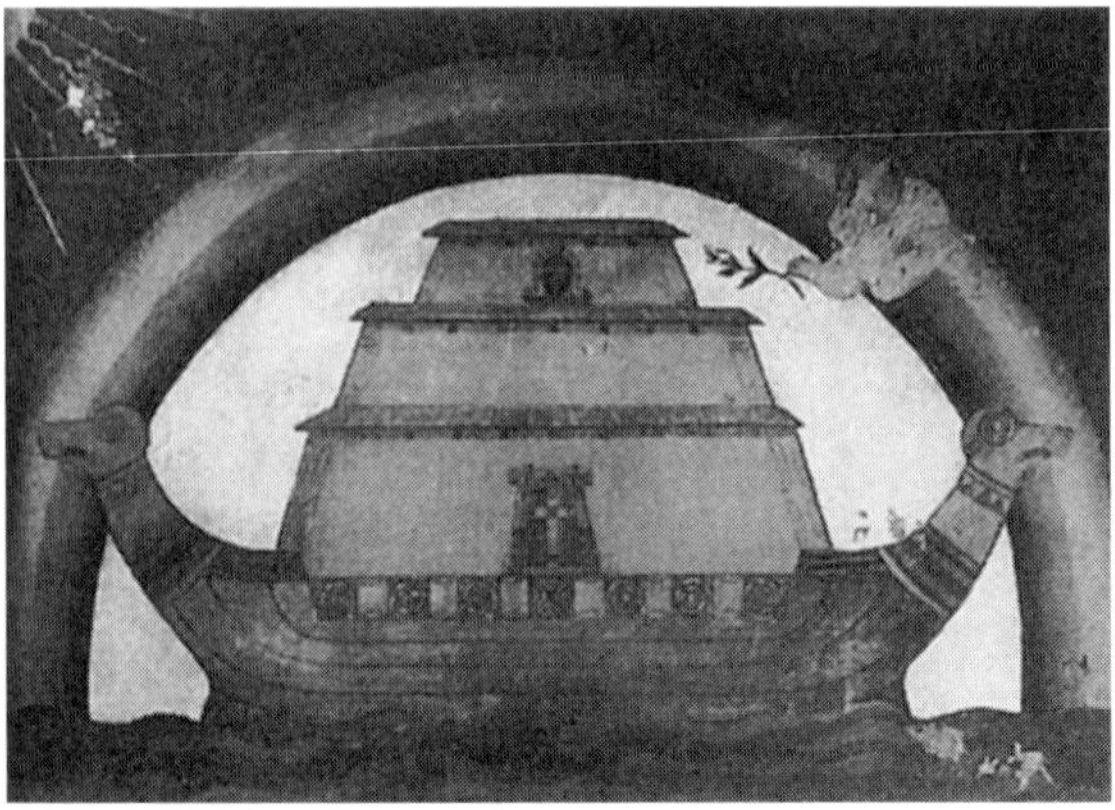

を収容できる高いガラスのドーム天井を戴いたダイニングルーム、喫煙室やビリヤードサロン、スイートルームに吹き抜けの階段室、上はそのむかし軽食堂が並んでいた五階、下は地下一階と二階の、往時にラインワインやボルドー、シャンパンが貯蔵され、何千という焼き菓子の生地作りや、野菜や赤身の獣肉や蒼白い鳥肉の下ごしらえが行なわれていた冷え冷えした迷宮にいたるまで。魚の貯蔵室では、黒い粘板岩の卓にたえず新鮮な水が注ぎかけられ、その上にかつては鱸《すずき》や川梭魚《かわかます》や鰈《かれい》や舌平目や鰻が山をなして積まれていたということで、ペレイラは私に語るのです、ここはこれだけで、ひとつの小さな黄泉の国だったのですと、とアウステルリッツは語った。そして、こんなに遅い時間でなければごいっしょにもう一度中を廻るところでしたのに、と私に言った。とりわけ寺院はぜひともお見せしたかった、そして虹の下に浮かぶ三層造りの箱船に、緑の枝をくわえた鳩がいましも戻ってきた場面を金色《こんじき》の色彩で描いた装飾画をご覧に入れたかった、と。不思議なことにその日の昼下がり、ペレイラとともに美しい主題の前にたたずみながら、アウステルリッツははるか昔に遡る私たちのベルギーの出会いに想いを馳せ、かつて私

がアントワープやリエージュやゼーブルッヘで聞き役をつとめたように、誰か、彼がついこの数年に探りあてた彼自身の来歴に耳を傾けてくれる人を見つけなければならないと思っていたと言うのだった。そしてこの今まで一度も足を踏み入れたことのなかったグレート・イースタン・ホテルのバーで私に再会したというのなら、それは統計的確率なんぞとはかかわりのない、まぎれもなく必然の驚くべき内的論理によってのことなのだと、それだけ言うとふっと口をつぐみ、しばしのあいだひどく遠くに眼を放っていたように思う。やがてあらためて私を見ると、ようやく、話の口火を切ってこう言った。子どもの時分からずっと、私は自分という人間がほんとうは何者か、知らなかったのです、と。今にして思えば、もちろん、アウステルリッツという名前だけで、そしてこの名前が十五の歳まで私に伏せられていたという事実だけで、本来ならおのれの出自を探らずにはいられなかったところでした。けれども、私の思考能力にまさる、あるいは思考能力を統べている何物か、脳のどこかで周到に気を配っている何物かが、終始私の秘密をみずからに対して閉ざしつづけてきた、そして私がしかるべき推論をみちびきだして相応の調査をはじめるのを、総力をあげて阻んできた、それがなぜだったのかもまた、この数年ではっきりしたのです。自分が嵌めていた枷を抜け出すのはたやすくはありませんでしたし、今こうして、なんとかまともに順序立ててお話しするのも容易ではなかろうと思います。私は、バラという、ウェールズの小さな田舎町で育ちました、とアウステルリッツはその晩、グレート・イースタン・ホテルのバーで語りはじめた。エミール・イライアスという、かつて宣教師をつとめたこともあるカルヴァン派の説教師で、小心翼々としたイングランド人女性を妻にもつ人の家でした。あの陰気な家を懐かしく思い出すことは、私にはできたためしがありません。町はずれの小高い丘にぽつんと立っていて、大人ふたりと子どもひとりが暮らすには大きすぎる家でした。二階にはいくつか部屋がありましたが、年中閉め切られていました。いまもときどき夢に見るのです、閉ざされた扉のひとつがさあっと開き、敷居をまたいで中に入っていくと、そこにもっと温かくて他所他所しくない世界があるのを。錠が下りていなくとも使われていない部屋もありました。ベッドか長櫃がひとつ置いてあるきりで、昼間もカーテンが閉め切られ、終日薄闇が立ちこめていた、その幽冥の中にいると、やがて自分が消えていくような感覚に襲われたものです。ですからバラでの幼年期は、ほとんど何ひとつ記憶に残っていません、憶えているのはただ、ある日唐突に別の名前で呼びかけられて、胸のつぶれる思いになったこと、自分の持ち物がふいに消え去って、かわりにイギリス式の短いズボンに、しょっちゅうずり落ちるハイソックス、漁網めいたベストに薄手すぎる鼠色のシャツという恰好を始終していなければならなくなったのが、たまらなく厭だったことばかりです。牧師館の狭いベッドに横たわったまま、自分のせいで置いてきた人たち（と私は思っていました）の面差しをなんとか思い浮かべようとして、何時間も眼を覚ましていた夜もありました。でもくたくたに疲れ、闇にまぶたが蓋がれるようになるまではだめでした。そうしてうとうとまどろんでわれを忘れた一瞬に、ようやく見たのです、私の方に身をかがめている母を、そしてにこやかに微笑みながら帽子をかぶろうとしている父を。そうした慰めを得た夜の翌朝の目覚めは、その分いっそう辛いものになりました。自分はもう家にいないのだ、はるかな他所にいて、いわば囚われの身になっているのだと、日々あらたに思い知らされるのです。つい最近記憶に甦ってきたのですが、イライアス夫妻のもとで過ごしたあいだ、あの家の窓がついぞ開けられたためしのなかったことに、私はどんなに胸塞ぐ思いだったことか。後年のある夏の日、どこか通りがかりの家の、窓という窓が開け放されていたのを見て、なぜともわからず解き放たれた心地がしたのは、そのせいだったのかもしれません。この解放の欲求についてあれこれ思いをめぐらすうち、つい二日ほど前にはじめて意識に甦ってきたのは、私の寝室のふたつの窓のうち、ひとつが中から塗りこめられていたことでした。外側はそのままで、同時に中と外にいることはできませんから、十三か十四になるまで私はそのことに気づかなかったのです。でもそれがバラでの幼年期の間じゅう、胸をつかえさせていなかったはずはありません。牧師館で私はいつも凍えていました、とアウステルリッツは続けた。冬だけではない、冬はたいがい台所の竈にしか火をおこさず、玄関口の石の床がびっしり霜に覆われることも稀ではありませんでしたが、秋も春も、決まってやってくる長雨の夏すらも寒かった。そしてバラの家に寒さが巣くっていたと同じように、あの家には、沈黙が巣くっていたのです。説教師夫人は起き伏し家事に忙しく、埃をはらい、タイルを洗い、熱湯で洗濯をし、扉の真鍮金具を磨き、粗末な食事の支度をしていました。その食事を、私たちは押し黙ったままとるのが常でした。ときたま夫人は屋敷の中をただ歩きまわって、万事が収まるべき場所に収まっているかを――物が同じところにないと気がすまないたちのひとでした――見て回りました。あるとき、がらんとした二階の部屋で、夫人がぽつんと椅子にかけているのを見かけたことがあります。眼に涙が浮き、握りしめたハンカチは濡れてくしゃくしゃになっていました。私が敷居に立ちすくんでいると、夫人は腰を上げて、なんでもないのです、風邪をひいただけですよと言って、出て行きしなに私の髪を指ですうと梳《す》いていきました。憶えているかぎりで、たった一度の経験です。一方説教師は、判で押したような習慣にしたがって、庭のいちばん陰気な一角をのぞむ書斎に閉じこもり、翌日曜日にする説教をあれこれ思案するのが常でした。紙に書いたことはなく、頭の中だけでたっぷり四日呻吟したすえに仕上げるのです。夕刻には部屋から憔悴しきった姿を現し、翌朝またしてもその小部屋に消えるのでした。ところが日曜になって礼拝堂に蝟集した会衆の前に進み出るや、説教師は震撼すべきと言うほかない迫力で、ときには一時間にわたり滔々と弁舌をふるうのです。いまも耳に響いてくるようです、とアウステルリッツは語った、万人を待ちうける最後の審判、煉獄の炎の色、劫罰の責め苦、そして義《ただ》しき者が永遠の至福にあずかるときの眼もあやな星辰と天空の光景、それを話すときの彼は別人でした。世にも恐ろしい事柄をなんの苦もなく、即興で語り出したかによそおい、聴衆を悔悟の念で打ちひしがれさせることに毎度まんまと成功したのです。礼拝のあと、顔面を蒼白にして帰路につく人もまれではありませんでした。かたや説教者たる彼は、その日曜の残りは目に見えて朗らかになりました。はじまりはタピオカのスープと決まっている昼の正餐では、料理づくりに精を使い果たした妻に向かって冗談まじりの警句を吐き、ついで「で、坊やはどうだね」とお決まりの問いかけで私の機嫌をうかがって、無口な私に口を開かせようとしたものです。締めくくりには師の好物であるこれもお決まりのライス・プディングが食卓にのぼり、それを賞味するときの彼はまたぷっつりと黙りこむのでした。そうして食事が終わると、一時間ほどソファに横たわって休むか、好天の日には表の庭にある林檎の木陰に腰を掛けて、天地創造をなしとげた神もかくやといった風情で、一週間の仕事の上首尾に満悦して眼下の谷間を見下ろしていました。夕刻の礼拝の前には、シャッター付きの書見台から鉛の箱を取り出し、そこからウェールズのカルヴァン派メソジスト教会が発行している教会暦をひろげました。一九二八年から一九四八年までの日祝日を網羅した、糸の出るほど擦り切れた鼠色の小さなその本に、毎週毎週、記載されているすべての日に書きこみを入れるのです。背表紙から細い複写用鉛筆を抜き出して、舌で先端を湿らせると、勉強を見張られている生徒もかくやとばかりに、ゆっくりゆっくり、几帳面このうえない字でその日説教をした礼拝堂と拠り所にした聖書の箇所を、たとえばこんな具合にしたためるのでした。一九三九年七月二十日、サンドゥリソ、タバナクルにて、詩篇第一四七篇四節〈エホバはもろもろの星の数を数へて、すべてこれに名をあたへたまふ〉、あるいは一九四一年八月三日、ギボア、イハーヴ礼拝堂、ゼパニヤ書第三章六節〈われ国々の民を滅ぼしたればその櫓はすべて荒れたり。われこれが街《ちまた》を荒涼《あれさび》れしめたれば往来する者なし〉、あるいは一九四四年五月二十一日、コルウェン、ベセスダ礼拝堂、イザヤ書第四十八章十八節〈願わくは汝わが命令《いましめ》にききしたがはんことを。もし然らば汝の平安《やすき》は河のごとく、汝の義はうみの波のごとく〉。説教師の所持品で死後私の手に渡ったわずかの品のひとつであるこの帳面を近年になって何度か開いてみたのですけれど、最後の書きこみは、とアウステルリッツは語った、あとから挟み足した紙片の一枚になされていました。一九五二年三月七日の日付で、こうあります。バラ礼拝堂、詩篇第一〇二篇六節〈われは野の鸅鶘《をすめどり》のごとく荒れたる跡のふくろふのごとくになりぬ〉。私がゆうに五百回は聴いたであろう日曜日の説教の大半は、当然ながら子どもの頭を素通りしてしまいましたが、しかし個々の語や文章の意味は長く解らなかったにしても、そしてイライアスが使ったのが英語だったにせよ、ウェールズ語だったにせよ、そこに語られたのが人間の罪業と神罰についてであり、火と灰燼と迫りくる世界の終焉であることは、私にも呑みこめていたのです。ただ、私の追憶の中でいまカルヴァン派の終末論に繋がっているのは、聖書に出てきたそうした破滅のイメージではありません、とアウステルリッツは語った。イライアスに連れられて遠出したときに、われとわが眼で見たものでした。戦争がはじまってまもなく若手の説教師が次々と兵役に駆り出されてしまったので、イライアスは少なくとも一週間おきには他所の、時にはかなり遠くの教区まで出向いて説教をしなければなりませんでした。当初私たちは、まっ白に近いポニーに牽かせた二人乗りの軽馬車を駆っていったものでした。例によって、イライアスは行きの車中ではどこまでも陰々滅々としています。ところが日曜の午後の自宅と同じことで、帰り道ではがらりと気が晴れている。ひくく鼻歌を歌ったり、馬の頭上でかるく鞭をひびかせたりすることすらありました。そして説教師イライアスのこの明と暗の二面性は、周囲の山地の風景の明暗ともぴたりと呼応していたのです。はてしなくつづくタナット谷を登って行ったことが甦ってきます、とアウステルリッツは語った。両脇の山腹は、右も左もねじくれた木と羊歯《しだ》と赤茶けた野草のほかには何もなく、鞍部《ヨッホ》に登りつくまでの最後の道は、ただもう白っぽい岩のごろごろする中を霧がたなびいていて、いよいよ世界の果てに近づいたのかと、恐ろしくなったものでした。それが反対に、ある日ペナント峠の頂点に登りつめたときには、おりしも西方に厚く重なっていた雲のひとところが開き、一条の細い筋となった陽光が、眼下の目もくらむような深い谷底に降り注いだのを見たのです。すると、今のいままで底知れぬ暗がりだったところがさあっと明るみ、果樹園や牧草地や畑をそなえた小さな集落が、真っ暗な周りの翳から切り取られて、忽然と浮かび上がりました。それは緑にしたたり、あたかも死者が幸福に暮らす極楽島といった趣でした。そして私たちが峠を越し馬車と馬にならんで峠道を徒歩で下っていくうちにも、あらゆるものが刻一刻と明るくなっていくのです、暗がりから山肌がしらじらと姿をあらわし、風に身をすくめているはかなげな草がほのかな光を放ち、山麓の小川のほとりでは柳が銀色にきらめいて、私たちはいつのまにか寥々とした山頂からふたたび繁みや樹々の下を、かすかに葉ずれの鳴る柏や楓、朱い実をはやくもびっしりとつけている七竈《ななかまど》の木陰を歩いていたのでした。いっとき、私は九つだったと思いますが、イライアスとウェールズの南部をまわったことがあります。山の斜面が道の両側で切り開かれ、森が伐採でずたずたにされている地域でした。夜の帳が下りかけたころに到着した村がなんといったか、もう憶えはありません。ぐるりはおびただしい石炭の山で、ところどころその裾野が通りまで食《は》み出しているところもありました。宿舎として教会役員の家の一部屋があてがわれましたが、そこから巨大な車輪のついた巻き上げ塔が見えていて、その車輪が濃さをます暮色のなか、あるときは右に、あるときは左に、ぐるりぐるり回転するのです。谷底に眼をやれば、三分か四分か、規則ただしい間をおいて精錬所の溶解炉からどっと火柱が上がり、空高く火の粉を吹き上げるのでした。私が床に入ったあとも、イライアスは窓辺の椅子にいつまでも腰を下ろして、黙然と外を眺めていました。あの、火焰に赤々と照らし出されて次の一瞬に真闇に沈んでいった谷の情景こそが、彼の翌朝の黙示録の説教に着想をあたえたのだろうと思います。神の怒り、戦争と荒廃した人々の住処についての説教は、別れぎわに教会役員のひとりが、説教師その人をもはるかに超えた、と形容したほどのものでした。説教のあいだ聴衆は恐怖心をあおられ、その場に凍りついたようになっていました。私にとっては、イライアスが描き出した神の凄まじい威力は、その日の晩方に彼が礼拝の代役を務めることになっていた谷口の小さな町で、昼日中に映画館を爆弾が直撃したという事実があったために、あとあとまで脳裡に刻まれることになりました。私たちが中心街に着いたときには、瓦礫からまだ煙が上がっていました。人々は三々五々通りにかたまって立ち、なかには驚愕になお口を手でふさいでいる者もいました。消防車が円い花壇に斜めに突っこんで止まり、芝生には死骸が日曜日の晴れ着姿のままごろごろしています。イライアスが語って聞かせるまでもない、安息日の平安の掟を破った者たちなのでした。こうやって、私の頭にはしだいしだいに旧約聖書の報復神話といったものが形をなしていったのです。ちなみに私にとってその最たるものは、サヌジンという村がヴァルヌーイ・ダム湖に水没したことにきまっていました。憶えているかぎりでは、アバトゥリドゥールだったかポント・ソゲルだったか、例の出張説教の帰り道だったと思います。イライアスは湖畔に馬車

を停めて私を堰堤《せきてい》のなかほどまで連れて行くと、そこで深さ百フィートもの暗い水底に沈んでいるという、父親の家の話をしたのでした。それも父親の家のみならず、ゆうに四十軒もの民家や農場が、エルサレムの聖ヨハネ教会と三つの礼拝堂、三つの酒場もろとも、一八八八年秋のダムの完成とともに残らず水中に没したというのです。イライアスの話では、とアウステルリッツは語った、水没前のサヌジンはつとに名の知れた村で、夏の宵に煌々と照る満月のした、村の芝生広場で夜どおしサッカーが行なわれることで有名でした。それも近在の者まで含めた、老若とりまぜあらゆる歳の百名をくだらぬ男が寄りあうのです。サヌジンのサッカーの話は長いこと私の空想をとりこにしました、とアウステルリッツは語った。それはなによりも、イライアスがおのれの人生について幾ばくかを漏らしたのが、後にも先にもそのときかぎりだったからに相違ありません。ヴァルヌーイのダム湖での一刹那、それと決めてだったのか、あるいはたんに迂闊だったのか、私に向かって説教師が胸の奥底を垣間見せてくれたそのとき、私は彼の言うとおり、義《ただ》しき者である彼だけがサヌジンの洪水をひとり生き残ったのだと、しんそこ思ったのでし

た。そしてあとの人々はすべて、両親も、兄弟姉妹も、親戚も、隣人も、村民も、ひとり残らず深い水底に沈んでいる、まだ家にいたり、そこの通りを歩き回ったりしている、でも口を利くことは叶わず、両の眼を大きく瞠っているばかりだと、そんなふうに思えてくるのでした。サヌジンの住民が水底に棲むなどという想像に及んだのは、帰宅したその晩、水没した生まれ故郷のいろいろな情景をおさめたアルバムをイライアスがはじめて見せてくれたからでもあります。牧師館にはおよそ絵や写真というものがなかったので、私はそのわずかな写真を（これはカルヴァン派教会暦とともにのちに私の所有となりました）くり返し眺めたのです。革の前掛けをした鍛冶屋、イライアスの父である郵便支局長、羊をしたがえて村道を行く羊飼い、そして誰よりも、子犬を抱いて庭の椅子に腰を掛けてい

るひとりの少女、写真から私を見つめ返してくるその人々に私はすっかり親近感をおぼえ、しまいには、自分もいっしょに湖底で暮らしているような心地にすらなるのでした。夜、寒い部屋で眠りに引きこまれる前には、自分も暗い水底に沈んでいるような気のすることがよくありました。ヴァルヌーイ湖の哀れな魂と同じく、眼をおおきく瞠って、頭上はるか、幽かに射しこむ薄日を仰ぎ見ているような、鬱蒼と木の茂る岸辺に恐ろしげな様相でぽつんと立っている石塔の、さざ波に見え隠れする水影に眼を凝らしているかのような気がしたものです。炎暑の真昼どき、あたりに人影がなく陽炎のゆらゆらと燃えたっているときなど、私はバラの街路や野原で、アルバムの写真に載っていた人たちを見たような幻覚に駆られすらするのでした。こうした事柄について話すことをイライアスは禁じていましたから、かわりに私が暇さえあればいりびたっていたのが、靴屋のイヴァンのところでした。イヴァンは牧師館からそう遠くないところに仕事場をかまえていて、霊視能力があるというもっぱらの評判だったのです。それに私が文字どおりあっという間にウェールズ語を学んだのも、彼のところでした。日曜学校のために暗唱させられるうんざり長い詩篇や聖書の言葉などよりか、イヴァンの話のほうがどれだけ頭に入ったかしれないのです。イライアスがなにかといっては病気や死を試練や神罰や罪に結びつけるのに対し、イヴァンのする死者の話はちがっていました。時ならぬ悲運に見舞われて亡くなった人間は、寿命をだまし取られたことを知っていて、もう一度甦ろうとねらっている、というのです。視る眼さえあれば亡者にはいくらでも遇える、一見のところでは普通の人と変わらないけれども、よく眺めると顔がぼやけていたり、輪郭がちらちらと光っていたりする。それに亡者というものはたいてい生前よりひとまわり小柄になっているものだ、とイヴァンは言うのでした、なぜなら、亜麻布をはじめて洗うと縮むように、死を経ると人間は縮こまるものだから、と。亡者はたいがいいつもひとりだが、小隊を組んで歩いていることもある。色とりどりの軍服やねずみ色の外套をまとって、太鼓をひくく打ち鳴らしながら、行列を作って丘を越えていく、そういうさまをこの眼で見た人がいる、野原の石垣を抜けていったが、身の丈はその石垣とおっつかっつだったそうだ。イヴァンは、お祖父さんがヴロンガステスからパルサイへの道で亡霊の行進に出くわし、道をよけなければならなかった話をしてくれました。亡霊たちは後ろからお祖父さんを追い越していったのですが、それがどれもこれも、小人並みに矮《ちい》さいのです。かるく前屈みになり、高い微かな声でしゃべりながら急ぎ足で過ぎていったといいます。イヴァンの低い作業台のそばの壁には、フックに一枚の黒いヴェールが掛けられていました、とアウステルリッツは語った。それは外套に身をくるんだ小柄の亡霊が通過していったとき、彼らが運んでいた棺に掛かっていたのをお祖父さんが取ってきたものということでした。そして、この世とあの世を隔てているのはこんな絹の布一枚きりだよ、と話してくれたのも、やっぱりイヴァンに相違なかったのです。じつは、バラの牧師館で過ごした歳月をつうじて、私はなにかしごくわかりきったこと、明らかなことが、自分から隠されているという想いがどうしても拭えなかった。夢の世界から現実を捉えようともがいているような心持ちがくり返ししていました。いわば影を逆転させたように、眼に見えない双子の兄弟がかたわらを歩いている気がしたこともあります。六つの歳から日曜学校で読まされた聖書の物語にも、私にまつわるなにか、人差し指でたどる文章から読みとれるのとはまったく別の意味が、背後にひそんでいるような気がしました。今も瞼に浮かんできます、とアウステルリッツは語った、モーゼの物語をくり返しくり返し、ぶつぶつ声に出して、たどたどしく読んでいく自分の姿。あれは、暗唱するように言われていた言葉の混乱についての章を、はじめて間違えずに美しい抑揚で朗唱できたごほうびにミス・パリーがプレゼントしてくれた、子ども用の活字の大きな聖書でした。いまでもあの本を二、三頁もめくってみれば、不安に心が小波だった箇所のことが甦ってきます。レビの娘が葦で籠を作り、泥と瀝青と樹脂で塗り固めて、子をその中に入れ、川岸の葦のなかに置いた、というくだり、アナルヘスグ・アルヴィンナラヴォン、たしかそんなふうに発音したと思いました。モーゼの物語でほかにも心を惹きつけられたのは、とアウステルリッツは語った、イスラエルの子らが、恐ろしい荒れ野を越えていく章でした。目路のかぎりただ空と砂が続くなかを、幾日となく歩きつづけるのです。さまよえる民を先導した（とのふしぎな表現がしてありました）という雲の柱を、私は瞼に浮かべようとしました、そして、何もかも忘れて、一頁まるごとの挿し絵を、吸い寄せられるように眺めたのです。裸山の折り重なる山襞、海のようにも空のようにも見える、灰色に塗られた背景。シナイの荒れ野は、私が育ったウェールズの地とうりふたつでした。それどころか、とのちの機会にウェールズの子ども用聖書を開いて見せながら、アウステルリッツは語った、宿営地に群れている豆粒のような人影を見たとたん、私は、自分の居場所がここにあるような気持ちすらしたのです。隅から隅まで、なじみがあるように思えるからこそ不気味な画面を、それこそ眼を皿にして眺めました。右手急斜面に面したやや白っぽい平地は、石切場だろう、その下の同じ方向に弧を描いている線のひとつはどうやら鉄道線路らしい。ですが私の想像を何にもましてかきたてたのは、垣根で囲われた中央の広場であり、その奥の隅で白煙をたちのぼらせているテントのような建物でした。あのころ胸を去来したのがなんであったにせよ、少なくとも今思えるのは、とアウステルリッツは語った、荒野の山中にあったヘブライ人の宿営地は、日に日に不可解になっていくバラでの生活より私にはよほど身近に思えたということです。グレート・イースタン・ホテルのバーでのその夕べ、アウステルリッツはさらに、バラの牧師館にはラジオも新聞もなかったと話した。記憶にあるかぎりでは、と彼は語った、イライアスと妻のグェンドリンが、ヨーロッパ本土での戦況を口にのせていたことは一度もありませんでした。私にはウェールズの外の世界は想像もつきませんでした。ようやく様相が変わりはじめたのは、終戦後です。バラでも色とりどりの小旗で飾られた往来で踊りが行なわれ、戦勝の祝賀とともに新時代が到来したようでした。私にとっては、禁じられていた映画にこっそり行ったのがそのはじまりで、それからは決まって日曜日の昼前に映画技師のオーウェン、この人は霊視者イヴァンの三人の息子のひとりなのですが、彼の映写室からいわゆる週刊トーキーニュースを見たものです。同じころ、グェンドリンの健康が芳しくなくなりました。はじめは気づかぬほどでしたが、一気に悪化したのです。あれほど整理整頓に細かかったひとがまず家を、ついで身の回りをおろそかにしはじめました。台所にただぼうっと突っ立っていて、イライアスができる範囲でようやく食事を準備しても、ほとんど口をつけません。一九四六年の秋学期、十二の歳で私がオズウェストリー近郊の私立学校ストーワ・グレインジに送られたには、間違いなくこの事情があったはずでした。ストーワ・グレインジ校は、こうした教育施設の例に漏れず、思春期の少年にとって考えうるかぎりの不向きな場所でした。ペンリス＝スミスなる校長は、埃っぽいガウン姿で早朝から深夜まで四六時中あてどなく校舎をうろついていて、処置なしに心ここにあらずといった放心はなはだしい人間でしたし、ほかの教師も戦争直後とあって、大半が六十過ぎか、でなければ傷害を抱えた、いささか奇矯な人たちばかりでした。学校生活はそれなりに進んでいきましたが、これはストーワ・グレインジの教師のおかげというよりは、教師たちにもかかわらずと言ったほうがいいかもしれません。生活を律していたのは不変の道徳心などではなく、生徒間に代々伝わるしきたりや習慣で、その少なからぬものが東洋的な色合いをおびていました。奉仕の強要、奴隷扱い、牛耳

り、依怙贔屓《えこひいき》、仲間はずれ、英雄崇拝、追放、制裁と赦し——はなはだしい独裁からちょっとした横暴まで、その形はまことにもってさまざまで、こうした手段を用いながら、生徒たちは上からの指図を受けずに自治を行なっていたのです、もっと言うなら、彼らは教師を含むあの施設すべてを支配していたのでした。善人を絵に描いたようなペンリス＝スミスが、耳に入った何事かのために生徒を校長室に呼んで体罰を与えるといったときすら、どうかすると、罰されるほうが罰するほうに、おまえにだけ一時的に仕置きの特権をあたえてやろうとでも言いそうな印象すら起こさせました。ときどき、なかんずく週末には教師一同が学校から逃げ出し、町からゆうに二マイル離れた学校の運命を残った生徒たちにまるまる委ねた感になることもありました。そうするとわがもの顔に歩き回る者あり、勢力拡大をねらって謀《はかりごと》をめぐらす者あり、なぜか〈紅海〉と名付けられていた暗い地下廊下の突き当たりの、がたぴしするベンチや椅子が数脚あるだけの理科実験室に入りこんで、甘ったるい匂いを放つ古びたガスコンロでトーストを焼く者あり、化学の実験用に大量にストックのある棚から硫黄色の代用パウダーを取り出して炒り卵をこさえる者あり、といった始末です。もちろん、ストーワ・グレインジがこんな状態であった以上、在校期間をつうじて悲惨のどん底からはい上がれない者も少なからずいました。たとえば記憶に残っているのは、とアウステルリッツは語った、ロビンソンという少年です。学校生活のがさつさと特異さになじめなかったにちがいないこの少年は、九つか十のとき、しきりに脱走を試みました。真夜中に雨樋を伝い降り、野原を突っ切って逃げたのです。そして翌朝には、珍妙にもわざわざ逃亡にはおっていったとみえる格子柄のガウン姿で、卑しい犯罪者さながら、連れ戻した警察官の手で校長に引き渡されるのでした。でも私自身にとっては、とアウステルリッツは語った、ストーワ・グレインジの歳月は、哀れなロビンソンのような囚われの時どころか、じつは解放だったのです。同級生を虐めている者すらふくめ、大半の生徒は、帰宅許可が出るまでの日をカレンダーで一日ずつ消していったものでしたが、私は、できるものならバラの家になど二度と戻りたくなかった。いかに嫌なことがついて回ろうと、この学校が私のただひとつの脱出口だと、入学した最初の週にはやくも悟りましたから、無数の不文律とカーニバルそこのけの無法状態が奇妙に混在する学校に、すぐさま全力で適応しようとしました。じつに都合のよいことに、私はまもなくラグビーで頭角を現すようになります。ことによったら、当時は意識していなかったけれど私の中になにかどんよりした痛みがあって、それでほかの誰よりも頭を低くして敵陣を突破していけたのかもしれない。瞼に浮かぶのは、いつも冬場の寒空の下か、どしゃぶりの雨の中の試合ですが、そこで見せつけた向こう見ずのおかげで、私はべつだん子分を作ったり弱い生徒を従わせたりしなくても、じきに特別な地位を占めるようになったのでした。それに学校になじむのに決定的だったのは、勉強や読書が私には少しも重荷でなかったということです。その逆に、長年ウェールズの聖書と説教の世界に閉じこめられていた私にとっては、どんな頁も、めくるたびに新しい扉が開かれる思いでした。まことにいいかげんな寄せ集めの蔵書しかなかった図書館からも、そして教師たちからも、借りられる本はことごとく借り出して読みました。地理や歴史の本、旅行記、小説、伝記、夕闇が降りるまで、参考図書や世界地図の上にかがみこんでいたものです。ていきました。そうやって、しだいに私の頭の中に想像の風景が描かれていきました。アラビア砂漠、アステカ帝国、南極大陸、雪のアルプス、北西航路、コンゴ河、クリミア半島……それらはおのおのに似つかわしい人影をちりばめながら、横並びに一枚のパノラマを形づくっていきました。ラテン語の授業中にしろ、ミサの最中にしろ、はてしなく長い週末にしろ、望めばたちまちその世界に入っていけましたから、私はストーワ・グレインジの生徒が得てしてかかる気鬱にも陥りませんでした。気が滅入ったのは、むしろ長期休暇で帰郷しなければならなかったときです。はじめてバラに帰った万聖節のときにはもう、物心ついて以来自分につきまとってきた不運の星がまた現れたか、という気分でした。二ヶ月の不在のうちに、グェンドリンの容態は坂をころげるように悪くなっていました。今では一日じゅう床に臥して、動かぬ眼でひたと天井を眺めているばかりです。イライアスが朝と晩にしばらく付き添いますが、ふたりともただのひと言も口をききません。いま思い返すと、とアウステルリッツは語った、あのふたりは、自分たちの心の冷たさによってゆっくり死んでいったのかもしれないという気がします。グェンドリンがなんの病気に蝕まれていたかは知りません、おそらく本人も知らなかったでしょう。いずれにせよ、病気に対してなすすべのなかった彼女のただひとつの奇体な欲求は、安物のタルカムパウダーのような粉を日に何度となく、おそらく夜もだったと思いますが、全身にはたくことでした。ベッドの脇の小机にはその大瓶が置かれていました。塵のように細かい、脂質をいくらか含んだその粉を、グェンドリンはおそろしく大量にふりかけ、ためにリノリウムの床はベッド周りからはじまって部屋全体、やがて二階の廊下まで、湿気を帯びていくぶん粘ついた白い膜にうっすらと覆われるようになったのです。牧師館の白い膜が甦ってきたのは、つい先日のことなのですよ、とアウステルリッツは語った。ロシアのある作家が、少年期の思い出を綴った文章の中で同じようなパウダーマニアについて書いていたのです、彼の場合はお祖母さんでした。ただ、このお祖母さんは日がな一日長椅子にころがって、葡萄のグミとアーモンド乳だけで栄養をとっていたものの、ほかは元気矍鑠《かくしゃく》としていて、毎晩窓を開けっ放して眠っていたといいます、それである夜っぴて吹雪いた日の翌朝、目覚めてみたら掛け布団がすっかり雪に覆われており、それでも風邪ひとつひかなかった、というのでした。むろん、牧師館がこうであったはずはありません。病室の窓は四六時中ぴたりと閉ざされていて、少しずつあらゆるものに降りつもって、今では歩いた跡が道になっているような白い粉は、まばゆい雪とは似ても似つかないものでした。むしろ思い出すとすれば、イヴァンがいつか話してくれたエクトプラズムでした。霊能力のある女性たちの口から吐きだされる大きな気泡のようなもの、そして地面に落ちるとたちまち乾いて塵のように砕け散ってしまう。そうです、牧師館に舞っていたのは、あれは降ったばかりの雪などではなかった。あそこを浸していたのは、なにか不吉《いや》なものでした。なにに由来するのか判然としない、ただ、ずっとのちにある本で〈砒素《アルザン》の戦慄〉という語を見つけたときに、意味はさっぱり解せないながらも、これだと思ったことがあるばかりです、とアウステルリッツは語った。オズウェストリーの学校から二度目に帰宅したのは、未曾有の寒さの冬で、グェンドリンはもはや半死半生の体でした。病室の暖炉に石炭がくすぶり、たよりなげに熾った塊から立ちのぼって執拗に消えやらない黄味がかった濃煙が、家中にこもったタルクの匂いと混じりあっていました。私は何時間も窓辺にたたずんで、窓ガラスをしたたり落ちる水が横桟の上にこしらえた二インチから三インチの氷の山の、模様の妙に見入っていたものです。外の雪景色からはときおり人影が現れました。黒っぽい肩掛けや外套に身をくるみ、吹きつける雪を傘で防ぎながら丘をよろよろとのぼってくる人々でした。下の玄関で長靴を打ち合わせて雪を落としている音が聞こえ、やがて、説教師のために家事を切り盛りしてくれている隣家の娘に導かれて、人々がそろそろと階段を上ってきました。躊躇《ためら》いがちに、なにかに体を屈めずにいられないかのように敷居をまたいで、持参の品――紫キャベツの瓶詰めやコンビーフ、大黄ワインなど――を箪笥の上に置くのですけれど、グェンドリンには見舞い客がもはやわからず、客たちもまた彼女から視線をそらさずにはいられないのでした。彼らは大概しばらく私と並んで窓辺にたたずみ、同じように外を眺めやっては、ちいさく咳払いをしていきました。客が去ると館はもとどおりひっそりとし、背後から聞こえてくる浅い呼吸だけが、あたかも永遠の時が過ぎ去るかのような間をおいてくり返されました。クリスマスの日、グェンドリンは総身をふりしぼって、もう一度、床に起き上がりました。イライアスが砂糖入りのお茶をもってきましたが、唇を湿しただけでした。そして聞きとれないほどのかぼそい声で言うのです、「どうしてでしょう、私たちの世界がこんなに昏くなったのは?」イライアスは答えました、「わからないよ、きみ、私にはわからないのだ」――年が明けるまでグェンドリンはうつらうつらして過ごしましたが、一月六日の顕現日にいよいよ臨終を迎えました。外の冷えこみはいっそう厳しくなり、静けさはいよいよ募るばかりでした。のちに耳にしたところでは、この冬イギリス全土が動きを止めたといいます。ウェールズに到着した日に私が海かと見紛ったバラ湖すらが、厚い氷に閉ざされていました。水底の石斑魚《うぐい》や鰻はどうしているだろう、見舞い客が話していった、凍りついて枝からぽろぽろと落ちるという小鳥たちはどうしているだろう、と想いを馳せたものです。からりと明るい日は一日もなく、どんよりした空に弱々しい太陽がはてしない彼方にようやく顔を出すと、死にゆくひとは眼をいっぱいに瞠ったまま、窓ガラスから射す薄日からかたときも眼を離そうとしませんでした。夕闇が降りてようやく瞼が閉じられ、ほどなく呼吸のたびに喉のごろごろ鳴る音がしはじめました。私は説教師とともに夜っぴて付き添いました。朝方、ふっとごろごろが止み、するとグェンドリンの軀が弓なりにわずかに伸び上がって、つぎの瞬間にくたんと落ちたのです。そののけぞりのようなものを、私はかつて自分の掌で感じたことがある――むかし畑の畦で傷ついた兎を抱き上げたとき、私の腕に抱かれて恐怖のあまり心臓を止めた兎がいまわの際にのけぞった、それとまぎれもなく同じものでした。しかし死の瞬間の痙攣が収まると、グェンドリンの軀はたちまち縮んで一回り小さくなったように見え、私は思わずイヴァンの話を思い起こしたものです。両眼が眼窩に落ちこみ、薄い唇が下に引っ張られて、不揃いな歯並びが半分むきだしになっていくさまを見つめているうち、やがて外は夜が明けて、じつに久方ぶりにバラの屋根屋根を曙光が染め上げたのでした。臨終の翌日がどのように過ぎていったか、もう憶えはありません、とアウステルリッツは語った。疲れ切って床に入り、昏々と長い眠りをむさぼったのだろうと思います。起きたときには、すでにグェンドリンは表の部屋で、マホガニーの椅子を四つ並べた上に置いた棺の中に寝かされていました。二階の長持《ながもち》に長年しまわれていた花嫁衣装をまとい、小さな真珠の釦《ボタン》をびっしりとちりばめた白い手袋をはめて。私の眼には触れたことのないものでした。そしてそれを一瞥したとき、牧師館に来て以来、はじめて私の眼に涙が浮かんだのです。イライアスは棺のそばにつくねんと座って死人を見守り、戸外では、凍てつきしむからっぽの納屋の中で、コルウェンからポニーに乗ってやってきた若い助任牧師が、翌日の埋葬で述べることになっている弔辞をひとり練習していました。イライアスは妻の死をついに乗り越えることができませんでした。妻の死以来彼が陥った状態を、喪失の悲しみということばで形容するのは当たらないでしょう、とアウステルリッツは語った。十三歳の私には当時さだかにはわかりませんでしたけれど、今にしてみれば、イライアスはもっとも信仰を必要としていたまさにそのとき、己の中に澱のようにたまっていた不幸のために、信仰を打ち砕かれてしまったのだと思います。夏にもう一度私が帰宅したときには、すでに数週間前から説教のできる状態ではなくなっていました。その後一度きり説教壇にのぼりました。聖書を開き、きれぎれの声で、あたかもおのれひとりに言いふくめるように、エレミヤ哀歌の一節を読み上げました。〈主われをして長久《とこしへ》に死にし者のごとく暗き所に住ましめ〉。つづく説教はもはやありませんでした。つっ立ったまま、盲人さながらの虚ろな眼で、驚愕に凍りついた信徒たちの頭ごしに宙を凝視しているのです。それからのろのろと説教壇を降りて、礼拝堂を出ていきました。夏が終わる前に、イライアスはデンビーに移されました。一度だけ、クリスマス前に信徒代表といっしょに訪ねたことがあります。入院患者が収容されているのは、石造の大きな家でした。たしか、とアウステルリッツは語った、緑色のペンキを塗った部屋で待たされたと思います。十五分もすると世話係がやってきて、イライアスのいる階上に案内してくれました。イライアスは柵を巡らせたベッドに顔を壁にむけて横たわっていました。息子さんがお見えですよ、牧師、と世話係が声をかけましたが、二度三度呼びかけても応えはありませんでした。私たちが部屋を辞去しようとしたとき、同室の患者でもじゃもじゃの頭をした土気色の顔の小男が私の袖を引き、口に手をかざしてささやくのです。だってね、おつむがちょっぴりいかれてるんでさあ。ふしぎなことにそのとき、とアウステルリッツは語った、男の診断は私にはなぜか慰めのように、その場の無惨なけしきを耐えさせてくれるもののように感じられたのでした。――デンビー精神病院を訪れてから一年余が過ぎた一九四九年の夏学期のはじめ、ちょうど進路を左右する試験の勉強にとりかかったころです、としばしことばを切ったあと、アウステルリッツは話をつづけた。ある朝、校長のペンリス＝スミスに呼ばれました。今も脳裡にあざやかに刻まれています、裾のほつれたガウンをはおった校長が、パイプからくゆる紫煙に包まれて、窓格子の鉛ガラスからはすに射しこむ陽を浴びている姿が。いかにも彼らしいしどろもどろで、校長は同じ話を行きつ戻りつ、何度もくり返しました。きみは模範的でありました、本校にあって、じつに模範的でありました、この二年間のおこないに鑑みて、今後もひきつづき諸先生方の応分の期待に応えるならば、きみに、上級課程《シックス・フォーム》の修了まで、ストーワ・グレインジ理事会から奨学金が出ることになっています。ただ、そのためには言っておかなくてはならないことがある、試験用紙にはダヴィーズ・イライアスでなく、ジャック・アウステルリッツと書いてもらわなくてはなりません。「どうやらそれが」、とペンリス゠スミスは言ったのです、「きみの本名らしいのですね」。校長の言うには、入学時に私の里親夫妻と懇談したさい、夫妻は、出生にかんしては試験前に時期をみはからって私に打ち明けるつもりである、異存がなければ私を養子にしたい意向だったというのでした。しかしこうなってしまった以上、あいにくもう無理な話になってしまいましたがね、とペンリス゠スミスは言ったのです、とアウステルリッツは語った。校長が知っているのは、戦争が始まったころイライアス夫妻が幼児だった私を引き取ったということだけで、だからそれ以上はなにも教えてやれないというのでした。イライアスさんの容態がよくなれば、万事おのずと片がつくのですがね、「ほかの生徒の前では、当面ダヴィーズ・イライアスのままでいなさい。わざわざ知らせる必要もない。要は試験用紙にジャック・アウステルリッツと書くことだけで、そうしてもらわないと受験が無効になってしまうのですよ」。ペンリス゠スミスはその名前を一片の紙に書いて渡してくれましたが、私はなんと応えてよいのかわからず、「ありがとうございます」と言うのが精一杯でした、とアウステルリッツは語った。当初、なによりもとまどったのは、Austerlitz、アウステルリッツなる名前に、ぴんとくるものがまったくないことでした。モーガンなりジョーンズなりが新しい名だというのなら、現実味もあったでしょう。ジャックという名前すら、フランスの童謡で耳にしたことがありました。しかしアウステルリッツとはいまだかつて聞いたこともない。それで初っぱなから私は、アウステルリッツなどと名のつく者は私のほかには誰もいやしまい、ウェールズにもイギリスにも、世界広しといえどどこにもいないだろうと決めつけてしまったのでした。じっさい、数年前から自分の生い立ちを調べていますが、アウステルリッツと名のつく人には会ったためしがありません。ロンドンの電話帳にも、パリの電話帳にも、アムステルダムやアントワープの電話帳にも見当たらない。ただ、先日なにげなくラジオをつけたところが、フレッド・アステアは本名をアウステルリッツといって、とちょうどアナウンサーが話しているのです。アステアを私はまったく知りませんでしたが、その驚くべき番組によれば、アステアの父親はウィーンの出身で、アメリカのネブラスカ州オマハで醸造技師をしていたというのでした。アステアもそこで生まれました。アウステルリッツ一家の住む家のベランダからは、貨物列車を入れ替える操車場の音が響いてきていたといいます。夜どおし聞こえる操車場のその轟《とどろ》きと、そこから喚び起された鉄道で遠方《おちかた》へ旅をするという空想が、子ども時代のただひとつの思い出だった、とアステアはのちに述懐したというのでした。この、私にはまったく未知の人の生涯を聞き知ったわずか数日後でした、とアウステルリッツはつけ加えた。大の読書家を自認する隣家の女性から、カフカの日記に私と同じ名前のがに股の小男が出てきて、カフカの甥に割礼をほどこしたとあるという話を耳にしたのです。しかし、その手掛かりがなにかに繋がるとも思えませんでした。ごく最近になって、ある安楽死の実行に関する文献を見つけましたが、そこにも、一九四四年にトリエステ近傍のサン・サバ半島の精米所で安楽死が行なわれた、とラウラ・アウステルリッツなる女性が一九六六年六月二十八日、イタリアの予審判事に証言したという旨の記述があったものの、これにも期待はかけられないと思いました。いずれにしても、とアウステルリッツは語った、いまのところ私と同名のこの女性を見つけ出すことには成功していません。証言から三十年が過ぎ去った今、このひとがなお存命であるかすら不明なのです。私自身について言えば、さきほど言ったように一九四九年の四月、ペンリス＝スミスに書き付けをもらったその日まで、アウステルリッツという名は一度も耳にしたことがありませんでした。どう綴るのか見当もつかず、なんとも珍奇な、秘密の暗号めかした名を、一字一字、三度も四度もたしかめたあとで、ようやく顔を上げて訊ねました。「すみません、先生、この名前はどういう意味なのでしょうか」するとペンリス＝スミスは言ったのです、「じきわかると思いますがね、モラヴィア地方の小さな町がこの名前ですよ、有名な戦争のあった場所です」。そうしてなるほど、翌学年には授業でモラヴィアの町アウステルリッツ（現チェコ領スラフコフ）がこと細かに論じられたのでした。上級課程《シックスス・フォーム》の一年目に必修の科目だったヨーロッパ史は、込み入っていてそう安易に扱える科目ではないとみなされており、そのため基本的には一七八九年から一八一五年までの、イギリスの大勝利で締めくくられる時代に限ってありました。輝かしくも悲惨なこの時代を教えることになっていた教師はアンドレ・ヒラリーといい――輝かしくも悲惨な時代、とたびたび力説したのも彼です――復員してストーワ・グレインジ校に着任したばかりで、じき判明したことにナポレオンの時代に細部までおそろしく通暁したひとでした。アンドレ・ヒラリーはオリエル・カレッジに学びましたが、代々ナポレオンに心酔してきた家系に生い育っていたのです。ヒラリーの話では、とアウステルリッツは語った、アンドレというその洗礼名にしても、父親がナポレオン配下のリヴォリ公アンドレ・マセナ元帥にちなんで授けたとのことでした。驚くべきことにヒラリーは、彼言うところのコルシカの彗星が天空を横切っていった道筋を、その出現にはじまって南大西洋における消滅に至るまで、通過した幾多の星座、その光芒に照り映えた出来事や人物すべてをふくめ、上昇と下降のいついかなる時点であろうとまるで現場に居合わせたかのごとく、一切の下準備もなしに活写することができたのです。のちの皇帝のアジャクシオでの幼年時代、ブリエンヌ陸軍幼年学校時代、トゥーロン包囲戦、エジプト遠征の辛苦、敵船ひしめく海原からの帰還、グラン・サン・ベルナール峠越え、マレンゴの、イエナ＝アウエルシュタットの、アイラウ＝フリートラントの、ワグラムの、ライプチヒの、そしてワーテルローの会戦。その逐一を、ヒラリーはこのうえなく生き生きと私たちの眼に喚び覚ましました。あるときはそれを物語として語りました。この語りはしばしば劇的な調子をおび、やがてそこから一種の芝居へと移行していくのですが、そのときのヒラリーたるや、眼を瞠るばかりの達者さで声音を使い分けながら、複数の登場人物を行き来するのです。またあるときは鷲の眼をもって（とヒラリーはあるとき少なからぬ自負をこめて言ったものでした）当時の情景を高みから俯瞰し、中立の戦略家の怜悧な知性を用いて、ナポレオン軍とその敵軍おのおのの布陣の推移を分析してみせました。ヒラリーの歴史の授業が私たちのおおかたの脳裡に鮮烈に刻みこまれたのは、もうひとつ、とアウステルリッツは語った、彼がたびたび、おそらくは持病の椎間板ヘルニアのためでしょうか、床にあおむけに寝そべった姿勢で講義をしたこともあったでしょう。しかしそれを滑稽だと思う気持ちはみじんも起こりませんでした。なぜならそのときにこそ、ヒラリーの語りはひときわ朗々として威厳あふれるものだったからです。ヒラリーの十八番《おはこ》は、疑いなくアウステルリッツの会戦でした。息の長い語り口で、彼は私たちに彼地の地勢を描いてみせました。ブリュンからオルミュッツへ東にのびる街道、左手に広がるモラヴィアの丘陵、右手のプラッツェン高地、ナポレオンの古参兵の眼にエジプトのピラミッドが彷彿としたという不思議な円錐形の山、ベルヴィッツ、ソコルニッツ、コベルニッツの村々、戦場の中にあった猟獣園と雉飼育場、ゴルトバッハ川の川筋、南部の湖沼、フランス軍の陣営、そして九マイル強にわたって布陣した九万のロシア＝オーストリア連合軍。朝七時、とヒラリーは語るのです、とアウステルリッツは語った、あたかも海に浮かぶ小島のように、霧の海から点々と丘の頂が顔を出し、やがて円丘は頂上からしだいに明るんでいった、かたや、下方の谷にたちこめた乳白色の霧は刻一刻と深さを増すばかり。丘上のロシア＝オーストリア連合軍は、緩慢な雪崩のようにじわじわとプラッツェン高地をくだっていくが、濃霧に阻まれて徐々に目標を見失い、山麓や谷合をむなしく彷徨することとなる。だがこのとき、フランス軍は手薄になった先の陣地に殺到、一気呵成にプラッツェン高地を手中とすると、そこを起点に敵の背後を突いたのだった……。ヒラリーの描いてくれた各連隊の配置図は、白、赤、緑、青の軍服が入り乱れ、戦いの推移とともに万華鏡の色ガラスもさながら、不断に新しい模様を描き出しました。コロヴラト、バグラチオン、クトゥーゾフ、ベルナドット、ミロラドヴィッチ、スルト、ミュラ、ヴァンダム、ケレルマン……私たちの耳にはくり返しそれら将官の名が響き、私たちの眼には、火砲からもうもうと上がる黒煙や、兵士の頭上をうなりながら飛来する大砲の砲弾や、霧をついて朝陽が射しそめたときの銃剣のきらめきやが、ありありと映ったのです。重騎兵どうしが激突する音をこの耳で聞いたと思え、待ち伏せていた敵軍の怒濤のような攻撃にフランス勢が総崩れするさまに、あたかもわが身の急所を衝かれた思いがしました。一八〇五年十二月二日という日を、ヒラリーは何時間だろうが語りつづけることができました。しかしいかに語ろうと、それでもあまりにも多くをはしょりすぎた、というのが彼の意見なのでした。なぜなら、よしんば考えもつかない体系的な方法によって語り得たとしても、とヒラリーは私たちにくり返し言うのです、はたしてその日一日のうちに何が起こったか、正確に、誰がどこでどのように果て、あるいはどのように命拾いしたか、たとえば宵闇が降りてきた時刻ひとつとっても、そのとき戦場がいかなるありさまだったか、負傷兵や瀕死の兵がいかばかり泣き叫び、いかばかり呻いていたか――それらをほんとうに描き出すためには、はてしない時間が必要であるからである、と。つまるところ、われわれは自分たちの知り得ないことを、〈戦局は二転三転した〉といった笑止千万な一行なり、似たり寄ったりの毒にも薬にもならぬ表現なりにひと括りにしてしまうしか、なすすべをもっていない。細部まで眼を凝らしていたと言い張る者をふくめて、われわれはおしなべてとっくの昔に誰かが舞台に載せた大道具小道具を、何度も使い回しているにすぎないのだ。われわれは現実を再現しようとする、だがそうしようと躍起になればなるほど、われわれの眼にはすでにこれまで史劇の舞台でお目にかかった常套場面しか浮かんでこない。たとえば戦場に斃《たお》れた鼓手、今まさに敵兵を刺し貫ぬかんとする歩兵、眼窩から飛び出した馬の眼の玉、混戦のさなか、一瞬の静寂の時に将官たちに囲まれて屹立する不死身の皇帝、といった……。われわれの歴史への関心というのは、つまるところ出来あいの、頭の中に先に刷りこまれたイメージへの関心にほかならず、われわれはそれをためつすがめつしているだけである、じつは真実はまったく別のところ、誰も気がつかないどこか別の片隅にあるというのに、というのがヒラリーの自説でした。私にしても、とアウステルリッツはつけ加えた、このアウステルリッツ三帝会戦についてはずいぶんいろいろな描写を読みましたが、脳裡に刻まれているのは、連合軍が壊滅していくひとこまばかりです。いわゆる戦局を追っていくと、最後にはどうしても、敗走するロシア＝オーストリア軍が徒歩や馬で氷の張ったザッチャン沼を渡河しようとしている、あの光景にたどりついてしまう。眼に見えてくるのです、永遠に宙に浮いたままの砲弾が、氷を踏み抜いてしまった兵士たちが、両腕を高く差し上げたまま、斜めにかしいだ氷塊を滑り落ちていく不運な人々が。しかもおかしなことに、私はそれをおのれ自身の眼で見ているのではなく、ウィーンから師団を率いて強行軍で駆けつけてきたダヴ元帥の近眼の眼によって、初期の自動車乗りや飛行機乗りがつけていたような二本のひもを頭の後ろで結わえて固定した彼の眼鏡をとおして、眺めているのでした。今アンドレ・ヒラリーの話しぶりを思い起こしていると、あのころ心中に湧き上がってきた想い、自分はフランス国民の栄えある過去となにか神秘的なきずなで結ばれているのだ、という想いが甦ってきます、とアウステルリッツは語った。ヒラリーがアウステルリッツという名を教場で口にすればするほど、それは私の名前となっていき、当初は恥ずべき汚点のように感じられていたものが、一点の光明となって、私の眼前に浮かぶようになってきたのでした。まさに十二月の霧の空高く輝く、アウステルリッツの太陽のごとくに。その一年というもの、私は自分が選ばれた者になった心持ちでした。そして依然あやふやには変わりないこの身分にまったくそぐわない想像を、そうと承知していながらもほぼ生涯をつうじて持ちつづけたのです。ストーワ・グレインジの同級生は誰もこの新しい名前を知らなかったと思いますし、ペンリス＝スミスから名前がふた通りある事情を言い含められている教師たちも、私をかわらずイライアスと呼びつづけていました。みずから本名を明かした相手は、アンドレ・ヒラリーただひとりです。あれは、課題として与えられていた帝国と国民国家の概念についての論文を提出したすぐあとでした。ヒラリーが通常の授業時間外に私を部屋に呼びつけ、A3プラスをつけた私の論文を、ほかの駄文といっしょにしたくないから（と彼は言いました）いまじきじきに返したいというのです。自分は歴史の専門雑誌に何本か執筆しているのだが、これだけ短期間にこれだけ鋭い論考を仕上げることは自分にだってできない、ヒラリーはそう言って、私が家庭で父親なり兄さんなりから歴史の薫陶でも受けてきたのではないかと訊ねました。その問いにいいえと答えながら、私は平静を失うまいと必死でした。そしてもうどうにもこらえられないと思ったとき、彼に本名の秘密を打ち明けていたのです。ヒラリーは昂ぶりをしばらく抑えられない様子でした。一再ならず額に手をやり、驚きの声をもらし、自分が年来待ち望んできた生徒が、天からとうとう遣わせられたかとでも言いたげなけしきでした。ストーワ・グレインジでの残りの歳月、なにくれとなく私を助け、励ましてくれたのは、このヒラリーにほかなりません。わけても卒業試験の歴史、ラテン語、ドイツ語、フランス語の学科で私が一頭地を抜きん出ることができ、潤沢な奨学金をうけて自分の思うままの道を進める（と当時は思っていました）ようになったのは、一にヒラリーのおかげでした、とアウステルリッツは語った。別れるときアンドレ・ヒラリーは、みずからのナポレオンのコレクションから、金縁つきの一枚の黒っぽい厚紙のカードを贈ってくれました。そこに嵌めこまれた美しく磨かれたガラス板の下には、セント・ヘレナ島に生えていた柳の葉だという破れかけた葉が三枚、そして小さな文字で記された注釈によるならばヒラリーの先祖が一八三〇年七月三十一日、ネイ元帥の墓石の重厚な大理石から剝ぎ取ってきたという、色褪せた珊瑚のかけらにも似た苔が一片、挟まれていました。それそのものはなんの価値もないだろうこの記念の品は、いまもって私の手許にあります、とアウステルリッツは語った。どんな写真よりも私にとっては大切なものです、それはここにおさめられた苔と干涸びた槍形の木の葉が、その脆《もろ》さにもかかわらず百年を越える歳月をそこなわれずに残ったからですし、もうひとつには、この品がヒラリーという、彼なしでは私がバラの牧師館の影から抜け出すことの不可能だったひとを日々偲ばせてくれるからにほかなりません。一九五四年の初頭に養父がデンビーの精神病院で亡くなったあと、わずかばかりの遺産の始末を引き受け、さらに私の生い立ちをうかがわせる一切の痕跡をイライアスが消し去っていたために少なからず困難におちいった私の国籍取得について力添えしてくれたのも、ヒラリーでした。のちに彼が学んだオリエル・カレッジで私が学ぶようになってからも、ヒラリーは定期的に訪《おとなっ》てくれ、私たちは暇をみつけては、打ち捨てられ朽ち崩れた田園の邸宅《カントリーハウス》などへいっしょに遠出をしたものです。戦後まもない時期には、オックスフォード近郊にもそうした廃屋がたくさんあったのでした。こうしたヒラリーの助力のほかに、とアウステルリッツは語った、ス

トーワ・グレインジ校に在籍していたあいだ、おりおりに自己への疑念に気持ちが落ちこむのを救ってくれたのは、なんといってもジェラルド・フィッツパトリックとの友情でした。彼は私が上級課程《シックスス・フォーム》に進学したさい、寄宿学校の慣例にならって雑用係として私につけられた下級生だったのです。仕事は私の部屋のかたずけ、私の靴の靴磨き、そしてお茶の用意。彼が私と似た孤独感を抱いているということは、初日にジェラルドがラグビーチームの新しい写真（私は前列のいちばん右に写っています）を見せてほしいとねだったときから気づいていました、とアウステルリッツは語った。この写真のコピーを、アウステルリッツはグレート・イースタン・ホテルでの再会から一週間もしないうちにコメント抜きで私に送ってくれている。それはともかく十二月のその晩、すでにひっそりと静まり返ったホテルのバーで、アウステルリッツはジェラルドの話を続け、ジェラルドがストーワ・グレインジに入学以来、生来の快活な性質とはかけ離れた重症のホームシックに

悩まされていたと語ったのだった。とにかく暇さえあれば、とアウステルリッツは語った、ジェラルドは道具入れを開けて、家から持参した持ち物を整理し直しているのです。そんなあるとき、私の係になってまだ日も浅い、秋雨の篠つくように降る気の滅入る土曜日の午後のことでした、見るとジェラルドが廊下のはずれにいて、裏庭に通じる未施錠の扉わきの床に積んであった新聞の束に火をつけようとしているのです。にぶい逆光に背を丸めている小さな姿が、そして新聞の端をちょろちょろと舐めるだけでいっこうに燃え上がらない炎が、私の眼に映りました。問いただすと、大火事になってほしかったんです、学校の建物がなくなって瓦礫と灰の山になってほしかったんですと答えました。ジェラルドに気を配るようになったのはそれからです。掃除も靴磨きも免除し、お茶は私が自分で沸かして、彼といっしょに飲むようになりました。これはルール違反というもので、おおかたの同窓生や舎監からは自然の摂理にそむいたかのような白い眼で見られたものです。夕方になるとジェラルドは私につきあってよく暗室に入りました。当時、私は写真に手を染めていたのです。化学実験室の裏にある納戸のような暗室は、使われなくなって久しいものでしたが、壁の棚や引き出しにはフィルムが何本も残され、印画紙のストックも大量にあって、カメラも種々雑多な機種がたくさん置いてありました。そのひとつが、後年私も使うようになったエンサインです。私をはじめから惹きつけたのは、物のもつ形、そしてその人を寄せ付けぬような自己完結性でした。階段の手すりのゆるやかな曲線、石門のアーチの刳《く》り形、枯れ草の茎の精妙無比なからみあい。何百枚というそうした写真を、ストワ・グレインジではたいてい正方形の印画紙に焼きつけたものでした。一方、カメラのファインダーを人間に向けるのは、自分には許されていないように思っていました。写真のプロセスで私を魅了してやまないのは、感光した紙に、あたかも無から湧き上がってくるかのように現実の影が姿を現す一

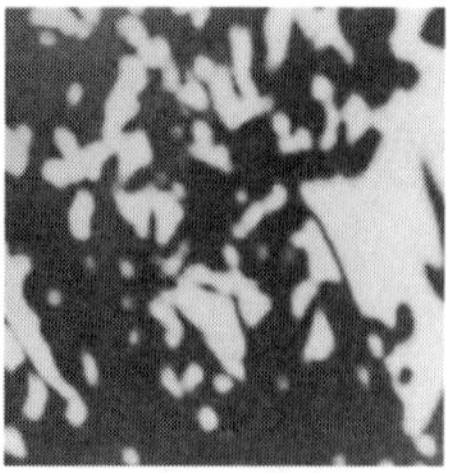

瞬でした。それはちょうど記憶のようなもので、とアウステルリッツは語った、記憶もまた夜の闇からぽっかりと心に浮かび上がってくるのです、けれど摑もうとするとまたすうっと暗くなってしまう、それもまた、現像液に浸しすぎた印画紙によく似ています。ジェラルドは嬉々として暗室を手伝ってくれました。いまも瞼に浮かんできます、赤い小さな灯がうすぼんやりともった小部屋で、私より頭ひとつ小さく、私の横に立って、ピンセットにつまんだ印画紙を水を張ったシンクの中でゆらゆらさせていた。彼が故郷の家の話をよくしたのもそのときでした。とりわけ熱がこもったのが三羽の伝書鳩の話で、ジェラルドに言わせれば自分が鳩の帰還を心待ちにしていたのに負けぬくらい、三羽はいま彼の帰りを待ちわびているというのです。一年ちょっと前、十歳の誕生日に、アルフォンソおじさんが灰青色を二羽と真っ白を一羽プレゼントしてくれたんだとジェラルドは話すのでした、とアウステルリッツは語った。誰かが車でどこかに出かけるときはかならず鳩をい

っしょに連れていってもらって、三羽を遠くから放ってもらったんだ、そうするといつでもぜったいに間違いなく小屋に帰ってきた。だけども白のティリーだけ、去年の夏の終わりに一度、いつまでも戻ってこなかったことがある、数マイルぽっち上流のドルゲリーから、テスト飛行に放してやっただけだったのに。そうして翌日、もうあきらめかけていたところに戻ってきた——門道の砂利の上をとことこ歩いて、片方の羽を折ってしまって。遠い道のりをひとり戻ってきた鳩のこの話を、私はのちにくり返し思い起こさずにはいられませんでした。あの鳩はどうやって険しい山地を飛び抜け、さまざまな障害をくぐり抜けて、目的地に正しくたどり着くことができたのだろうか、と。そして今も、空を行く鳩を見かけると、とアウステルリッツは語った、心が騒いで、その問いがどうしても胸をよぎらずにはいられないのです。理屈では何の繋がりもないものの、私にとってその問いは、後年ジェラルドがあんな亡くなり方をしたことをいやおうなく思い起こさせるのでした。——たしか、と、かなりのあいだ言葉を途切れさせたあとアウステルリッツはふたたび話を続けた。二度めか三度めの両親の訪問日だったと思います。私と結んだ特権的な関係をいかにも誇らしそうに、ジェラルドが私を母親のアデラに紹介しました。彼女は当時まだ三十に手が届いていなかったはずですが、まだ歳の行かない息子が当初の窮境を乗り越えて私という庇護者を見つけたことを、しんそこ嬉しそうにしていました。私はすでにジェラルドの口から、父親のオルダスが大戦最後の冬にアルデンヌの森で撃墜死したこと、そして母親のアデラについても、夫の死後に老伯父と、その伯父よりもさらに高齢の大伯父とともに、港町バーマスからややはずれた、ジェラルドの力説するところウェールズの海岸一帯でもっとも風光明媚な場所に構えた別荘に暮らしていることを聞き及んでいました。そして私に身寄りのないことをジェラルドから知ったアデラにすすめられるまま、私はたびたび、というよりは実は毎年欠かさず、その家に招かれることになったのです。それは私の兵役期間にも、大学に行っている間も続きました。今にして思います、とアウステルリッツは語った、あのころ、あの場所に変わることなく漂っていた平安のなかであとかたもなく消えてしまえていたなら、どんなにかよかっただろうと。学期休みがはじまってすぐ、ジェラルドとふたりしてレクサムから西にディー渓谷を小さな蒸気機関車で遡りながら、私ははやくも胸が高鳴っているのを感じていました。湾曲した川筋に沿って列車がくねくねと進み、開け放たれた車窓から牧草の緑が眼に飛びこんできます。あるものは石壁の灰色を、あるものは漆喰の白をした家々、まばゆく輝くスレートの屋根、銀色に波だつ柳、一段くすんだ色あいの榛《はん》の木、背後の丘にのびている牧羊地、その先に高まる深い藍に染められた山々、そして仰ぎ見る大空を、西から東へたえまなく流れてゆく雲。機関車の吐く煙がきれぎれに飛び去り、警笛が耳を射、車窓から吹きこむ風が額にひんやりと感じられました。三時間半を費やしたたかだか七十キロの行程でしたが、あれほどすばらしい旅はそれからしたことがありません、とアウステルリッツは語った。むろん、道のり半ばでバラの駅に停車したときには、丘の上に見える牧師館に思いを馳せずにはいられませんでした。けれどもそのたびに、それまでの生涯のほぼ全部をあの館の不幸な住人として生きてきたことが、いかにも信じられない思いがするのでした。バラ湖のほとりを走るときにはきまって、とりわけ冬場、嵐に逆波が沸いているときは、靴屋のイヴァンがしてくれた二本の源流、ドゥーイ・ヴァウルとドゥーイ・ヴァーハの話を思い起こさずにいられませんでした。二本の川は湖の真っ暗な底深く、湖水と少しも交わらぬままに、湖を縦に貫いて流れているというのです。イヴァンの話したところでは、とアウステルリッツは語った、それらの川は、悠久の昔、ノアの大洪水のさいに水底に沈まず、救われたただふたりの人間にちなんで名づけられたのでした。バラ湖の南端を過ぎると列車は低い背斜を越え、アヴォン・マウザーハの谷に入っていきます。山は険しさを増してみるみる両側から線路に迫りますが、ドルゲリーあたりで後ろに退き、やがてなだらかな丘陵がゆっくりと低まっていって、ついにはマウザーハ河の、フィヨルドのように内陸まで入りこんだ河口に至るのでした。最後の道のりを列車がゆるゆると這うような速度で、頑強なオーク柱に支えられた長さざっと一マイルの橋を南岸から向こう側へ渡っていき、右手には満潮時に海水に浸されて山あいの湖のように見える河床が、左手にはバーマス湾のあかるんだ水平線が現れてくると、私は喜びに胸がつまって、どこを眺めればよいのかわからないほどでした。バーマスの駅にはアデラが、たいてい黒塗りの小さな馬車で迎えに来てくれ、それから半時間も走ると、アンドロメダ荘の門道の砂利が車輪の下できしみ、狐色のポニーが歩みを止めて、私たちは休暇の隠れ家に降り立つことができました。明るい灰色の煉瓦造りの二階家は、館の北側と北東の側をその付近でにわかに急傾斜で落ちかかるサウル・セッヒ丘陵に守られ、南西の側には半円を描いてひろびろとした眺めがひらけていて、前庭に立つと、眼下にドルゲリーからバーマスにいたる長大な河口の流域を一望のもとにすることができました。それでいながら、この場所そのものは一方を張り出した岩棚に、もう一方を月桂樹の生い茂る斜面によって、家影のない周辺のパノラマからの視界をさえぎられているのです。わずかに、河向こうに豆粒のように小さくアルソーグの小村が望まれるばかりで――それは、大気のぐあいがどうかしたときにはまるで永遠の彼方にあるかのようでした、とアウステルリッツは語った――、背後にはカデル・イドゥリスが、きらめく海をかなたにおよそ三千フィートの山影を浮かべていました。いったいにあのあたりは気候が温暖なのですが、恵まれたその場所はバーマスの平均気温をさらに二、三度上回っているのです。館の背後の斜面にあって戦時中に荒れ放題になった庭には、ウェールズでは見たこともない植物や灌木が生い茂っていました。巨大な大黄や人間の背丈をしのぐニュージーランドの羊歯、牡丹浮き草や椿、竹林、椰子の木。岩壁からは一条の流れが谷めがけて落ちかかり、その白い飛沫が涼風となって、喬木の葉陰の鬱蒼とした暗がりに吹き渡っています。けれどもここが別世界のように感じられたのは、こうした熱帯を原産地とする植物のゆえばかりではありませんでした。アンドロメダ荘のエキゾチックなゆえんは、なににもまして、館を中心に二、三マイルの範囲をわが物顔に飛び回り、繁みから鳴き声を響かせ、黄昏がおりるまで滝の飛沫で水浴びをして遊ぶ白い羽色の鸚鵡《おうむ》たちの存在にあったのです。ジェラルドの曾祖父がモルッカから数組のつがいを持ち帰り、温室《オランジエリー》に放ったところ、たちまち増えてコロニーをなすに至ったという鳥なのでした。鸚鵡たちは、壁の一面に沿ってピラミッド状に積まれたシェリー酒の小さい樽の中に棲み、故国の習慣とはちがって、とアウステルリッツは語った、下流の河岸にある製材所から出るおが屑を持ち帰っては、みずから巣を整えていました。一九四七年の厳冬すらほとんどの鸚鵡がのりきったのですけれど、これは鸚鵡たちのために、アデラが酷寒の一月と二月に温室の古びた暖房を入れてやったからにほかなりません。鸚鵡たちを眺めるのはすばらしいものでした、とアウステルリッツは語った。じつに器用にくちばしで取りつきながら、格子垣を登っていきますし、降りるときは軽業師そこのけのさまざまな離れ業を披露します。開いている窓からばたばたと出入りしたり、地面をぴょんぴょん跳ねたり走ったりして、まるでなにか懸案のものでも抱えているかのようにしじゅう忙しそうにしている。いったいに、鸚鵡というものはいろんな面で人間に似ているのです。よく聞いているとわかりますが、嘆息したり、笑ったり、くしゃみしたり、欠伸したりする。鸚鵡語で会話をはじめる前には咳払いをしますし、ものに敏いとか現金だとか、こすっからくて抜け目がないとか、裏表があるとか、性悪だとか、執念深いとか喧嘩好きだとかが、態度にちゃんとあらわれている。アデラやジェラルドをはじめ特定の人にはよく懐いているのに、ほかの、たとえばめったに庭へ出てこないウェールズ人の家政婦などはしんそこ憎々しげにいびります。そうなのですよ、彼らはこの家政婦が黒い帽子に黒い傘という常のいでたちで礼拝堂に行く時間をちゃんと心得ているらしく、定時にくり返されるこの外出を待ち設けていて、彼女の後ろ姿にまでまことに嫌らしい鳴き声を浴びせかけるのです。寄り集まってはメンバーのしじゅう入れ替わる集団を作っているところ、かと思えばつがいになって、ただもう睦まじく、永遠に別れないとでもいいたげに並んで止まっているところなど、人間社会の鏡そのものです。周りをストロベリーツリーの繁みに囲まれた一角には、さすがに管理は人の手によるものの墓石を長々とつらねた彼らの墓地すらありましたし、アンドロメダ荘の二階には、あきらかにそのために作られたとおぼしい棚に、仲間たちの亡き骸が暗緑色の箱に入れて保存されていました。赤腹の鸚鵡や冠羽の黄色い鸚鵡、青羽の瑠璃金剛に赤羽の紅金剛、青海鸚哥《せいがいいんこ》に瑠璃羽《るりは》鸚哥、黄腰平和鸚哥や雉鸚哥といった、すべてはジェラルドの曾祖父ないし曾々祖父が世界をめぐって持ち帰ったか、あるいは箱の中の由来書によればルアーブルの商人テオドール・グラースから、数ギニーないし数ルイドールの代価を払って買い入れたものでした。啄木鳥《きつつき》、蟻吸、鳶、高麗鶯といった地付きの鳥もふくまれるこれらの鳥の収集の中で、もっとも美しいのが洋鵡《ようむ》、いわゆるアフリカン・グレーでした。ボール箱でつくられた緑色の棺に〈ヨウム Ps. erithacus L.〉とあった上書きが、いまも瞼に焼きついています、とアウステルリッツは語った。この洋鵡はコンゴ生まれで、添えられていた追悼文によれば、移民先のウェールズで六十六歳の高齢でみまかったとのこと。性質温厚にして人によく慣れ、物憶え良く、一人喋りもし人間とも話し、一曲を通して歌い、みずから曲も作り、とりわけ子どもの声の真似を好み彼らからよく学ん

だ、とあります。唯一の不心得は、嚙み砕くのが大好きだった杏子《あんず》の種と堅い木の実が十分にあたえられないと機嫌を損ねて飛び回り、そこらじゅうの家具をつつきまわして駄目にしてしまうことだったといいます。ジェラルドはこの並はずれた鸚鵡をときおり箱から取り出していました。体長およそ九インチ、アフリカン・グレーの名にふさわしく羽は灰白色で、深紅の尾羽をもち、くちばしは黒く、白っぽい、どこか深い悲哀の刻まれているような面貌をしていました。ついでながら、とアウステルリッツは続けた、アンドロメダ荘はほとんどの部屋になにかしら博物標本の陳列棚や、抽き出しのたくさんついたガラス棚が設けられていました。何百個もの玉のような鸚鵡の卵、貝や鉱物、甲虫や蝶のコレクション、ホルマリン漬けの脚無し蜥蜴、毒蛇、蜥蜴、蝸牛の殻や海星《ひとで》、蟹、海老、あるいは木の葉や花や草の植物標本などが整然とおさめられていたのです。アデラの話では、とアウステルリッツは語った、アンドロメダ荘が一種の博物館に変貌したのは、鸚鵡

好きのジェラルドの先祖が一八六九年、ドルゲリーからほど近いところに家を借りて人類の起源を研究中だったチャールズ・ダーウィンの知己を得たことに端を発していました。ダーウィンはアンドロメダ荘のフィッツパトリック家を足繁く訪れ、一家に伝えられるところでは、荘の眼下に広がるこの世ならぬ景観を賛嘆してやまなかったといいます。アデラによれば、とアウステルリッツは語った、フィッツパトリック一族に今日なお連綿としてつづく離教も、このころにはじまりをつげたのでした。どの代においても、ふたりの息子のうちの一方がカトリックを捨て、自然科学者になるのです。たとえばジェラルドの父オルダスは植物学者でしたし、その兄で二十以上も歳の離れたイヴリンは伝来の、ウェールズでは堕落の極致とみなされているローマカトリックを墨守しました。じつはこの家のカトリックの血筋は、イヴリン伯父の例に明らかなとおり、総じて奇矯で気違いじみたひとがほとんどなのです。ジェラルドの客として私が毎年フィッツパトリック家に数週間滞在していたころには、とアウステルリッツは語った、イヴリンは五十代半ばだったでしょうか。しかし重いベヒテレフ病を患っており、見た目には老人で、腰をひどく折ってやっと歩けるような状態でした。それでも関節が固まってしまうといけないというので、二階の自室の中を間断なく歩き回っていました。ダンス教室のバーのように壁のぐるりに手すりを取りつけ、そこを握った手よりも頭と二つ折りの軀のほうが低いくらいの姿勢で、低く呻きながら、ちびちびと進むのです。寝室を一周し、つぎに居間に入り、居間から廊下に出、廊下からまた寝室に戻ってくる、それだけにたっぷり一時間を要するのでした。当時すでにローマカトリックに背を向けていたジェラルドが、あるとき、イヴリン伯父さんは吝嗇《けち》がいきすぎてあんなに腰が曲がってしまったんだ、そしてその吝嗇のいいわけに、出し惜しみしたお金から毎週十二、三シリングをコンゴ布教のために送金して、信仰を知らない哀れな黒人の魂を救ってるつもりでいる、と話したことがあります、とアウステルリッツは語った。イヴリンの部屋にはカーテンひとつ家具ひとつありません。必要もないのに使わなくてもいいというわけで、たとえそれが以前から家にあって、他の部屋から運び入れればよいものですらそうでした。かなり以前に、寄せ木造りの床が傷まないよう、壁に沿った床に細長いリノリウムの板を敷かせていましたが、脚を引きずって歩くためにいつのまにかそれも擦り切れ、もとの花模様が見えなくなっていたほどでした。窓枠に掛けた温度計が昼もなお華氏五十度を切る日が続いたときにだけ、家政婦は暖炉に小さな、炎も立たないほどの火を熾すことを許されました。電気の節約のため暗くなってすぐ、ですから冬なら午後四時にはもう床に入るのですけれど、イヴリンにとって横になっていることは歩く以上の苦痛だったはずで、そのため歩きつづけて疲労困憊の状態にありながら、遅くまで寝つけないのが常でした。そうすると、寝室から一階の居間に通じている通気筒が思わぬことに伝声管の役目をはたして、彼が聖人の名前を何時間となく、つぎからつぎへと呼んでいるのが、格子蓋から聞こえてくるのです。私の記憶が間違っていなければ、なかでも責め苛まれ惨《むご》たらしく殺された聖カタリーナと聖エリザベートの名前がことのほか多くあがり、イヴリンは彼女たちに、天国におわす主の裁きの椅子の前にやがてまかり越しましたおりの（という言い方をしていました）とりなしを頼んでいるのでした。――このイヴリン伯父とはあべこべに、とアウステルリッツは上着のポケットから葉書大の写真を数枚おさめた紙挟みのようなものを取り出し、しばしののち、深い感銘を受けたと見えるアンドロメダ荘の思い出をふたたび語りはじめた。このイヴリン伯父とはあべこべに彼より十歳ほど年上で、フィッツパトリック家の博物学者の血筋に繋がる大伯父アルフォンソは、じつに若々しい印象でした。つねに恬淡《てんたん》としていて、ほとんど戸外で過ごし、荒天の日にすら長い散歩に出かけますし、上天気の日には白い上着に麦藁帽のいでたちで、折り畳み椅子を持ち出して館の近辺で水彩画を描いているといったぐあいです。そんなとき、彼はかならずレンズの代わりに、灰色の絹布を張った眼鏡をかけていました。薄い紗を透かした景色は色彩がおぼろになり、世界の重さが消えていくかのように思われるのです。アルフォンソが描いていた絵は、とアウステルリッツは語った、絵というよりも絵らしきものというにすぎませんでした。ここに岩壁、ここに斜面、ここに積み雲、というだけで、そのほかは何もありません。数滴の水にわずかの岩緑青と灰白色を含ませて描いた、無彩色に近い断片なのです。アルフォンソがジェラルドと私にこんな話をしたことを思い出します、とアウステルリッツは語った。われわれの眼に映じるあらゆるものは色褪せていく。もっとも美しい色はつとにこの世から失われてしまったか、もはや人眼に触れぬ深海の海中庭園にしか見つからないだろう。子どもの時分、デヴォンシャーやコーンウォールの、白亜岩の岩礁を波が何百万年と洗ってつくった岩の空洞や窪みに、植物とも動物とも鉱物ともつけがたい無限の多様性を見せていた生き物を、自分は吸い寄せられるように眺めたものだった、とアルフォンソは語るのでした。たとえば個虫、珊瑚、磯巾着、海団扇《うちわ》、海鰓《えら》、花虫綱《かちゅうこう》や甲殻類――一日に二度の満ち潮に沈めば長い海藻が周りをひらつき、潮がひけばふたたび陽光と大気にさらされる岩の萼《うてな》の中で、それらの生き物は緑青色、緋色、鶏冠色、硫黄色、漆黒と、まさしく極彩色にきらめいていた。かつては南西の海岸一帯が潮の満ち引きとともに上下するあでやかな裾に縁どられていたというのに、わずか半世紀もたたない今、人間の収集熱やもろもろのはかりしれない悪影響によって、この絢爛たる美しさは完膚なきまでに破壊されてしまった、と。こんなこともありました、とアウステルリッツは語った、アルフォンソ伯父と私たちとで風の凪いだ月もない晩に裏山に登り、数時間にわたって神秘な蛾の世界をかいま見てきたのです。私たちのほとんどは蛾についてなにも知

りません、とアウステルリッツは語った。知っていることといえば、蛾は絨毯や衣服を食い荒らすから樟脳やナフタリンで防除しなくてはということぐらいですが、じつは蛾というのは、自然史のなかでも最古級に属する、もっとも魅惑的な種族のひとつなのです。夜のとばりが降りてまもなく、私たちはアンドロメダ荘からかなり登ったところにある山の端に腰を下ろしていました。背後は急勾配の山腹、眼前は漆黒の闇に包まれた渺茫たる海。エリカの繁みに囲まれた浅い窪地にアルフォンソがガス灯を置き、灯をつけたと思うまもなく、登り道ではひとつも出会わなかった蛾が、忽然と、まるで虚空から湧き出たかのように、あるものは弓なりに、あるものは螺旋をえがき、あるものは輪をかいて無数に群がってきたのです。そして風に舞う雪片にも似て、光のまわりを音のない吹雪となって舞い狂っているのでした。他方でははやくも翅をばたつかせ、灯火のしたにひろげた布を這いまわるものもいれば、乱舞に疲れ、保護用にとアルフォンソが籠に重ねて持参した卵ケースの灰色のくぼみに翅を休めているものもいました。ジェラルドと私が平素眼にふれることのないこの無脊椎の生き物の無尽の多彩さをただもううっとりと眺めているのを、アルフォンソがかなりのあいだそっとしておいてくれたことを憶えていますが、とアウステルリッツは語った、はたしてそこにどんな種類の蛾が集まってきていたかは、今ではもう思い出せません。いわゆる磁器蛾《シヤチホコガ》、羊皮紙蛾《シヤチホコガ》、スペイン国旗《メイガ》、黒大綬《ヨトウ》、黄銅夜蛾《キンウワバ》、イプシロン夜蛾《タマナヤガ》、狼の乳《ススメガ》、蝙蝠《ススメガ》、生娘《カバシヤク》、老婦人《ヒトリガ》、死人の頭《メンガタススメ》、亡霊蛾《コウモリガ》あたりだったでしょうか。いずれにしろおびただしい数で、その姿かたちの多彩さは、ジェラルドや私の理解の及ぶところではありませんでした。立ち襟やケープをつけているのもいるね、オペラに出かける貴族みたいに、とジェラルドが言ったものです。地は地味な単色なのに、翅をひろげると下からきらびやかな斑紋があらわれるものもいました。斜め線、波形文様、陰影、三日月、白紋、斑、ジグザグの帯、縁毛や翅脈や色合いの精緻は言葉につくせません。碧みのまじった苔緑、狐色や粘土色、サフランレッド、白繻子色、真鍮の粉をふったような、あるいは黄金のような金属的光沢。非の打ちどころない衣装を纏って絢爛を誇るものもいれば、短い命をはやくも終えかけて、翅をぼろぼろに擦り減らせてやってくるものもいました。この奇矯な生き物には、それぞれまったくべつの個性があるのだよ、とアルフォンソは教えてくれました。榛《はん》の木の林にしか暮らさないもの、岩だらけの熱い斜面にしか、あるいは痩せた放牧地にしか、あるいはまた湿原のみにしか暮らさないもの。この姿をとる以前の幼虫の時点では、ほとんどの蛾がただ一種類の餌だけで育つのだとアルフォンソは語りました。姫髢《かも》草《じぐさ》の根のみ、山猫柳の葉のみ、目木《めぎ》のみ、しなびた木苺の葉のみといったぐあいに。そして自分がこれと決めた餌を食べて食べて、ついには気が遠くなるまで食べるのだけど、成虫になってからは一生何も口にしないで、生殖の営みを一刻も早く終えようとそればかりを考えているのだよ、とアルフォンソは言ったものです。ただ渇きにはときどきさいなまれるらしい、だから日照り続きで長く夜露が降りなかったりすると、蛾たちは雲霞のごとき大群をなして、近くの川や流れを捜しに出かけることがあるのだそうだ、そして流れる水の水面に止まろうとして、溺れ死ぬものがたくさんいるらしい。もうひとつ記憶に残っているのは、とアウステルリッツは語った、蛾の聴覚の鋭さについて、アルフォンソが話してくれたことです。蛾ははるか遠方の蝙蝠の鳴き声も聴き取ることができる、それにこれはアルフォンソ自身がたしかめたことだけれど、夕方、家政婦が庭に出てきて独特のきんきん声で飼い猫のエニードを呼ぶと、きまって繁みから蛾たちがいっせいに舞い上がって、そこよりもっと暗い木蔭をめざして飛んでいく、というのでした。昼なかは蛾は石の陰や岩の隙間や落ち葉の下や葉陰に身を隠してまどろんでいる、とアルフォンソは話してくれました。人に見つかってもほとんどが死んだように動かず、ぶるぶる体を震わせて眼をさますか、翅と肢をびくびく動かして地面を少し這ってみないとちゃんと空を飛べるようにはならない。そのとき蛾の体温はほ乳類や海豚や全力で泳いでいるときの鮪と同じ温度、三十六度になっている。三十六度というのは、自然界でいちばん適切な温度だということがわかっているのだよ、アルフォンソはそう言いました。神秘的な閾値といってもいい。わたしはこんなことを思ったことがあるんだ、ひょっとしたら人類の不幸は、いつのころか体温がこの基準値からずれてしまって、しじゅう少し熱っぽい状態にあることと関係があるのではないだろうか、アルフォンソはそう語ったのですと、アウステルリッツは語った。その夏の夜、私たちは夜のしらじら明けまでマウザーハ河の河口からはるかに高い山腹の窪地に腰を下ろして、アルフォンソの見積もるところ一万匹はいるだろうという飛来した鱗翅類に眼を凝らしつづけたのでした。ジェラルドをとりわけ虜にした、飛翔によって描かれる渦や流線や螺旋などのとりどりの光の筋は、じっさいには存在しないんだよ、と言ったのもアルフォンソでした。われわれの視覚の惰性がもたらす幻影にすぎないというのです。蛾は灯火を反射してほんの一瞬かがやいて消えるだけなのに、そのきらめきが、いつまでも見えるように錯覚してしまうのだよ。私たちの胸を深く揺さぶるのは、あるいは少なくともそんな心地にさせるのは、こういう、現実には存在していない現象なのだ。現実世界の中に一瞬起こった非現実的なもののきらめき、眼前にひろがる風景なり、恋する人の瞳なりのある光の効果なのだよ、と。あとで自然科学を専攻したわけでもないのに、とアウステルリッツは語った、アルフォンソ大伯父の傾けてくれた植物学と動物学についての蘊蓄はいくつも記憶に残っています。つい二、三日前も、ダーウィンの著書を開いて、大伯父が当時見せてくれた箇所を読み返したところでした。南アメリカのさる海岸から十マイル先の海上を、数時間にわたって蝶の大群がとぎれなく飛びつ

づけたことが述べられているところで、望遠鏡で眺めても、ひしめきあう蝶の群れのあいだに隙間ひとつ見つからなかったといいます。ですがなんといっても忘れがたいのは、アルフォンソがしてくれた蛾の生と死の話であって、私は今でも、あらゆる生き物の中で蛾にはもっとも畏敬の念を抱いているのです。あたたかい季節には、蛾が一匹、二匹、私の家の狭い裏庭から家の中に迷いこむことがあります。朝早く起きて見ると、蛾が壁にとまったまま、じっとしている。彼らはおのれが行く先を誤ったことを承知しているのだと私は思うのです、とアウステルリッツは語った。なぜならそっと外へ逃がしてやらないかぎり、命の灯の消えるまで、ひとつところをじっと動かないのですから。それどころか断末魔の苦悶にこわばった小さな爪を突き立てたまま、命が尽きたのちもなお、おのれに破滅をもたらした場所にひたと取り付いたままでいる――いずれ風が引き剝がして、彼らを埃っぽい片隅に吹き去るときまで。私の家で果てていった蛾を見るにつけ、迷いこんだ

ときの彼らの不安と苦痛はいかばかりだったろうと思わずにはいられません。アルフォンソから学んだのですが、とアウステルリッツは語った、下等な生物にたましいがないと断じられる理由はひとつもないのです。夜に夢を見るのは、私たち人間と、何千年にわたって人間の感情の動きと結ばれてきた犬などの家畜だけではありません。鼠や土竜《もぐら》のような小型のほ乳類も、眼球運動をみるかぎりでは、まどろみながら内面にのみ存在する世界の中に入りこんでいます。蛾も夢を見ないとは、庭のチシャ菜が夜半に月を仰いで夢を見ないとは、どうして言えるでしょう。私自身、フィッツパトリック家に滞在していたあいだは、昼間すらよく夢うつつだったような気がします、とアウステルリッツは語った。アデラが私の部屋と呼んでくれた青い天井の部屋からの眺めは、まことにこの世ならぬものでした。眼下には、館の下の道から川岸になだれる斜面に生い茂る杉や笠松の梢が、緑の丘のようにこんもりとして見え、川向こうには、どっしりした山塊の暗く翳った山ひだがありました。時間と天候の加減によって刻々と表情を変えていくアイリッシュ海を、何時間となく眺めつづけたものです。ふたつとして同じもののくり返されることのない光景をまえに、何度われを忘れて開け放した窓のそばに立ちつくしたことでしょう。朝まだき、外界は翳に包まれた半球の中にあって、どんよりした大気が層をなして河面を覆い、午後になれば、南西の地平から純白の雲が湧き起こり、入り組み重なりあい雲の峰や谷となって、むくむくと空高く伸びていきます。あんなに高い、アンデスやカラコルムの峰のようだね、とジェラルドが言ったものでした、とアウステルリッツは語った。はるか遠くに垂れこめていた雨雲が、雨を降らせながら海から陸に向かって劇場の重い幕を引くように近づいてくることもあれば、秋の夕暮れには海辺に湧いた霧が山裾にたちこめ、じわじわと谷をのぼってくることもありました。なかでも明るい夏の日、バーマスの入り江全体を、砂浜も川面も陸も海も天も地も、区別がつかなくなるほどに同じ眩《まぶし》さが覆いつくすことがありました。色という色、形という形がパーグレーの靄に溶け、明暗も色の濃淡も失われて、輪郭のさだかならぬ、光だけが息づく諧調が存在するようになるのです。すべてがおぼろに霞むなかで、ほんの一瞬なにかの影がふっと浮かびあがる——今でも鮮明に憶えているのですが、ふしぎにもその現れては消えるたまゆらの儚さこそが、そのとき、私に永遠の感触のようなものを与えたのでした。ある夕刻、バーマスで二、三の買い物をすませてからアデラ、ジェラルド、犬のトビーと私とが連れだって歩行者用の長い橋を渡ったことがあります。前にもお話ししたとおり、とアウステルリッツは語った、マウザーハ河のゆうに一マイルはある広大な河口を鉄道がまたいでいるのですが、その鉄橋に並んで架かっている橋でした。ここはひとり半ペニー払うと、三方を風雨よけに護られたボックス風の休息ベンチに、背を陸にし、まなざしを海に向けて座ることができました。晴れ渡った晩夏の日暮れで、さわやかな潮風が肌をなぶり、上げ潮が落日の陽光にぎらぎらと照り映えながら、あたかも鯖の大群のように橋をくぐって猛然と早脚で河を逆流していき、そのためこちらはなにやら船上の人となって、外海へ乗り出していくように錯覚するほどでした。私たち四人は日没まで黙ったまま、腰を下ろしていました。ふだんは騒がしいトビーまでが——この犬はヴァルヌーイ湖の写真の女の子の犬みたいに、顔のまわりにへんにふさふさした毛を生やしていました——このときは私たちの足元をうろつくでもなく、おびただしい燕の群れ飛ぶまだほの明るい空の高みを神妙に眺めているのです。ひとしきりして、輪をかく黒い点々がいよいよ遠く小さくなっていったころ、ジェラルドが、空を滑るあの鳥は、この地上には寝床《ねぐら》がないのを知っているかと訊ねました。トビーを抱き上げ、喉元を撫でてやりながらこう言うのです、あの燕はいったん飛び立ったら、もう二度と地面にはさわらないんだ。だから夜になると、二マイルから三マイルも高いところまでぐんぐん昇っていって、そこでひろげた羽をほんのたまさか動かしながら、輪をかいて滑空する。夜が明けて、またこちらへ降りてくるまでずっと、と。――アウステルリッツが憑かれたようにウェールズの話をし、私も憑かれたように聞き入っているうちに、私たちはすっかり夜の更けたことに気づかずにいた。ラストオーダーはとうに過ぎ、私たちを残して客の姿もすでにない。バーテンダーはグラスも灰皿も集め終わって、雑巾でテーブルを拭き、椅子を整頓して、私たちが出ていったら戸締まりをしようと入り口の電灯のスイッチに手をあてて待っていた。その彼の、眼に疲労をにじませながらも首をこころもち傾げて「おやすみなさいませ」と言った様子が、私には格別の敬意のしるしであるか、無罪放免の言い渡しか、祝福でもあるかのように感じられた。そして私たちが玄関ホールに入ったとき、劣らぬ丁重さと慇懃さで迎えてくれたのが、グレート・イースタン・ホテルの支配人ペレイラだったのである。糊のきいた白いシャツにねずみ色のベストをつけ、髪を端正に分けていかにも待ち設けていたように受付カウンターに控えていて、一瞥するなり、この人は持ち場から生えて出たような、横になって休むなど想像もつかない、稀少にして時には神懸かってすらいる一握りの人間のひとりなのだと感じられたことだった。私がアウステルリッツと翌日会う約束をかわしたあと、ペレイラは私の望みを訊ねながらいっしょに階段を登って二階へ上がり、深紅のビロードと金襴をふんだんに使い、落ち着いた色味のマホガニーの家具を配した部屋に通してくれた。その夜、その部屋で、外の街灯がぼんやり照らす書き物机に午前三時近くまで向かいながら――鋳鉄の暖房がかすかに鳴り、ほんのときたま、黒塗りのタクシーがリヴァプール通りを走りすぎていった――私はアウステルリッツがながながと語った内容を、断片的な字句のかたちながらできるかぎり書きとどめたのである。翌朝はゆっくり起きて、朝食後に時間をかけて新聞を読んだ。そしていわゆる昨日の出来事、世界の出来事といった通例のニュースの中に、あるごく平凡な男についての以下のような記事にでくわした。重病の床に長らく臥していた妻を献身的に看護していたその男は、妻の死後深い悲しみにおそわれ、自死を決意するにいたったのだが、それを手製のギロチンによって行なったのである。それはハリファックス市の自宅の、外から下りる地下室のコンクリート製の階段部分に自分で造り付けたものだった。職人をしていた男は、さまざまな可能性を詳細に吟味したあと、おのが目論見をとげるにはギロチンがもっとも確実な方法であると考えたのである。短い記事によれば、屈強な人間がふたりがかりでようやく持ち上がる斜めの大刃がついたその断頭台は、並大抵でない頑固な造りであるうえ、細部まで丹念に仕上げられていた。発見時には男の切断された首が床にころがり、硬直した片手には、ワイヤを切ったペンチがそのまま握られていたという。十一時ごろアウステルリッツが迎えにき、私たちはホワイトチャペルとショアディッチを抜けてテムズ河の方へ連れだって歩いたのだが、途中私がこの話をすると、アウステルリッツはしばらく口を噤《つぐ》んでいた。あとから後悔したのだが、私が事件の非常識な面ばかり強調したことを、あるいは苦々しく感じたのであろうか。私たちは河のほとりまで来てしばらく足を止め、海から逆流する灰褐色の流れを見下ろしていた。そのときようやくアウステルリッツが、時として見せるかっと瞠った空恐ろしいような眼で私をまじまじとのぞきこみながら、ハリファックスの指物師の気持ちは私にはとてもよくわかります、ただでさえ不幸な人生なのに、その最期をしくじるほどひどいことはないでしょうから、と言った。そのあとの道を、私たちは沈黙したままたどった。ワッピング、シャドウェルからさらに川下へ下り、高層のオフィスビル群が水面に映るドックランズの静かな水域にたどり着き、そこから歩行者用の地下トンネルに入って、U字に湾曲したテムズ河をくぐった。河向こうに着いて、グリニッジ公園を突っ切り、丘を登

って王立天文台へ上がった。クリスマス前の寒い日とあって、私たちのほかには訪れる人影もほとんどない。少なくともそこで過ごした数時間、めいめいがガラス棚に展示された精巧な観察機具や測定具、四分儀や六分儀、経線儀や整時器を見てまわっているうちは、誰にも出会わなかったと思う。ただ私たちがいにしえの宮廷天文学者たちの居室の真上にある八角形の観測室に入って、とぎれた会話をぽつりぽつりと再開したころ、はじめてひとり、私の記憶が正しければ、ふいに音もなく独り旅の日本人男性があらわれて、がらんとした八角形を丸く一周すると、緑色の矢印にしたがって足早に去っていったのみだった。つくづくすばらしいと思うのです、とアウステルリッツは評した。目的にぴたりとかなったこの部屋の、一枚一枚幅の異なる床板の簡素な美しさ。並はずれて高い、それぞれが鉛格子で真四角に区切られた百二十二枚のガラスを嵌めこんだ窓。この窓から、往古は望遠鏡の長い筒が、太陽や月の蝕に、星の子午線通過に、降るような獅子座流星群に、

尾をひいて宇宙を運行するほうき星に向けられていたのです。アウステルリッツはいつもの習慣にしたがって写真を何枚か撮影した。天井まわりの花の帯状装飾の、雪のように白い化粧漆喰の薔薇、鉛格子の窓を通して公園のはるか向こう、北と北西にひろがるロンドンのパノラマなどを。そしてカメラをなおいじりながら、時間についての長い考察をはじめたのだった。その多くが今も私の脳裡にあざやかに刻みこまれている。時間というものは、とグリニッジの観測室でアウステルリッツは語った、われわれの発明の中でも飛び抜けて人工的なものなのです。時間は、地軸を中心とした地球の自転に準拠しているけれども、だからといってたとえば樹の生長とか、石灰石の溶解する期間をもとにした計測法より恣意的でないとは、けっしていえません。そもそも、われわれが拠り所とするその一太陽日すら、正確な尺度であるとはいえないのです。時間を計測するためには、運動速度が変化せず、公転面が赤道に対して傾いてもいない、架空の〈平均太陽日〉というものを仮定しなければならないのですから。ニュートンがもし、とアウステルリッツは窓越しに、通称犬の島《アイル・オブ・ドッグズ》をU字に囲んで流れる、入り陽にきらめく河面を指さしながら言った。ニュートンがもし、時間とはテムズの流れのようなものだとほんとうに考えていたなら、時間の源はどこにあり、最後にはどの海に注ぐのでしょうか。周知のとおりどんな河の両側にも岸辺がある。それなら時間の岸辺とはなんでしょう。流体でかなり重くて透明である、そういう水の性質に対応する特質が時間にはあるでしょうか。時間の波に攫《さら》われるものと、時間がけっして触れないものとの違いは？　光の時間と闇の時間を同じ円周上に示すとはどういうことなのか。あるところではとこしえにとどまり鳴りをしずめる時間が、別のところでは怒濤を打って押し寄せるのはなぜか。ひょっとすると、とアウステルリッツは語った、過去何百年、何千年にわたって、じつは時間には同時性がなかった、そうは言えないでしょうか？　時間がどこにもかしこにも延び拡がったのは、そう遠い昔のことではないのです。地域によっては今でも、時間よりも、天候のような計量不可能な次元を基準に生活を営んでいるところがあるのではありませんか。そうした次元は、線的な均一性とは無縁で、先へ先へと進みつづけるのではなく、渦巻き、澱み、堰を切り、たえずかたちを変えながら還り来て、またいずこかへ拡がっていくのです。そのむかし、海を隔てた未発見の大陸は、とアウステルリッツは語った、そしてつい最近までわが国の取り残され忘れ去られた地域は、〈時の外にある〉とされてきました、けれどもロンドンのような時間が支配する巨大都市にあってすら、今もって〈時の外にある〉ものはあるのです。死者は時の外にいます。瀕死の人も、自宅や病院で床に臥すおびただしい病人もそうです。彼らだけではありません、身に積もる不幸がある量に達すれば、それによってその人間が過去のすべて、未来のすべてから断ち切られることがありうる。げんに、とアウステルリッツは語った、私は時計というものを持ったことがありません。振り子時計も目覚まし時計も懐中時計も、ましてや腕時計など論外です。時計というものは、私にとってただもう馬鹿らしいものでしかなかった。どこからどこまで嘘としか思えなかった。おそらくそれは、私自身にも判然としない衝動から、私が時間の力に逆らいつづけ、いわゆる時代の出来事に心を閉ざしてきたからなのでしょう。今にして思えば、とアウステルリッツは語った、私は時間が過ぎなければよい、過ぎなければよかった、と願っていたのです、時間を遡って時のはじまる前までいけたらいいのに、すべてがかつてあったとおりならいいのに、と。もっと正確に言うなら、私はあらゆる刹那が同時に併存してほしいと願っていました、歴史に語られることは真実なんかでなく、出来事はまだ起こっておらず、私たちがそれを考えたその瞬間にはじめて起こるのであってほしい。もちろんそうなれば、永遠の悲惨と果てのない苦痛という、絶望的な側面も口を開けてしまうのですが。

——アウステルリッツと天文台を出たのは午後も三時半に近く、はやくも薄い闇がただよいはじめていた。私たちはそれからもなおしばらく、壁にぐるりを取り巻かれた表の庭にたたずんでいた。遠くに町のくぐもった音が聞こえ、空には巨大な飛行機の轟音が耳をつんざいていく。飛行機は一分と間隔をおかずに、ひどく低空を、私の眼には信じがたいほどゆっくりと北東に現れてグリニッジの上空を越え、西方のヒースローの方角へ消えていった。暮れかかる大気のなか、胴体から硬質の両翼を突き出して私たちの上を覆いかぶさるように過ぎる姿は、夕方ねぐらに帰る見慣れぬ巨鳥のようだった。公園の急坂をうめる裸のプラタナスは、大地からしのびよる影にはやくもすっぽりと包まれている。眼をやれば、丘のふもとにはくろぐろとした芝生が、そこだけ明るい砂道をはすかいに交わらせてひろがり、その先に海事博物館の白いファサードと列柱の回廊があって、そして川向こう、犬の島《アイル・オブ・ドッグズ》には、刻々と深まる宵闇を足元にしたガラスの高層ビル群が、日没の光を反射してきらめいていた。グリニッジに向かって丘を下りながら、アウステルリッツは、この公園は過ぎ去った世紀にいくたびか絵に描かれているのです、と語った。そういった絵には緑の芝生広場や木々の梢が見え、前景には通例ごくちっぽけな人影が二つ三つ描きこまれています、大半はパラソルをさし、色とりどりのクリノリンスカートをはいた貴婦人たちです。当時公園の一角で飼育されていた白鹿の姿もあります。画面後方、木立とその背後の海軍学校のふたつの円蓋の向こうにはテムズ河の湾曲が見え、そしてその向こうに、うっすらとした、世界の果てに通じているような細い帯として、無数のたましいのひしめく市《まち》が広がっているのです、ねずみ色か石膏色をして蹲《うずくま》った、もやもやとして得体の知れないなにか、あたかも大地の表面にできた一種の吹き出物かかさぶたでもあるかのように。そしてその上、画面の半ば以上を占めて空がひろがり、遠方にはちょうど降り出しているかのような雨雲が垂れこめている。こういうグリニッジのパノラマ画をはじめて見たのはたしか、とアウステルリッツは語った、荒廃に瀕したある田園の邸宅《カントリーハウス》の中でした。きのうお話ししたようにオックスフォードに在学中、ヒラリーといっしょにこうした館をたびたび訪れたのです。いまも鮮明に憶えていますが、とアウステルリッツは語った、ふたりで遠出をし、楓や白樺の若木のよく茂った庭園をあちこちと歩き回ったすえに行きあたったのが、とある打ち捨てられた屋敷なのでした。五〇年代にはこうした屋敷が、私の計算によれば平均二、三日に一軒のわりでつぎつぎと取り壊されていったのです。書棚も壁板も階段の手すりも、真鍮製の暖房用配管も、大理石の暖炉も、要するにほとんどぜんぶむしり取られてしまった館をいくつも見ました。屋根が陥没し、瓦礫や塵芥や破片がひざの丈まで積もり、羊や鳥の糞に汚され、天井から剝げ落ちた漆喰が固まって粘っこい団子になっているありさまでした。しかし南にゆるやかに下る丘のふもと、荒れた庭園の真ん中に立っていたアイヴァー・グローヴ邸は、少なくとも外観はさほどの傷みはないように思われたのです、とアウステルリッツは語った。にもかかわらず、小谷渡りなどの雑草がはびこる広い石の階段に足を止めてその曇った窓々をふり仰いだとき、私たちの眼には、やがて迎えねばならないあさましい最期を前に、屋敷が声もなく慄《おのの》いているかのように映じたのでした。中に入ると、広々とした一階の応接間に、打穀場もさながら穀粒が山と盛られていました。バロック様式の化粧漆喰に飾られたつぎの大広間は、一面、馬鈴薯を入れた袋がぎっしりと床を埋めています。この眺めに私たちはしばし身動きできませんでした。そして私が数枚の写真を撮りはじめたちょうどそのとき、アイヴァー・グローヴ邸の所有者が――ジェイムズ・マロード・アシュマンという名前だと後でわかりました――西翼のテラスから館に近づいてきたのです。各所の朽ちかけた屋敷に興味があるのですがと話すと鷹揚にうなずき、やがて長い話をするうちに、屋敷が戦

時中に徴用にあい、回復期患者の療養所として使われていたことがわかってきました。ところが現在の氏の資力では屋敷に最低限の補修をする費用すらおぼつかない、そこでやむなく庭園のはずれにある、資産の一部であるグローヴ農園に移り住むことにし、今はみずからの手で農園を管理しているというのですよ、というのがアシュマンの話でした、とアウステルリッツは語った。馬鈴薯の袋と穀粒の山はそういうわけなのです。アイヴァー・グローヴ邸は一七八〇年ごろにアシュマンの先祖が造ったものです、とアウステルリッツは語った。不眠に悩んだこの先祖は、館の屋根の上に築造した観測室にひきこもって、各種の天文学研究、なかんずく月面地誌や月面測量に打ちこみ、アシュマンが言うにはそれが機縁となって、イギリス内外に名声を博した細密画家にしてパステル画家、ギルフォードのジョン・ラッセルと長年にわたって交流しています。ラッセルは当時、数十年がかりで五フィート四方の月面図の作製に取り組んでおり、これは精度の点でも美しさの点

でも、リチオリやカッシーニ、トビアス・マイヤー、ヘヴェリウスらによる過去の月面図をいずれもはるかに凌駕するものでした。屋敷を一巡して、最後にビリヤード室に入るときアシュマンが語ったことですけれども、月のない夜や月が雲に隠れている夜には、この先祖はみずから拵えたそのビリヤード室で、夜の白むまで独りくり返しゲームを楽しんだということです。この人が一八一三年の大晦日に亡くなって以来、ここでキューを握ったものはひとりもいない、祖父も、父も、彼アシュマン自身も、もちろんご婦人は言うにおよばず、とアシュマンは語るのでした。たしかに、とアウステルリッツは語った、その部屋の一切は、百五十年前にはさだめしこうであったにちがいないという気配をただよわせていました。重たいスレート盤を嵌めこんだ重厚なマホガニーの台は、どっしりとして微動だにしていません。得点表示器、金縁の壁鏡、キューとシャフトのスタンド、あるいは抽き出しのたくさん付いた、象牙球やチョークやブラシや磨き用クロスなどビリヤードゲームの必需品をおさめたキャビネット、いずれもが、かつて触れられたことも、変えられたこともないけしきでした。マントルピースの上にはターナーの《グリニッジ公園からの眺め》から起した銅版画が掛かり、高机には、かの月面研究者が自分相手にしたゲームの勝敗を流麗な飾り文字で記した記録簿が、ページを開けたまま置かれていました。内側の鎧戸は四六時中閉ざされ、陽光はついぞ射し入ったことがありません。そのようにほかの部屋からつねに切り離されていたために、とアウステルリッツは語った、一世紀半が過ぎてなお、飾り縁にも白黒の方眼の石の床にも、それ自体がひとつの宇宙をなしているかのような緑の羅紗《らしゃ》にも、うっすらとすら埃の積もることはなかったのでした。それはまるで流れ去ってもはや取り戻しようのない時間が、そこだけ止まってしまったかのような、私たちが後にしてきた歳月が、まだ未来のことであるかのようなたたずまいでした。いま甦ってきます、とアウステルリッツは語った、私たちがアシュマンとともにアイヴァー・グローヴ邸のビリヤード室にたたずんでいたひととき、ヒラリーが、歳月の流れや世代の交代からこれほど長く隔絶してきた部屋にいると、歴史学者の自分すらふしぎな感情の惑乱を覚える、と印象を述べ、アシュマンはそれを聞いてこう応じたのです、一九四一年に屋敷が徴発にあったさい、ビリヤード室と最上階の子ども部屋に通じる扉が偽の壁を嵌めこんで隠してあったのだが、一九五一年か五二年の秋になって、壁の前に置いていた大きな衣装戸棚をどけ、壁をはずして十年ぶりに子ども部屋に足を踏み入れたとき、自分はあやうく正気を失いそうになった、グレート・ウエスタン鉄道の車両の連なった鉄道模型、洪水から助け出されたおこないのよい動物たちが一組ずつ顔をのぞかせているノアの箱船、それらを一瞥した瞬間、眼の前に、時の奈落がぱっくりと口を開けているかのように思われたのだ、長い傷跡を指でたどると、それは八つのとき、プレップ・スクールに送られる前の晩にベッド脇の小机に無言の怒りをこめて刻んだものだったけれど、そのときの怒りがふたたびよみがえり、ふと気づいたとき自分は裏庭に立って、猟銃で馬車庫の上の小さな時計塔に何発か銃弾をあびせていた、文字盤にはまだその銃痕が残っている、と。——闇に沈んでいく芝生の丘を下り、眼前に半円状に開けてきたグリニッジの街の灯に向かって歩きながら、アウステルリッツは語った。アシュマンとヒラリー、アイヴァー・グローヴ邸とアンドロメダ荘、そのどちらを思うにつけても、私の胸にはただ、引き離されている感覚、足許の地面がなくなった感覚が起こってくるだけです。一九五七年の十月初頭でした、としばらく口をつぐんでいたアウステルリッツはまたも唐突に話しはじめた。前年にコートールド・インスティテュートではじめた建築史の勉強を継続しにパリへ渡るつもりだった私は、バーマスのフィッツパトリック家を最後に訪れました。イヴリン伯父とアルフォンソ大伯父が一日をおかず相次いで亡くなり、葬儀がふたり同時に

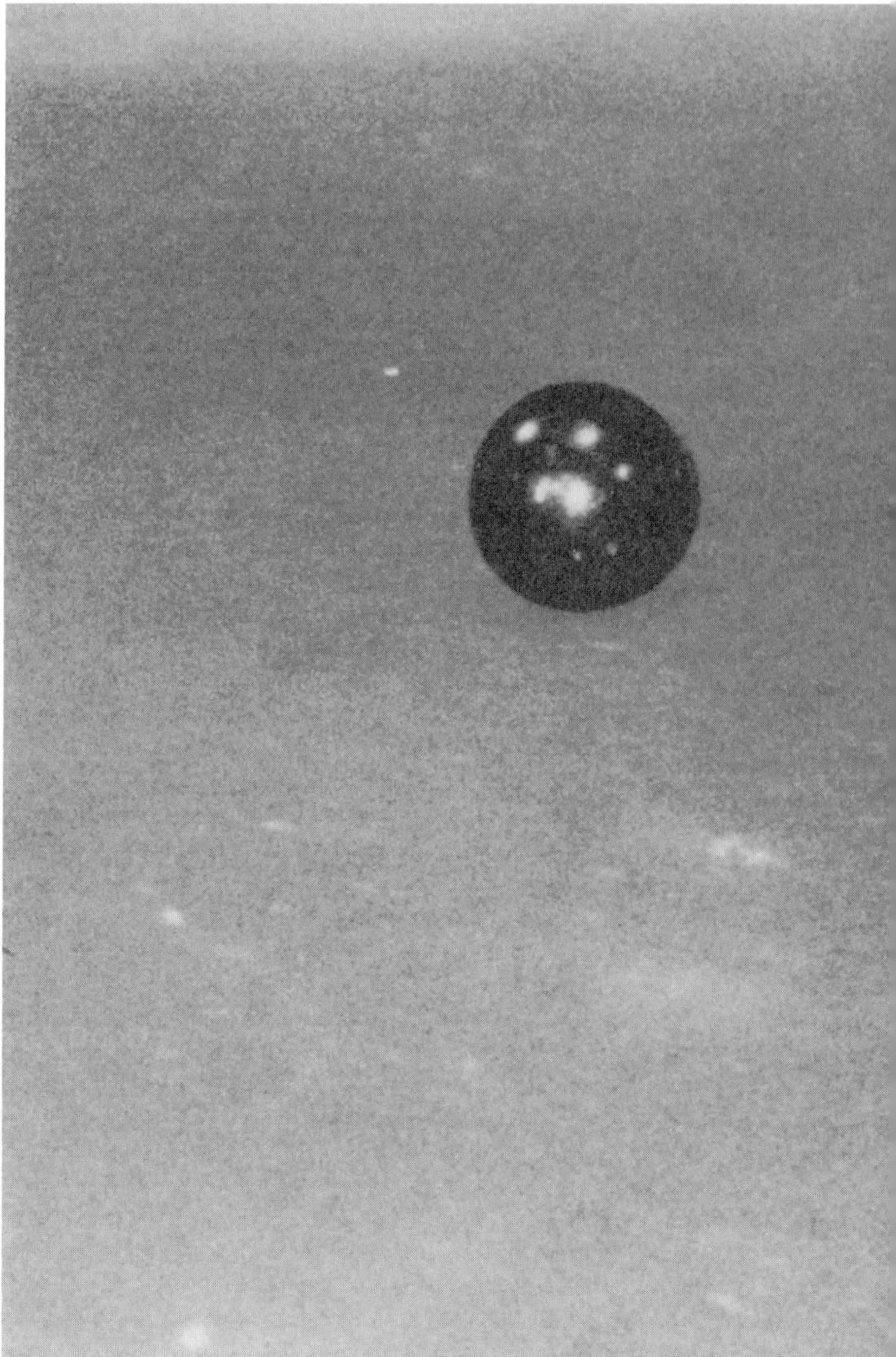

行なわれたのです、アルフォンソは庭で好物の林檎を拾っている最中に卒中の発作で、イヴリンは、恐怖と苦痛に四肢をこわばらせて寒々とした床の中で、死去したのでした。おのれと世界とを怨嗟しつづけたイヴリン、つねにおだやかで満ち足りていたアルフォンソ、ふたりのまったく性質を異にする男たちが葬られた朝は、秋の狭霧がすっぽりと谷に立ちこめていました。葬列がキティアイの墓地に近づいていくと、マウザーハの河面を覆っていた靄のベールをぬって太陽が射しこめ、微風が岸辺をなでていきました。くろぐろとした人影、点在するポプラの木立、川面に満ちる光、対岸のカデル・イドゥリスのどっしりした山影。それと同じもののあらわれる別れの場面を、ふしぎにも私は、数週間前ターナーの水彩スケッチに見つけたのですよ。それはターナーが眼前に浮かんだものを——その場で描くことも、あとから過去をふり返って描くこともありましたが、すばやく水彩でスケッチしたものでした。《ローザンヌの葬列》と題されたそのほとんど実体のない絵

は、一八四一年の作で、したがってもはや旅のできなくなったターナーが死をめぐる思索にしだいに傾斜していったころのものです。それでおそらく、なにか、たとえばこの小さなローザンヌの葬列のようなものが記憶から浮上すると、すばやいタッチで一瞬のうちに消え去ろうとする心象を描きとめようとしたのでしょう。ですが私がターナーの水彩画に惹きつけられたのは、とアウステルリッツは語った、ローザンヌの光景とキティアイの光景が似ていたからばかりではありませんでした。一九六六年の初夏に、モルジュの上の葡萄畑をぬけてレマン湖のほとりを歩いた、ジェラルドとの最後の散策の記憶も呼び起こされたのです。のちにターナーの生涯とスケッチブックに関心をもつようになってから、それ自体はなんの意味もないながら、私は自分にとって奇妙に胸を衝かれる事実を発見しました。ターナーは一七九八年、ウェールズを旅してマウザーハの河口にも来たことがあり、そのとき彼は、キティアイの葬儀に出たときの私と同じ齢だったのです。いまこう話しながらも、とアウステルリッツは語った、弔問客にまじってアンドロメダ荘の南向きの客間に腰を掛けていたのが、ついきのうのことだったような気がしてきます。客たちのひそひそ声がまだ耳に残り、こんな大きな家にひとりっきりになって、どうしたらいいのかわかりませんわ、と話しているアデラの声が聞こえてくるような気がします。最終学年になっていて、オズウェストリーから葬儀に駆けつけたジェラルドは、ストーワ・グレインジはいっこうに改まらない、あそこは生徒のたましいを永遠に駄目にしてしまうインクの染みだ、と話していました。ただ学生軍事教練隊《カデット・フォース》の飛行部隊に入隊してからは、週に一度チップマンクに乗って下界の惨めさを吹っ飛ばせるから、それでようやく正気をたもっている。地上から離れれば離れるほどいいんだ、だから決めたのだけど、大学では天文学をやるつもりでいる、と。四時ごろジェラルドをバーマスの駅まで送っていきました。戻ってくるともう暮れかかっていて、とアウステルリッツは語った、こまかい霧雨が降りもせずそのまま大気に垂れこめているような天気でしたが、霧にけむる庭の奥から、アデラが緑がかった茶の毛織りの服にくるまれて姿を現しました。生地の織細な縮れ毛にこまかい雨粒がびっしりとついていて、銀色の光輪に包まれているかのようだった。右腕にえんじ色の菊の大きな束を抱えていて、私たちが黙ったまま肩を並べて庭をすぎ、敷居に立ち止まると、アデラはあいているほうの手を私にさしのべ、私の額にかかった髪をすうっと払いました。ひとの記憶にとどまる天賦の才があるのを、みずから承知しているようなしぐさでした。ええ、いまもアデラの姿が浮かんできます、とアウステルリッツは語った、あのときのままに美しい。彼女は私のなかではすこしも変わっていません。長い夏の日の終わりには、ジェラルドが夜に向けて鳩の世話をしているうちに、いっしょによくバドミントンをしました。アンドロメダ荘の舞踏室が戦時中に明け渡されて空になっていたのです。一打ごとにシャトルが行ったり来たりしました。しゅうっと音を立て、どうやってか瞬時に向きを変える羽根が夕暮れに白い筋を描き、アデラは、誓ってもいい、重力がゆるすよりもずっと長く、寄せ木造りの床から数十センチも高いところに浮いていたのでした。バドミントンを終えても私たちはしばらく舞踏室に残り、落日の水平の陽光が、山査子《さんざし》の揺れる枝を透かして縦長のアーチ窓から向かいの壁に投げかける影絵を、消えてなくなるまで見つめていました。明るんだ壁面につぎつぎと映し出されるまばらな模様は、いわば生まれ出る瞬間以上にはけっして続かないような、いかにもつかの間の、一瞬のうちに儚《はかな》くなるものの趣がありましたが、それでもその不断にあたらしいかたちをとる光と影の編み細工には、たしかに氷河渓流の流れる山の風景や、氷原や、高原や、ステップや、荒野や、花畑や、洋上の島々や、珊瑚礁や、多島海や、環礁や、嵐に撓う樹林や、小判草や、ただよう煙が見てとれたのです。私たちがしだいに暗く黄昏ていく世界に眼を凝らしていたとき、アデラが私のほうにかがみこんで、こう訊ねたことは忘れられません、とアウステルリッツは語った。あなたにはあの椰子の木の梢が見える？　あそこの砂漠を行く隊商が見える？　――アウステルリッツが記憶に刻みこまれたアデラのこの問いをくり返したころ、私たちはすでにグリニッジからロンドン市街への帰路をたどっていた。タクシーは夕方の渋滞の中をのろのろと進んだ。雨が降りはじめ、車のライトがアスファルトに反射して、銀色の雨粒におおわれたフロントガラスを通して散り散りに輝いた。クリーク・ロード、イヴリン通り、ロウアー・ロード、ジャマイカ・ロードを通ってタワー・ブリッジへ、三マイルにもみたない距離を行くのに車は一時間近くも要した。アウステルリッツはシートに身を沈めて両腕をリュックにまわし、黙ったまま茫然と前方を見つめている。あるいは眼を閉じているのだろうか、と私には思われたが、横を向いて確かめる勇気は出なかった。リヴァプール・ストリート駅に着き、マクドナルドに入って、私の電車の発車をいっしょに待ってくれながら、アウステルリッツはその店のかすかな翳すら許さないどぎつい照明について、ぼそりとコメントを洩らした――フラッシュの光るあの戦慄の一瞬が、ここでは恒久のものになっているのですね、ここには昼もなければ夜もない――そしてようやく、話の続きをはじめたのだった。葬儀からあと、アデラには二度と会えませんでした、それは私の咎ですけれど、とアウステルリッツは口を切った。パリにいたあいだ一度もイギリスに戻らなかったのです。そして私がロンドンに職を得、大学を卒業して研究職に就いていたジェラルドをケンブリッジに訪ねたころには、アンドロメダ荘はすでに売却されていて、アデラはウィロビーという昆虫学者とともにノースカロライナに去ってしまっていました。ジェラルドは当時ケンブリッジの軍用飛行場からほど近いキーという小村にコテージを借りて住んでおり、財産を処分したさいの相続分でセスナを一機買っていました。そして何を話していても、ジェラルドの話は飛行への情熱に舞い戻っていくのでした。たとえば思い出すのは、とアウステルリッツは語った、ストーワ・グレインジの寄宿生時代の話をしていたときのことです、私がオックスフォードへ進学したあと、ジェラルドははてしなく長い授業時間をほとんど鳥類の分類についやしていたといって、それをこまごまと話して聞かせるのでした。分類のさい重視したのは鳥の飛行特性で、ジェラルドの言うには、とアウステルリッツは語った、この分類法をどんなふうに変えても、鳩はかならず上位にくる、それは速度と飛行距離の点においてばかりでなく、鳩が生き物の中でも傑出した方向感覚をもっているからだというのでした。北海の真ん中で、雪嵐にあっている船の甲板から鳩を飛ばすとする、それでも力尽きさえしなければ、鳩はまちがいなく家に戻ってくる。あんなにだだっ広い何もないところに放たれて、膨大な距離が待っていることを漠然とわかっているにちがいなくて、恐ろしさにきっと心臓が張り裂けんばかりだろうに、それでも元の場所を指してまっしぐらに飛んでいく、どうしてなのか、いまもってまったくわかっていない。とにかく、星をたよりに飛ぶんだとかいや気流だとか、いや地場だとかという学説は、十二のころ自分があれこれ考えた説と説明のつかなさでは似たり寄ったりだった、とジェラルドは語るのでした。もしそれが解明できたら、こんどは鳩を逆方向から、たとえばバーマスから自分の流刑地、オズウェストリーまで飛ばすことだってできるかもしれないと思ったのだ、と。そしてこんな情景をくり返し頭の中に描いていたと言うのです。鳩たちがある日忽然として、空の高みからこちらに飛んでくる、両翼を大きく広げ、その羽に陽光を透かして、ぼくが何時間となくたたずんでいたその窓辺に喉をひくく鳴らして舞い降りてくる、と。カデット・フォースの飛行機に乗ってはじめて空気の揚力を体の下に感じた、あのときの解放感はことばで言いあらわしようがないんだ、とジェラルドは話すのでした。私自身も、とアウステルリッツは語った、一九六二年だったか六三年だったかの晩夏、ジェラルドにつれられてケンブリッジの軍用飛行場の滑走路から夕方の空に舞い上がったとき、彼がいかにも誇らしげに顔を輝かせていたことを、ありありと憶えています。すでに陽は出発前に落ちていたのに、私たちが高みに上るや、あたりはふたたびまばゆい明るさに包まれました。その明るさはやがてサフォークの白い海岸線にそって南下するにつれてしだいに減じ、かわって海の底から湧き起こってきた翳が刻々と立ち昇ってきて、そうしてついには、西方の世界のはずれに暮れ残っていた最後の光が消えていきました。見下ろすと、陸の起伏は樹林帯も収穫を終えた白茶けた野も輪郭のみとなり、そして忘れもしません、とアウステルリッツは語った、私たちの前にだしぬけに、曲がりくねったテムズの河口が浮かび上がったのです。それはあたかも一匹の竜の尾のようで、車軸油のようにぬらぬらと黒く、深まる宵闇のなかにとぐろを巻き、キャンヴェイ・アイランド、シアネス、サウスエンド・オン・シーの灯をその岸辺に点々ともしはじめていました。それからしばらくのち、闇の中をピカルディー上空で旋回し、再度イギリスに針路を取って、計器やカウンターの光から眼を上げてコクピットのガラス越しに外をふり仰いだときです、そこには一見静止した、しかしじつはゆっくりと回転をつづける天球がありました。私がついぞ見たこともない景色で、白鳥座や、カシオペア座や、プレアデス星団や、馭者座や、冠座や、そのほかのあまたの星座が、一面に散らばった何億という無名の星くずのまたたきの中に埋もれんばかりに輝いているのです。一九六五年の秋でした、とアウステルリッツはしばらく追憶に深くひたっていたが、ふたたび話を続けた。その年にジェラルドは、蛇座のいわゆる鷲星雲について、今日知られるような画期的な理論を展開しはじめたのです。ジェラルドは、広大な領域を占める宇宙の星間ガスについて語りました。星間ガスは、雷雲のような形をし何光年という高さで宇

宙空間にそびえていて、内部では重力の影響で圧縮が加速度的に進み、新しい星がつぎつぎと作られていく、というのです。あの空の向こうに星の生まれる産屋《うぶや》があるんだ、とジェラルドが言っていたことが思い出されます。それが正しかったことは、のちに私もハッブル望遠鏡が宇宙の旅から地球に送ってきたセンセーショナルな写真につけられた新聞記事で知ったのでした。ともかく、とアウステルリッツは語った、ジェラルドはケンブリッジでの研究を継続するためにジュネーブの天文学研究所に移り、私は何度かそこに彼を訪《おとなっ》て、郊外や湖畔をいっしょに散策しながら、あたかも星が生まれ出るかのように、彼の物理学の想像の渦巻き星雲から思考が徐々に形づくられていく場に立ち会ったのでした。あの当時、ジェラルドは雪に輝く山脈や、ピュイ・ド・ドームの火口、ボルドーに至るガロンヌ川の美しい流れなど、自家用セスナで飛んだときの話もしてくれたものです。その飛行のひとつから彼があるときついに戻らなかったこと、それは先《せん》から定まっていたので

しょう、とアウステルリッツは語った。サヴォア・アルプスで墜落した、との一報を受けたのは厭な日でした。そしておそらくは、その日が私自身の下降のはじまりであり、時とともにしだいに病的になっていく私自身の自己への引き籠もりのはじまりだったのです。

＊

私がふたたびロンドンに向かい、オールダニー通りのアウステルリッツの自宅を訪れたときは、それからすでに三ヶ月が過ぎていた。十二月に別れたときに私たちは、私がアウステルリッツからの連絡を待つという約束をかわしていたのである。一週また一週と日がたつにつれて、私はアウステルリッツからはもう二度と音沙汰がないのではないかという懸念にかられるようになった。なにか浅はかなことを彼に言ってしまったのだろうか、それとも不快な思いでもさせたのだろうか、と私はあれこれ気をもんだ。あるいは彼は、むかしながらの習慣によって行

くあてもなく、期間も決めずにぶらりと旅に出たのかもしれない、そうも考えた。もしもあのころ、アウステルリッツにはときとして始まりも終わりもない刹那がおとずれ、またその逆にそれまでの全人生が時間の長さをもたぬ空白の点としか感じられないときがある、ということを知っていたなら、私はよほど落ち着いて待っていられたことだろう。いずれにせよある日届けられた郵便物にまじっていたのが、この、エジプトの砂漠に白いテントが連なる二〇年代か三〇年代の絵葉書であった。それは今では記憶する者もないある軍事行動の写真で、裏面には「三月十九日土曜日、オールダニー通り」という文字とクエスチョンマーク、そしてアウステルリッツを表す大きなAの字だけが記されていた。オールダニー通りはロンドンのはずれ、イーストエンド地区にある。いわゆるマイルエンド・ジャンクションが近く、界隈の大通りはいつも渋滞していて、土曜ともなると衣料品や服地の露天商が歩道に屋台をならべ、何百という人で混みあうのだが、平行して走るオール

ダニー通りはそれに比しておどろくほど閑静だ。今おぼろげに思い出されてくる。通りの角の、背の低い、要塞を思わせるような家並み、品物が外に陳列されているのに店番の姿がない草色のキオスク、鋳鉄の垣根に囲われていて、誰ひとり足を踏み入れたことのなさそうな芝生、ひとの背丈ほどの高さで五十メートルほどつづく右側の煉瓦塀。その果てるあたり、六つめか七つめのブロックの最初の家が、アウステルリッツの自宅だった。やけにだだっ広い印象の室内には必要最小限の家具しかなく、カーテンも掛かっていなければ、絨毯も敷かれていない。壁は艶消しの明るい灰色、天井は同じ艶消しの暗めの灰色。最初に招き入れられた控えの間には、妙に細長く見える古風な長椅子《オットマン》がひとつと、ほかはやはり艶消しの灰色を塗った大ぶりのテーブルがひとつあるばかり。そのテーブルの上には何十枚もの写真がきちんと等間隔に何列も並べられていたが、そのほとんどが古く、すでに縁が擦り切れているものばかりだった。なかには私が見憶えのあるというか、心当たりのある写真もあった。たとえばベルギーの索漠とした風景、パリの駅や地下鉄の高架、パリ植物園の熱帯大温室《パームハウス》、さまざまな蛾や夜行性の虫たち、技巧を凝らした鳩舎のいろいろ、キー近傍の軍用飛行場に立つジェラルド・フィッツパトリック、重たい扉や門扉の数々。アウステルリッツは、自分はたびたびここに何時間となく座っている、これらの写真やほかの写真を出してきて、神経衰弱のゲームのように裏を見せて並べておき、一枚ずつめくっては、そのたびにそこに写っているものに驚きの念を覚えるのだという話をした。あちこち動かしたり重ねたりしては、似ているものどうしが纏まるようにしたり、最後にテーブルの灰色の面しかなくなるまで一枚ずつゲームから捨てていったり、思索と追憶に疲れてやむなく長椅子に横たわるまで、そうやって過ごすという。夜更けまでよくここに横になっています、そして、私の中で時が巻き戻ってくるのを感じているのです、とアウステルリッツは、同じ階のふたつの部屋のうち奥まったほうに歩み入りながら語った。アウステルリッツは小さなガスストーブをつけ、両側に置かれた椅子のひとつを私にすすめた。この部屋にも家具らしい家具はなかった。灰色の床板と壁ばかりが目立ち、ちらちらと踊る蒼いガスの炎が、いよいよ濃くなる夕闇のなか、床と壁に照り映えている。いまもそのときの、ガスのしゅうしゅうという低い音が私の耳にこびりついている。そしてアウステルリッツが台所でお茶のしたくをしているあいだ、私が魅入られたようにその小さな炎の影像に、ベランダのガラス戸ごしに、家から少し離れて、ほとんど夜闇に沈んだ庭の藪の中に燃えているかのように見える火影に眼を凝らしていたこともまた甦ってくるのだ。アウステルリッツがお茶を盆に載せて戻り、白パンを長い金串に刺してガスの蒼い炎でトーストしはじめたので、私が、鏡に映った像は捉えがたいという話をすると、アウステルリッツはそれに応えて、自分もよく夜のとばりが下りてからこの部屋に座って、外の闇に映じる、見た目には不動の光の点をいつまでも眺めやっていることがあると話した。そうすると自分はきまって、何年も前にアムステルダムの国立美術館で見たレンブラント展を思い出す。それもこれまで無数に複製されてきた名高い大作ではなく、二十センチ×三十センチほどの小判の、たしかダブリン・コレクションの一環だった絵画の前に長いことたたずんでいたものだった、タイトルによればエジプトへの逃避を描いたものだったけれども、聖なる夫婦も幼子イエスも荷を運ぶラバもそこには見て取れない、ただ、黒光りするニスの暗闇の真ん中にぽつんとひとつ、ごく小さな炎の揺らめきだけが見えていた、と。今もそれが、眼の奥に灼きついて離れないのです、とアウステルリッツは語った。——ところで、とややあってアウステルリッツはふたたび口を開いた。私の話はどこからはじめましょうね？　フランスから帰国して、私は九百五十ポンドという、今なら笑ってしまうような値段でこの家を買い取りました、そして三十年近く教鞭を執ってきたわけですが、一九九一年に、定年を待たず職を退きました。それは、とアウステルリッツは語った、ひとつには蔓延する愚昧がついに大学にまで及んできたことを思い知ったからですけれど、もうひとつは、以前からの念願にしたがって、建築史と文明史についての私の研究を文章に纏められないかと思ったからなのです。アントワープではじめてお会いしたころにはもう、とアウステルリッツは語った、私はぼんやりとながら、自分の関心の茫漠さ、思考の行く先、いまや何千頁にも積もったメモやコメントの、つねにふいに思い立ってかりそめに書き留めただけの性質を了解していました。自分の研究を書物に纏めようという気持ちはパリにいたころからあったのですが、書くのはつい先送りにしていたのです。どのような本を書くかについても、思い浮かぶものは時によってまちまちであって、きちんと体系的に記述した複数巻の書物にしようと思うこともあれば、清潔と公衆衛生、監獄建築、世俗宗教の寺院建築、水治療法、動物園、出発と到着、光と影、蒸気とガスといったもろもろのテーマについて、シリーズのエッセイを出そうとかいった風でした。ところが研究所からオールダニー街に移した文書をいざ開いてみると、一瞥しただけで、そのほとんどが使いようのない、誤り、偏った草案であることがわかったのです。私はなんとか使うに足るものを選び出して、整理をはじめました。アルバムでするように、旅人として歩んだ、忘却の彼方にほとんど沈んでいた風景をいまひとたび眼の前に立ち現せてみたかったのです。しかしこの試みに何ヶ月もかけて打ちこめば打ちこむほど、結果は哀れな様相を呈するようになりました、ファイルを開き、積年書きためた数え切れないページをめくってみるだけで、嫌悪と吐き気がこみあげてくるのです、とアウステルリッツは語った。深さを

それでも、読むことと書くことがなにより好きであることに依然変わりはありませんでした。深さを増していく夕闇にもはや文字が判読できず、頭の中で考えがぐるぐると回りはじめるまで一冊の書物

に相対している喜びの、いかばかり大きかったことでしょう。闇に沈んだわが家で机に向かい、鉛筆の先がライトの明かりにまるで生き物のようにその影像をどこまでも忠実に辿っていくのを、そしてその影が左から右、行からつぎの行へと罫線を引いた紙の上を規則正しく滑っていくのをひたと眺めていることに、いかばかりの安らぎを得ていたことだったでしょうか。けれども今は、書くことはひどく辛くなってしまいました。たった一行を書くにも、丸一日かかることがしばしばです。そして必死の思いでつむいだ文を書きつけるやいなや、その構成のぶざまなまでの嘘が明らかになるのです、

自分の使った単語のことごとくが相応しくなかったことが明らかになるのです。一種の自己欺瞞によってなんとか一日のノルマをこなせたような気がしたときにも、一夜明けてみれば、ページを一瞥しただけで、なんともひどい間違いや、矛盾や、脱線が眼に飛びこんでくる。書いた量の多寡にかかわらず、読み返せばどれもこれもが根底から間違っていると思えてくる、だからその場で破り捨てて、もう一度はじめからやり直すしかない。じきに私は、最初の一歩すら踏み出せなくなりました。足を一歩ずつ踏み出していく方法がわからなくなった綱渡り芸人さながらに、自分の足元の床が揺れるのだけを感じ、視野の端にちらちらするバランス棒の先端が、以前は導きの灯であったのに、今は逆に奈落へまっさかさまに突き落とそうと意地悪く誘いかけている、そう気づいて、ぞっと背筋を冷やすのです。それでもおりおりは、思考の流れが頭の中でくっきりと鮮明な輪郭を取ることもないではありませんでした。でもそうなればなったで、こんどはそれを書き留めることができないのです、鉛筆を握ったとたん、かつてあんなに安んじて身を任せていられた言葉の無尽の可能性がするすると萎んでいき、砂を嚙んだような味気ない文句の寄せ集めになってしまう。あわれな出来損ないだとわからなかった言い回しはひとつもなく、虚ろにうそ寒く響かなかった言葉はひとつもありませんでした。そんなやりきれない精神状態の中で、何時間も、何日間も、顔を壁にむけて座ったまま、たましいをすり減らし、ささいな仕事や務めすらが、たとえばもろもろの物が詰まった抽斗の整頓ひとつすらが、おのれの力に余るようになることの恐ろしさを、徐々に骨身に沁みて感じるようになったのです。それはまるで、体内を長く蝕んでいた病気があるとき一気に吹き出したような、すべてを徐々に麻痺させる無気力で頑迷な何物かが私の内部に巣くってしまったかのような具合でした。私ははやくもこの額の奥に、人格の崩壊につながると思しい忌まわしい鈍麻を感じました。じつは私には記憶もなければ思考力もなかったのだ、存在してさえいなかったのだ、世界と自分とに背を向け、生涯かけて次第に消失していくにすぎなかったのだ、そういう気がしました。あのころ誰かが私を処刑場に引っ立てていったとしても、私は唯々諾々と従っていただろうと思います。口もきかず、眼も開けず、カスピ海を渡る船上ではげしい船酔いに襲われた人が、おまえを今から海に突き落とすぞと言われてもきっとなんの抵抗も示さないのと同じように。私の心に何が起こっていたにしても、とアウステルリッツは語った、ともかく、一行の文を書く前に陥る恐慌、どんな文であれ、どう書きはじめればよいのかわからないという恐慌は、やがて、本来はそれよりもやさしい読むという作業にも及んでいきました。私はページに目を通そうとするだけで著しい惑乱に陥らずにはいられなくなりました。もしも言語を、横町や広場でごちゃごちゃと入り組み、往古に遡る地区もあれば取り壊して新しくなった再開発地区もあり、漸次拡張していく郊外もあるといった古い都市に見立てることができるとしたなら、私はさしずめ、長い不在ゆえにその集積の勝手がわからなくなり、停留場とは何のためにあったのか、裏庭とは、交差点とは、環状道路とは、橋とは何なのか、わからなくなってしまった人間のようなものだったでしょう。構造を備えた言語というものの全体、個々の部分の統語論的な配列、句読点の打ち方、接続詞、しまいにはありふれた物の名称にいたるまで、一切合財が見通し不能の濃霧に包まれてしまったのでした。私が過去に書いたものすら、いやそれこそが、もはや理解できなくなっていました。こんな文は意味ありげに見えるだけで、その実はせいぜいただの間に合わせにすぎない、無知蒙昧から生じた奇形物のようなものだ、海中の植物や動物が触手を伸ばすように、私たちは周囲をとりまく暗闇をこの奇形物でもってやみくもに手探りしているのだ、とそんなことばかりが思われるのです。つねならばいかにも的を射た賢《さか》しらな印象を与えるもの、観念を巧緻な文体によって表出しているものほど、いい加減きわまりない、あるいは迷妄そのもののくわだてと映るのでした。どこを見ても繋がりというものが見つかりません、文はほどけてばらばらの単語になり、単語はほどけていいくら加減な文字の羅列となり、文字は切れ切れの記号に、記号は鉛色の、なめくじかなにかの遺した分泌物のようにところどころ銀色に光る痕跡となって、それを見るたびに、私の恐怖と恥辱の感覚はいよいよ増すばかりでした。ある晩でした、とアウステルリッツは語った、私は綴じた紙もばらの紙も、メモ用箋も、メモ帳も、書類綴じも、講義録も、私が文字を書いた一切合財を引っくるめて家から運び出し、庭の奥のコンポストの山にぶちまけて、その上から厚く枯れ葉をかぶせ土をかけてしまったのです。その後の数週間は、部屋を片づけ、床と壁を塗り直して、人生の重荷から解かれたような気分でしたけれども、同時にはやくも自分の上に暗影が覆いかぶさってくるのを感じていました。とりわけいちばん好きだったはずの黄昏どきには胸に不安がきざし、その不安はぼんやりしたものから時を追ってしだいに強烈になっていき、すると刻々と薄れていく暮れ方の色彩の妙すらが、厭らしい、黒ずんだ色褪せたものに一変していって、心臓はもとの大きさからふた回りも縮んだよう、頭で考えることといったら、何年か前に医者を訪れたときにふと気がおかしくなったことのあるグレート・ポートランド街のさる建物の四階の踊り場から、吹き抜けの真っ暗な奈落の中へ自分はどうしても身を躍らせなくてはならない、といったことなのでした。どのみち数の少ない知り合いを訪ねるとか、なんらかの普通の意味で人に交わるとかいうことは、当時の私には不可能でした。人の話に耳を傾けると思うだけで、ましてや自分がしゃべると思うだけで背筋を悪寒が駆け抜け、とアウステルリッツは語った、そうこうしているうちに、私は自分がいかに独りであるか、ウェールズ人であれイングランド人であれフランス人であれ、これまでその人たちと一緒にいながらいかに独りだったかを、じわじわと悟っていったのです。それが、おのれの真の出自のことにはまったく考えがおよびませんでした、とアウステルリッツは語った。なにがしかの階級とか職業とか宗旨とかに結びついているという感覚もありません。居心地の悪さは、芸術家や知識人といても一般の人々といるときと同じでしたし、誰かと個人的な友情を結ぶなぞは、もう先からまるきりできなくなっていました。知り合ったとたんに自分はその人に近づきすぎたと思い、こちらを向かれたとたんにその人から退くといった具合なのです。結局まがりなりにも私を人に繋ぎとめたのは、極端なほど慇懃な形式を通すことによってでした。それはいま考えれば、とアウステルリッツは語った、相手を慮《おもんぱか》ってというよりは、物心ついて以来、自分が終始抗いようのない絶望の縁に立たされていたことに眼をふさぐためだったのです。庭で書き物を破り捨て、家を整理したあのころは、当時いよいよ私を悩ませつつあった不眠から逃れるべく、ロンドンの街を夜な夜なさまよい歩くようになった時でもありました。ゆうに一年は続いたと思いますが、とアウステルリッツは語った、夕闇が降りると家を出て、ひたすら遠くへ遠くへと歩くのです、マイル・エンド、ボウ・ロードから、ストラットフォードを越えチグウェルやロムフォードまで、あるいはベスナル・グリーンを突っ切ってキャノンベリーからホロウェー、さらにケンティッシュ・タウン、ハムステッド・ヒースまで、南は河を越えてペッカムやダリッジ、西はリッチモンド公園まで足を伸ばしました。ほんとうにただ一晩のうちに、この巨大な都市のほぼ端から端まで徒歩で行けてしまうのですよ、とアウステルリッツは語った。そして夜半にふらつく輩にたまさか出会うだけのこの孤独な夜歩きにいったん慣れてしまうと、グリニッジやベイズウォーターやケンジントンの無数の家々に籠もったロンドン市民が、老いも若きも、どうやら太古よりの約定に従っておのがじし床につき、毛布にくるまり、安全な屋根の下にいると信じているそのことが——実のところは砂漠行の途上でつかの間の休息をとったいにしえの旅人とかわらぬ恐怖に突っ伏しているにすぎないのに――じき不思議でたまらなくなってくるのでした。私はふだんならけっして訪れないような果ての地区、巨大都市のはずれにまで足を伸ばし、そして夜明けとともに地下鉄に乗って、その時間帯に周縁から中心へと流れこむ哀れな人々とともにホワイトチャペルに戻ったのです。そんなとき、駅で何度となく経験したのが、タイル張りの通路をこちらに向かってくる顔、急傾斜のエスカレーターをこちらに下ってくる顔、あるいは動きはじめた電車の曇りガラスの向こうに垣間見える顔のなかに、私がずっと昔から見知っていたかのような面立ちを見つけることでした。それらの知った顔には、なにか他の人々とは違う、どこかうっそりしたと言えばよいのか、そんな感じがあって、それが私に一日中つきまとって心を乱しました。たしかに当時、とりわけ夜歩きからの帰途には、一種靄《もや》かヴェールのようなものを透かして、いわば物質性の希薄になったものの色や形、おぼろになり消え去った世界の像が見えてくるようになったのです。それは夕陽にきらめくテムズ河口から翳さす海原に出帆する一群の帆船であったり、スピタルフィールズを疾駆する馬車とシルクハットを頭にのせた御者であったり、私とすれちがいざますっと眼を伏せていった、三〇年代の服装に身をつつんだ婦人であったりしました。そのような幻覚が生じたのは、これ以上はもうだめだという境涯にあった、しんじつ弱り切ったころでした。街のざわめきが死に絶えたようにぴたりと止まり、車道を音もなく車が行き交っている時がありました。誰かにぐいぐいと袖を引かれているようなこともありました。背後で誰かが私のことを外国語でしゃべっている、リトアニア語かハンガリー語か、とにかくどこか遥か、外つ国の言葉だと思ったこともありました、とアウステルリッツは語った。なかでもそうした体験を一再ならずしたのが、夜の彷徨の足を抗いがたく惹きつけるリヴァプール・ストリート駅だったのです。中央ホールが

地下十五ないし二十フィートの深さにあるこの駅は、八〇年代末に改築のはじまる以前はロンドン屈指の薄暗い不気味な場所であり、そこかしこにしばし言及されたように、冥界の入り口めいた気配を漂わせていました。レールとレールの間の砂利、亀裂の入った枕木、煉瓦塀、石の台座、両脇の高い窓の飾り縁とガラス、木造の乗務員室、椰子の葉のような柱頭を戴く高い鋳鉄の柱、どれもこれもが、百年という歳月のうちにコークスの粉塵や煤や蒸気や硫黄やディーゼル油の入りまじった層に覆われて、ねっとりと黒ずんでいました。ガラス製のホールの屋根からは晴天の日にすらうっすらとしか光が射さず、丸型の電球の明かりではとうていおぼつかない薄暗さで、くぐもった声がざわめき、低い足音が反響するとこしえの薄暗闇の中を、列車から吐き出された、あるいは列車に向かう無数の人々の波が集まり、散らばり、堰にぶつかった水のように障壁や隘路でせきとめられては、動いていくのです。イーストエンド地区への帰路にリヴァプール・ストリート駅で降

りるたびに、とアウステルリッツは語った、私は少なくとも一時間か二時間は駅に足を止めて、早朝すでに疲労を顔ににじませた旅行客やホームレスたちとともにどこかのベンチに座るか、手すりにもたれてたたずんでいたものでした。そんなときにはきっと身体にじわじわとした疼きを感じました。そして一種の心痛であったその疼きが、過ぎ去った時間の引力に起因していることを、しだいに悟っていったのです。駅舎がそびえている界隈は、かつて市の城壁あたりまでひろがる湿地帯であったことがわかっていました。小氷河期と呼ばれた時代の厳寒期には一帯が数ヶ月間も凍てつき、ロンドンっ子たちは靴の裏に骨製の滑り木を縛りつけて、ちょうどアントワープの人々がスヘルデ河でしたようにスケートをして遊んだといいます。ところどころに火鉢を据えて篝火《かがりび》を焚き、その明かりで深夜まで楽しむことも稀ではありませんでした。その湿原も後代にはしだいに排水設備が整い、楡の木が植わり、菜園や養殖池ができ、市民が余暇に散策のできる白い砂利道が敷かれて、やがてフォレスト・パークやアーデンのほうにまで四阿《あずまや》や別荘が建ち並ぶようになっていきます。現在、駅舎中央ホールとグレート・イースタン・ホテルがあるところには、とアウステルリッツは話しつづけた、十七世紀までベツレヘム聖マリア修道会修道院が立っていました。十字軍の途上奇跡的にサラセン人の手から救い出されたサイモン・フィッツ＝メアリなる人が、建立者ならびにその先祖や子々孫々、一族郎党の冥福を信徒に祈念してほしいと建立したものです。ビショップスゲイトの外郭にあったこの修道院には、ベドラムの名で歴史に残る精神病や貧窮者のための病院が付属していました。駅に来るたびになかば強迫観念のように思い描かないではいられなかったのは、とアウステルリッツは語った、後代にまたべつの壁が廻らされくり返し変化にさらされてきたこの空間の、どこに病院の収容者たちの部屋があったのだろうか、ということでした。数百年のうちにこの地に積もった苦悩や苦痛は、ほんとうに消え失せてしまったのだろうか、私が心なしか額に冷やりとした風を感じるように、もしや、私たちは今なおホールや階段の途上でそこを横切っているのではなかろうか、としきりと思われたのです。ベドラムから西側に延びる漂白場をありありと見たと思ったこともあります。眼に映じるのは、緑野に張り広げられた純白の亜麻の反物、織り屋や洗濯女たちの小さな姿でした。漂白場の向こうには、ロンドン市内の教会墓地が満杯になって以来、死者が埋葬されるようになった地所が見えてきました。手狭になれば込みあっていない地域をめざして外へ外へと移っていき、たがいにそれなりの距離を置いて安らごうとするのは、生者のみならず、死者もまたしかりだったのです。けれども死者はつぎつぎと無限に出てきますから、とうとう地所が一杯になってしまうと墓と墓のあいだに墓が掘られ、ついには敷地のいたるところ、累々と遺骨が連なるにいたったのでした。かつての漂白場と墓場の上に一八六五年に建てられたブロードストリート駅が一九八四年に取り壊されたさい、タクシー乗り場の下を掘削すると、四百体を超える遺骨が出土したといいます。当時、なかばは建築史的な興味に駆られ、なかばは自分でもしかとわからない理由から、とアウステルリッツは語った、私はたびたびあのあたりに足を向けては、死者の残骸の写真を撮影したものでした。たまたま言葉を交わした考古学者が、ここの穴から掘り出した土からは一立方メートルあたり平均八体分の遺骨が見つかる、と話していたことを思い出します。塵と骨と化した肉体の埋まるこのような地層の上に、十七世紀から十八世紀にかけて市街が延びていきますが、そこはロンドンの最下層住民のための、梁と粘土とありあわせの材料で造った、悪臭芬芬たる家々と路地とがごみごみと込みあう地区なのでした。一八六〇年と七〇年ごろ、北東の二つの駅の建設がはじまる前にこのスラム街はすっかり取り払われ、埋葬されていた遺骨もろともに、莫大な量の土が掘り取られ移されます。技術者たちの設計に基づいて、シ

ティの周縁まで、人体解剖図の筋肉束や神経束のごとき観を呈する鉄道線路を引いてくるためでした。まもなくビショップスゲイトの周辺はだだっ広い灰茶色の湿地帯、人っ子ひとり見えない無人の地と化します。ウェルブルックの小川も水路も池も、緋水鶏《ひくいな》も鴫《しぎ》も青鷺も、楡の木も桑の木も、ポール・ピンダーの鹿園もベドラムの精神病院も、エンジェル・アレーやピーター通りやスウィート・アップル・コートやスワン・ヤードの飢餓に苦しむ貧民も、ことごとく消え失せたのでした。そして現在では、その後丸々一世紀のあいだ、明け暮れあのブロードゲイト駅とリヴァプール・ストリート駅を通過してきた何百万の人波もまた同様に消え去っています。けれども私にとっては、とアウステルリッツは語った、当時の駅でのひとときは、死者たちが長い不在から還り来て、死者特有の緩慢で安らぎのない動きをしながら、私の周りの薄闇を満たしているような心地のする時でした。たとえばあるひっそりした日曜日の朝、ハリッジからの臨港列車が着くとりわけ陰気なホームのベンチに腰をかけ、ひとりの人間をいつまでも眺めやっていたことが甦ってきます。擦り切れた鉄道員の制服をはおり、頭に雪のように白いターバンを巻いて、ホームに散らばったごみを箒であちらで少し、こちらで少しと掃き集めていました。その、甲斐のなさの点でわれわれが死後うけるという永劫の罰を想起させる仕事につきながら、とアウステルリッツは語った、深い忘我にひたって同じ動きを何度もくり返すその男は、まともな塵取りのかわりに片側を破り取った段ボール箱を使っていて、それを足で蹴って少しずつずらしながら進み、そしてホームの先まで行くと、また引き返してもとの場所まで戻ってきました。構内のファサードの手前に、三階まで届く工事用の板塀が巡らされており、男は半時間前に出てきたそこの背の低い扉の前まで来ると、ふいにかき消えたように(と見えました)、またそこへ姿を消したのです。いまだに自分でも説明がつきませんが、とアウステルリッツは語った、なにを思っ

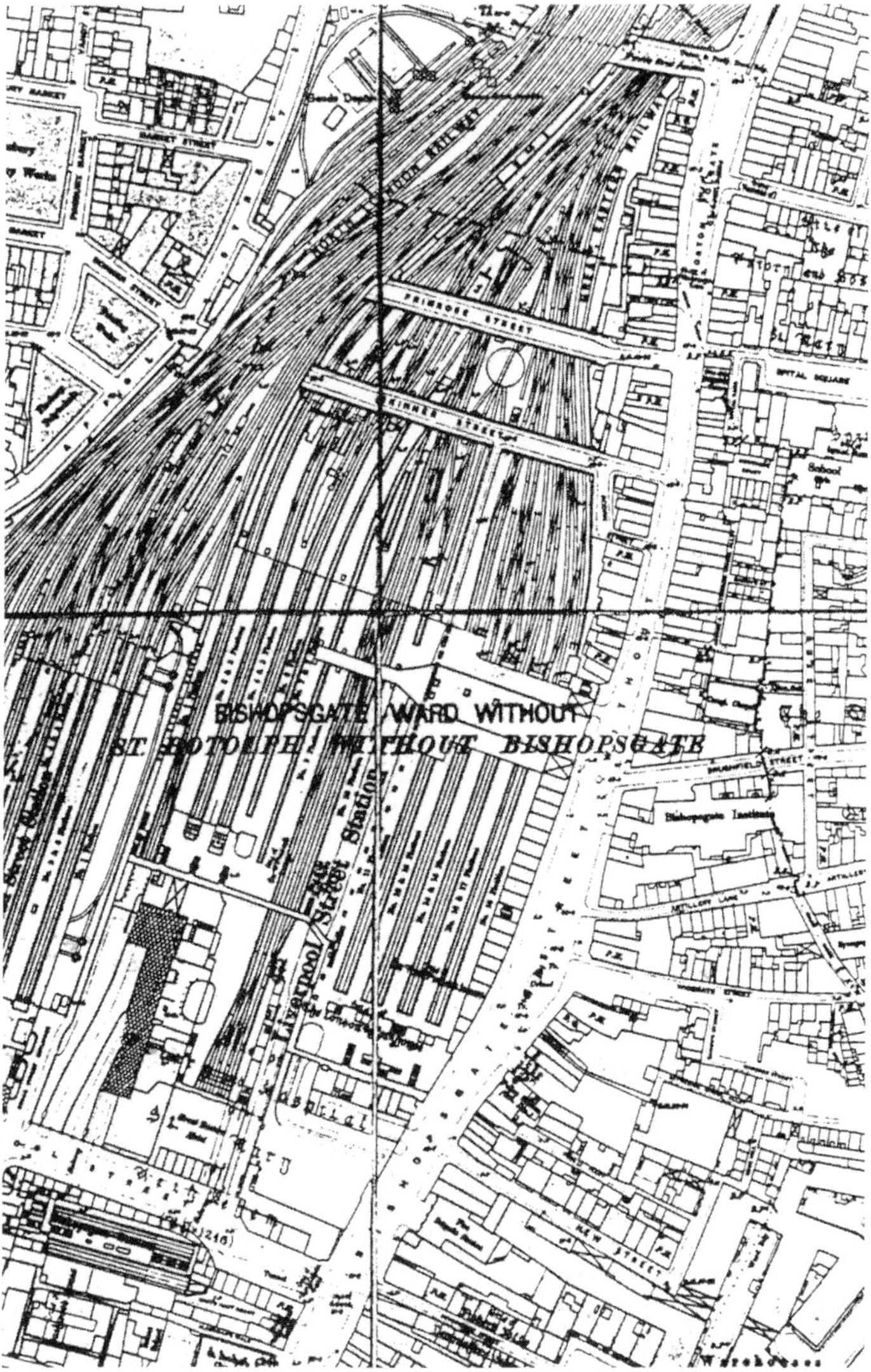
BISHOPSGATE WARD WITHOUT
ST. BOTOLPH WITHOUT BISHOPSGATE
Liverpool Street Station
PRIMROSE STREET
SKINNER STREET
SPITAL SQUARE
School
Bishopsgate Institute
ARTILLERY LANE
NEW STREET

たのか、そのとき私は男の後を追っていました。人生の決定的な一歩は、漠たる内面の衝動から踏み出されることがほとんどなのです。ともかくその日曜の朝、ふと気づくと、私は高い板塀の内側に立っていて、〈婦人待合室〉という、構内のはずれの、これまで存在すら気づかなかった待合室の入り口を前にしていました。ターバンの男は消え失せていました。組んである足場にも、人の動く気配はありません。自在ドアを押して入ろうかどうか躊躇しました、が、手が真鍮の握りに触れるか触れないうちに私はもう中に入っていて、すきま風の防止に垂らしてあったフェルトの幕を通り抜け、長らく使われていないとおぼしいホールの中にたたずんでいたのです。まるで舞台に上がって、とアウステルリッツは語った、一歩踏み出したとたんに暗誦していたせりふをごっそり、これまで幾度となく演じてきた役柄もろとも永久に忘れてしまった俳優になったようでした。何分か、何時間かたったのでしょうか、そのあいだ身じろぎもならずに、途方もなく天井の高そうなその待合室の中に突っ立って、円天井の下の窓列から射しこんでくる凍てた灰色の月光のような光が、網か、ほつれかけた薄布のように頭上に垂れこめているさまをふり仰いでいました。その光は、埃の粒が一種きらきらと光っていると言えばよいのか、高い所ではたいそう明るいのに、下へ降りてくるうちにホールの壁と下方の空間に吸収されてしまうかのようで、暗がりをいっそう濃くするごとく、くろぐろとした筋となって、橅《ぶな》のつややかな幹やコンクリートのファサードをつたう雨水さながらに滑り落ちていくように見えました。ときたま外の街に垂れこめた雲が開き、陽光が待合室に射しこむこともありましたが、それも半ばあたりで消えていきます。いく筋かの光が一風変わって物理学の法則に逆らった筋を描き、直線から逸れた螺旋や渦となって、やがて揺らめく闇に呑みこまれていきました。そのとき、ほんの一刹那、私の瞼に、巨大な空間がぽっかりと口を開けるのが映りました。私ははてしなく続く柱廊を、円蓋を、何層もの建物を支えている石のアーチを、どこまでも高く視線をみちびいていく石段や、木の階段や、梯子を、深い奈落に架けわたされた渡り板を、その上にひしめいている豆粒のようなおおぜいの人影を見ました。収容されている人たちだ、この牢獄から逃れる出口を探しているのだ、と思いました、とアウステルリッツは語った。痛む首をこらえながら高みを仰いでいればいるほど、私のいる内部の空間はしだいに拡がっていくかのようでした。およそありえないぐあいに、同じ映像が、焦点距離を少しずつ縮めながら無限に重なり合い、同時にこのような錯覚の世界にしかないように、逆向きに巻き戻ってくるのです。一瞬、はるか上方に、天井の抜け落ちた円蓋を見たように思いました。めぐらされた胸壁の端には羊歯や柳の若木やその他の木々が茂り、そこに青鷺《あおさぎ》がおおきな乱雑な巣をいくつも懸けていて、見ると、ゆったりと翼を広げて、つぎつぎと蒼い空のかなたへ飛翔していきます。憶えているのは、この牢獄と解放の幻視のさなかに、とアウステルリッツは語った、自分がまぎれこんだのは廃墟の内部なのだろうか、それともいま形をとりつつある建築中の建物なのだろうか、という疑問に悩まされていたことでした。その点ではリヴァプール・ストリートの新駅舎は当時文字どおり古びた駅の残骸から姿を現しつつあったのですから、どちらも正しいと言えたのでしたし、じつは肝心なのは、気を逸らすだけのそんな疑問ではなくて、私の意識の外縁を、記憶の断片が蠢《うごめき》はじめたことにあったのです。それはたとえば一九六八年十一月下旬の午後、パリ時代に知り合った女性マリー・ド・ヴェルヌイユと——このひとについてはまたおいおいお話しします——広い草原にぽつねんとそびえるノーフォーク、サーレの壮麗な教会の身廊に、肩を並べて立ちながら、彼女に言うべきだった言葉をどうしても口にのせえなかった、その映像だったりするのでした。外の草原から白い霧が湧き起こり、私たちは口をつぐんだまま、その様子を見つめていました。霧はひくく波を打ちながらころがり寄せ、じわじわと正面入り口の敷居をはいのぼり、まもなく石の床をすっかり覆いつくしていよいよ濃く深く立ちこめて、とうとう私たちの体を半分まで埋めてしまい、あわやこのままでは窒息するのではないかと危ぶんだほどでした。リヴァプール・ストリート駅の廃絶された婦人待合室で甦ってきたのは、そのような記憶だったのです。そしてその記憶の背後に、またその底に、なお更に過去に遡ることどもが埋もれていて、それらは埃っぽい仄明かりに私の幻視した迷宮の天蓋さながら、たがいに入れ子になり、はてしなく連鎖していたのでした。事実私にとって、とアウステルリッツは語った、めくらましにあったように真ん中に立ちつくしていたその待合室は、私の過去の時間の一切、抑圧し消し去っていた不安や願望の一切を包含しているかのような、足元の石床の白黒の菱形模様が私の生涯を総決算するゲーム盤であって、あらゆる次元の時間にわたって延びているかのような、そのような気配をただよわせているものと映ったのです。おそらくそれゆえに、待合室の薄明かりのなかに、三〇年代の服装に身を包んだ中年の男女が見えたのでしょう。女性は軽いギャバジンのコートを羽織って、頭に斜めに帽子をかぶり、その隣に腰を掛けている痩身の男性は、説教師がつける襟のある暗い色のスーツを着ていました。そうでした、説教師とその妻なのでした。そしてそればかりか、私の眼にはふたりが迎えに来た、幼ない少年の姿までもが映じたのです。ひとりきり、ぽつんと離れたベンチに腰を掛けていました。膝までの白い靴下をはいた脚はまだ床に届かず、もしも膝に抱いている小さなリュックサックがなかったら、私は、とアウステルリッツは語った、その子がわからなかっただろうと思います。けれどもあのリュックのおかげで彼がわかった、そして、思い出せるかぎりにおいてはじめて、私自身の姿が記憶に甦った。自分は間違いなくこの待合室にいたのだ、半世紀以上も昔にイギリスにたどりついたのだ、と、呑みこんだ瞬間のことでした。そのときに自分がおちいった状態は、ほかの多くの場合と同じく、正確に表現することは叶いません。胸の張り裂けるような感じ、羞恥、苦悩、あるいはまったく別の、そのためには言葉が欠けていて語り得ないなにかでしょうか。ちょうど、私の理解できない言語を話す見知らぬふたりが近寄ってきたときに、私に言葉が欠けていたのと同じように。ただ憶えているのは、ベンチの幼児を見つめながら、鈍く麻痺した感覚の中で、このときの見捨てられた状態こそが、過去の長い歳月のうちに私の心を破壊してしまったのだ、と気づいたことであり、そして自分は一度としてまことに生きていたためしがなかった、あるいは死の前日になってようやく生まれたようなものだ、との思いに、途方もない疲労感に襲われたことばかりです。一九三九年の夏、説教師イライアスと蒼ざめた顔のその妻がどんな理由から私を受け入れる気になったものか、推測するしかありませんが、とアウステルリッツは語った。子どもがいなかった夫妻は、日一日と頑なになるたがいの心が耐えがたく、当時四歳半だった子どもの教育にともに打ちこむことが打開になりはしないかと願ったのでしょうか。それとも日常的な慈善を超えた個人の献身と犠牲を要求する事業こそ、崇高な存在を前にした義務であるかのように思い做していたのでしょうか。あるいは、キリスト教の信仰にふれたことのない私のたましいを、永劫の罰から救わねばならぬとでも思ったのか。私自身についても、バラでイライアス夫妻の庇護をうけるようになった当初、おのれの心に何が起こったのか、今はもはや言うことができないのです。新しい服装にひどく心が鬱《ふさ》いだことは憶えています。それになぜとも知らずかき消えてしまった緑のリュックサック。今は、私の中で母語が死に絶えていったなりゆきを、月日の経過とともに徐々に幽かになっていったその音の響きを、ぼんやり記憶しているような気すらしてきました。それは少なくともしばらくのあいだは、たとえば幽閉された生き物の立てるこつこつ、がりがりという音のように私の中に残っていて、しかしこちらが耳をすますと、恐怖に震えてぴたりと静まってしまうもののごときであったと思うのです。そしてあの日曜の朝、さまざまの縁が重なって、わずか数週間後に改築工事のため永遠に消え失せることになるリヴァプール・ストリート駅の旧待合室に歩み入らなかったならば、短期間ですっかり忘れ去られた言葉とそれに繋がる一切のものは、私の記憶の深淵にいつまでも埋もれたままであったに相違ないのでした。待合室にどれほどたたずんでいたのか、どのように外へ出、どんな道を辿ってベスナル・グリーンやステップニーにまで彷徨って行ったのか、何の憶えもありません、とアウステルリッツは語った。黄昏どきにようやく家にたどり着き、汗みずくの服もそのまま、憔悴した体を横たえて、深い苦渋にみちた眠りに落ちました。目覚めたのは、のちに何度か計算し直してわかったところでは、翌日の真夜中でした。身体は死んだようでいて頭の芯に熱っぽい考えがぐるぐると渦巻いているその眠りの中で、私は星形要塞の最深部、あらゆる世界から遮断された隠し土牢の中におり、なんとか屋外へ出ようと焦っていました、そして天井の低い廊下をどこまでも伝い歩いていくのですが、そこはこれまで私が訪れたり描写したりしたありとあらゆる建築物の内部なのです。それは終わりのない悪夢で、主筋がしじゅう関係のないべつの脇筋によって中断されていました。私は薄暗い風景を空から見下ろしていました。ひどく小さな列車、まっくろな機関車が、土色のミニチュア客車を十二両牽いて疾走している、煙がうしろに長い尾を引いてたなびき、その先が驀進する列車のいきおいに、駝鳥の羽のように左に、右に、しきりに振れている。すると今度、私は列車の車室の窓から、くろぐろとした樅の森や、深くえぐれた渓谷や、水平線にわいた雲の峰や、ひしめきあう家々の上にそびえる風車や、ぐるりぐるりと回るたびに夜明けの薄明を遮断するその風車の幅広の羽根を眺めていました。眺めながら、私は閉じた瞼の裏で、とてつもなく生々しいそれらの情景が、おのれ自身の内部から湧いて出たものであることをまざまざと感じていました、けれどもひとたび目覚めてみると、そのどれひとつとして輪郭すらつかみ得ないのです、とアウステルリッツは語った。私は卒然として悟りました、自分はこれまで想起するという訓練をいかに怠ってきたことか、いやむしろあべこべに、できるなら一切を思い出さぬよう、私の不明の素性と微かにでも関わるものはどんな類にせよ避けよう避けようとつとめてきたことか。今では自分でも信じがたいのですが、私はドイツによるヨーロッパ征服についても、彼らの打ち立てた奴隷制国家についても、私が難を逃れてきた迫害についても、何ひとつ知らなかったのです、知っていたにしても、それはたとえば売り子がペストやコレラについて持ち合わせている類の知識の域を出なかった。私にとって、世界は十九世紀末で終わっていたのでした。そこから先に踏み出すことは怖《お》じていた。私の研究対象である市民社会の時代の建築史も文明史も、そのことごとくが、当時すでに輪郭を明らかにしつつあったあの災厄へと雪崩こんでいくものであったにもかかわらず。新聞も読んでいませんでした。今にして思えば、不吉な世界が眼に飛びこんでくるのを恐れたのです。ラジオも決まった時間にしかつけませんでした。私は拒絶反応をどんどん巧緻にさせ、一種の検疫システム、免疫システムを自分に作り上げて、おのれの来歴と微かなりと関わるすべてから身を守っていたのでした。そのためわが身はいや増しに窮屈になっていったのでしたが。それに何十年にわたって追求している山積した知識に、私は四六時中腐心してもいました。それが記憶の代理、ないし代償としての役目をはたすものだったのです。それでもなお、当然のことながら、万全の予防策を衝いて危険な情報が届いたときには、私は眼も見えぬ耳も聞こえぬふりを装って、そこらの不愉快なものと同列にいち早く巧みに忘れ去ってしまっていました。けれどもこの思考の自己検閲、浮かび上がろうとする記憶の不断の排除は、とアウステルリッツは続けた、やはりかなりの緊張を強いていて、反復されるたびに大きくなっていったのです。それが結局、ほぼ完膚無きまでの言語能力の麻痺となり、論文やメモ一切の廃棄にいたり、ロンドンの果てしない夜歩きになり、いよいよ頻発する幻視となり、そして一九九二年夏のあの虚脱状態にいたりついたのも、けだし致し方ないことだったのでした。その年の残りをどう過ごしたのか、とアウステルリッツは語った、お話のしようがありません。ただ言えるのは、翌春、いくらか体調の回復をみてようやくぼちぼちと町なかに出はじめ、かつて建築物の版画をもとめて足しげく訪れていた大英博物館の近くの古書店をのぞいたことです。放心のまま私はあちこちの棚や抽斗をさぐっては、星形ヴォールトや、ダイヤモンド帯状装飾や、庭園内の庵や、列柱寺院や、霊廟の図を、何を何のために見ているかも覚えぬまま眺めていました。店主のペネロピ・ピースフルはたいそう美しい、私が長年賛嘆してやまない女性ですが、彼女はこのときも朝のひとときの習慣にもれず、書類や書物の載った事務机のやや端側に腰をおちつけて、テレグラフ紙最終面のクロスワードパズルを左手で解いていました。ときどき眼を上げて私にほほえみかけ、また深い物思いに沈んだ眼で外の往来を眺めるのです。古書店のなかはしんと静かで、ペネロピがいつものように脇に置いた小さなラジオから、ひくい声が流れているばかりでした。その聞こえるか聞こえぬかの声、が、私の耳に忽然として異様にはっきりと聞こえてきた声に、そのとき私は吸いつけられたのです。眼の前の版画を忘れ、金縛りにあったごとく動けなくなり、いささか甲高い音のする機械から出る言葉を一音節も聞き逃すまいとしました。耳に届いたのは、ふたりの女性の声でした。彼女たちは、一九三九年の夏に子どもだけの特別移送によって、自分たちがイギリスに送られてきた経緯を話し合っていたのです。都市の名がつぎつぎとあがりました。ウィーン、ミュンヘン、ダンツィヒ、ブラティスラヴァ、ベルリン。そしてそのひとりが、わたしの移送ではドイツ帝国を二日間かけて横切りました、それからオランダに入ると、列車の窓から風車の大きな羽根が見えました、そしてフーク・ヴァン・ホラントから連絡船〈プラハ〉に乗って、北海を渡り、イギリスのハリッジに向かったのですという話をしたとき、はじめて私は知ったのです、疑いようもない、この記憶の断片は、私の人生の一部でもある、と。にわかに明らかになった真相に動転して、番組の最後に告げられた住所と電話番号をひかえる余裕はありませんでした。眼に映じたのはただ、待っている自分の姿でした。波止場です、二列になって長々と並ぶ子どもたち、そのほとんどがリュックサックか背嚢をしょっている。足元の巨大な切石も見えました。その石の中の雲母、船繋りのどんよりした茶色い水、斜めにのびる艫綱《ともづな》と錨鎖《びょうさ》、家よりも高い船のへさき、ギャーギャーと叫びながら頭上を飛びまわる鷗、雲間からさしこむ陽光、そして赤毛の少女。格子縞のケープをはおり、ビロードの帽子をかぶっていた。この少女が昏い国を行く列車の旅のあいだ、私たちの車室の小さな子たちの面倒を見てくれていたのでした。いま思い出せば、その少女のことを何年ものちまで私は夢に見ていて、その夢では青白い夜間灯の照らす小部屋で、彼女がバンドネオンのような楽器でなにやら愉快な曲を演奏してくれていたのです。「大丈夫ですか?」──ふいに、遠いところから聞こえているように声がしました。自分がどこにいるのか、そしてにわかに石と化したようになった私をペネロピが心配してくれたらしいとわかったのは、しばらくしてからです。いま心がよそへ飛んでいました、と答えたように思います。「フーク・ヴァン・ホラントでした」そう聞くとペネロピは美しい顔をこころもちうわむけて、自分もまたあの荒涼とした港をやむなくたびたび訪れたことがあるとでも言わぬげに、わかったという微笑みをしました。「安くあがって涙なしに暮らせる方法って?」唐突に、彼女がそう訊ねました。畳んだ新聞紙のクロスワード欄を、鉛筆の先でコツコツと叩きながら。言葉をひねった英語の謎々など、私はどんな単純なものも解けたことがありません、そう答えようと思った矢先、彼女はもう「そうだわ、〈家賃無料《レント》=悲しみ無用《フリー》〉ね!」と声をあげ、最後に残った八つのマスに文字を埋めました。別れを告げてから、一時間ばかり、ラッセル・スクエアの背の高い、まだ丸裸のプラタナスの樹下に置かれたベンチに腰を掛けていました。晴れた日でした。星椋鳥が何羽か、芝生の上を独特なしぐさでせかせかと跳ねまわっては、クロッカスの花をついばんでいます。その姿を、光のほうに向きを変えるたびに金色がかった緑が羽の暗色に映えてとりどりに輝くさまを、じっと眺めながら、私はこういう結論にたっしました。自分もまた〈プラハ〉号に乗ってイギリスに来たのだったか、あるいは他の船だったのか、確証はない、けれどもプラハという町の名前がいまこの繋がりのなかで上がったのなら、それだけでも、彼地へ行かなければならないことだけはたしかではないか、と。ストーワ・グレインジの最後の日々、私の国籍取得に着手してくれたヒラリーが直面した困難のこと、ウェールズの民生局、外務省、救援委員会、どこを当たっても何ひとつわからなかったことが思い出されました。イギリスに亡命する児童の輸送を指揮したのはその救援委員会でしたが、ロンドン空襲のおりに悪条件が重なり、ほとんど見習いのスタッフばかりの状況下で引越しや疎開をくり返すうちに、書類の一部が失われてしまったのです。私はチェコ大使館に問い合わせ、私のようなケースを扱っている部署の住所を教えてもらい、そうしてほどなく、プラハのルズィニェ空港に降り立ったのでした。陽光の燦々と降り注ぐ、いささか明るすぎる日で、とアウステルリッツは語った、その陽を浴びた人々はどの顔も死期の迫った慢性の煙草のみでもあるかのように、病的で土気色に見えました。着くとただちに、タクシーで小地区《マラー・ストラナ》のカルメリッカ街へ向かいました。国立公文書保管所が入っているのは、はなはだ風変わりな、この町にはよくあるのですが、時の外にあるとは言わぬまでもかなり古い時代に遡る建物でした。狭い扉をくぐって正面玄関に入ると、まず往時に箱型馬車や四輪馬車が乗り入れていた半円筒ヴォールトの薄暗い通路があり、そこを抜けたところに、ガラスの丸天井を戴いた、少なく見積もっても二十メートル×五十メートルはある中庭があって、そのまわりを三層にわたってそれぞれの事務室に通じる歩廊がぐるりと廻らされていました。各事務室の窓は外の通りを見下ろすかたちでついており、したがって全体を外側から見れば、奥行き三メートル弱の側翼が四つ、中庭を中心になにやらだまし絵的に配置された宮殿のような建物になっているのです。各側翼の内部には廊下も通路もないわけで、これはブルジョワ社会の監獄建築、内側に狭い通路をめ

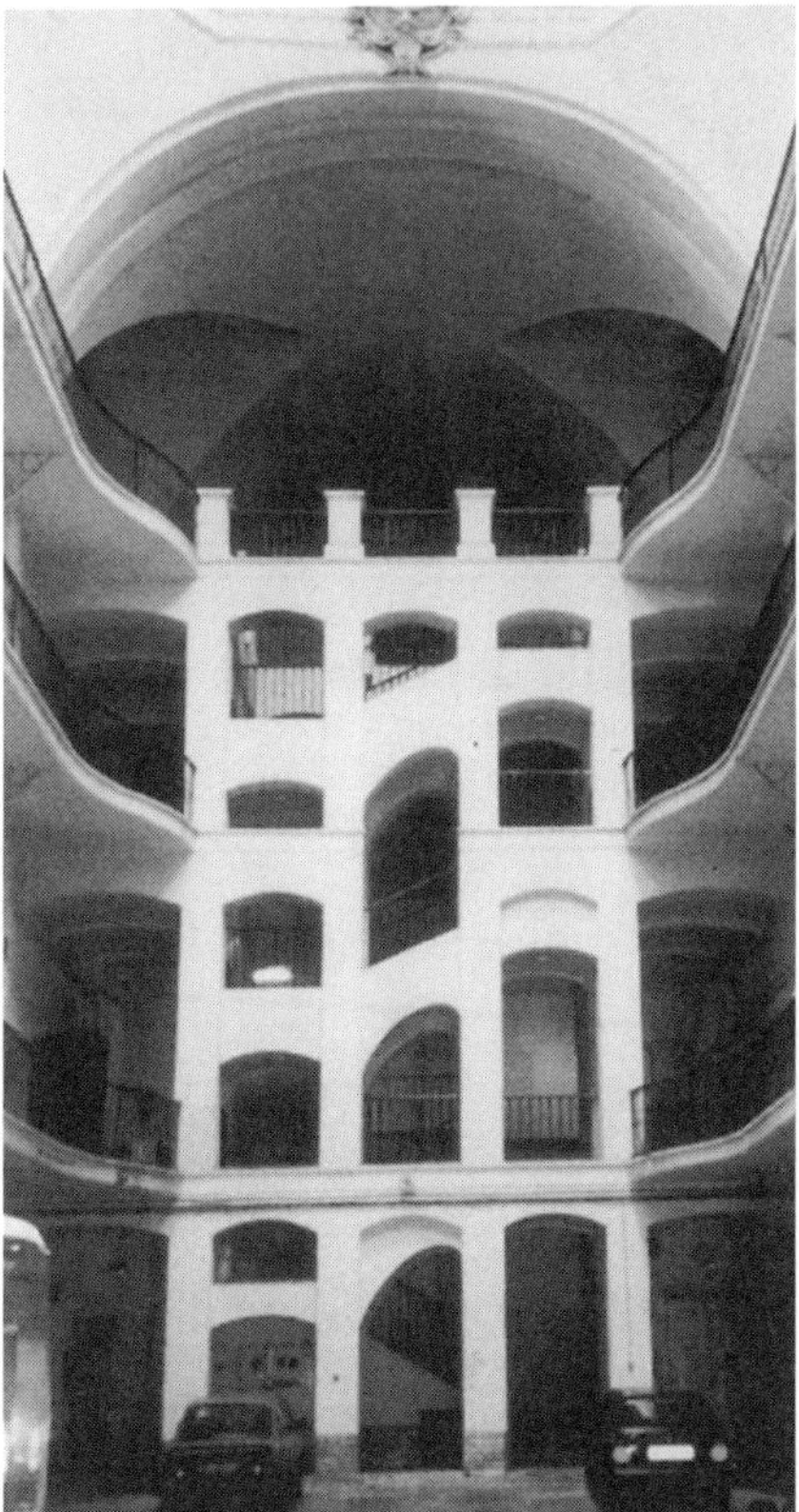

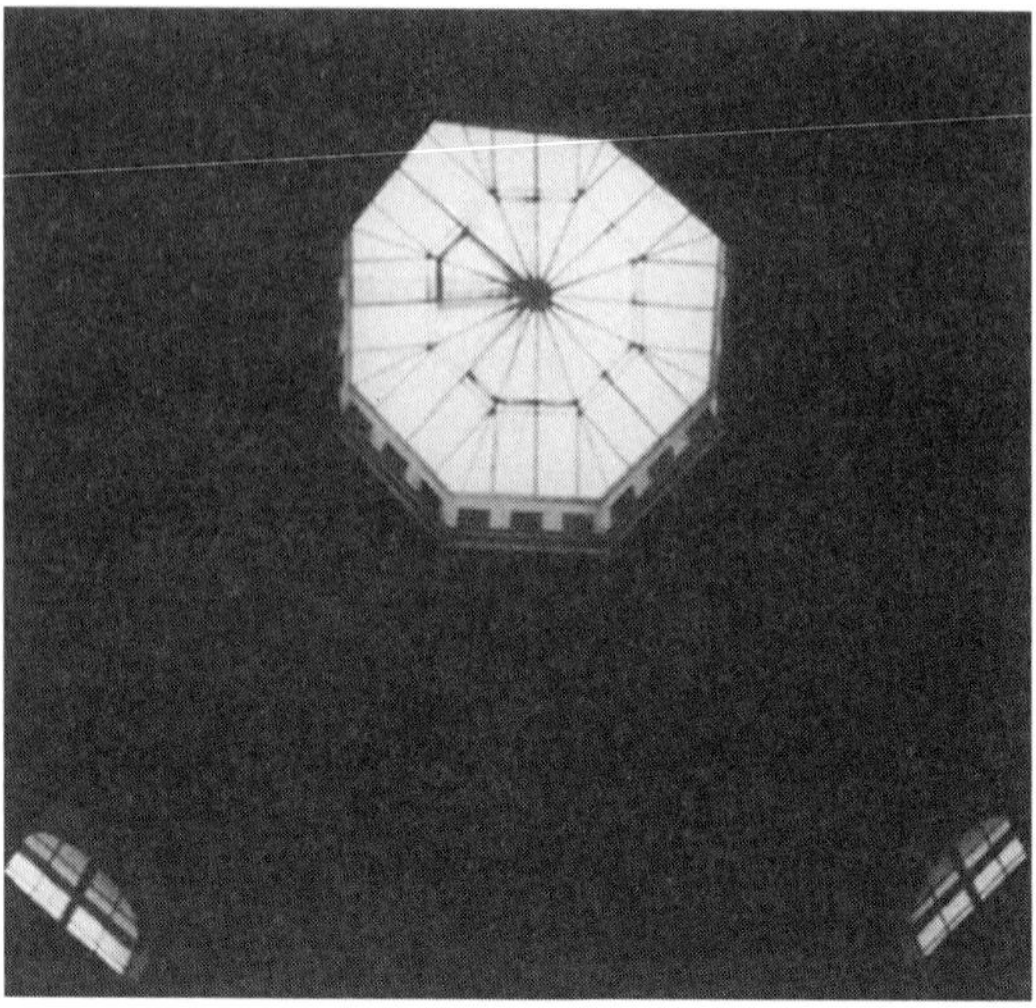

ぐらし、方形ないし円形の中庭を中心に囚人房をぐるりと並べるという方式が刑罰の遂行にもっともふさわしいとして採用された、監獄建築と似かよったスタイルと言えました。が、カルメリッツカ街の国立公文書保管所の中庭から私が想起したのは、監獄だけではありません、とアウステルリッツは語った。修道院、乗馬学校、オペラハウス、精神病院――高みから射す仄明かりに眼を吸い寄せられながら、頭の中でそれらのイメージが渦をかいて回りました。そのあいだに薄暗闇を透かして、各階の歩廊にぎっしりと立ち並ぶ人々が見えたように思い、そしてその昔の蒸気船の船出の光景さながらに、なかの何人かがこちらに向けて帽子やハンカチを振っているありさまが映ったのです。いずれにせよ、なんとかわれに返って玄関脇の窓口をふり返ったときには、相当の時間がたっていました。とば口に立ったとたん中庭の光に心を奪われて、うかうかと通りすぎてしまったのですが、窓口の門番は先ほどからじっと私に眼を留めていたのです。その窓口はひどく低い位

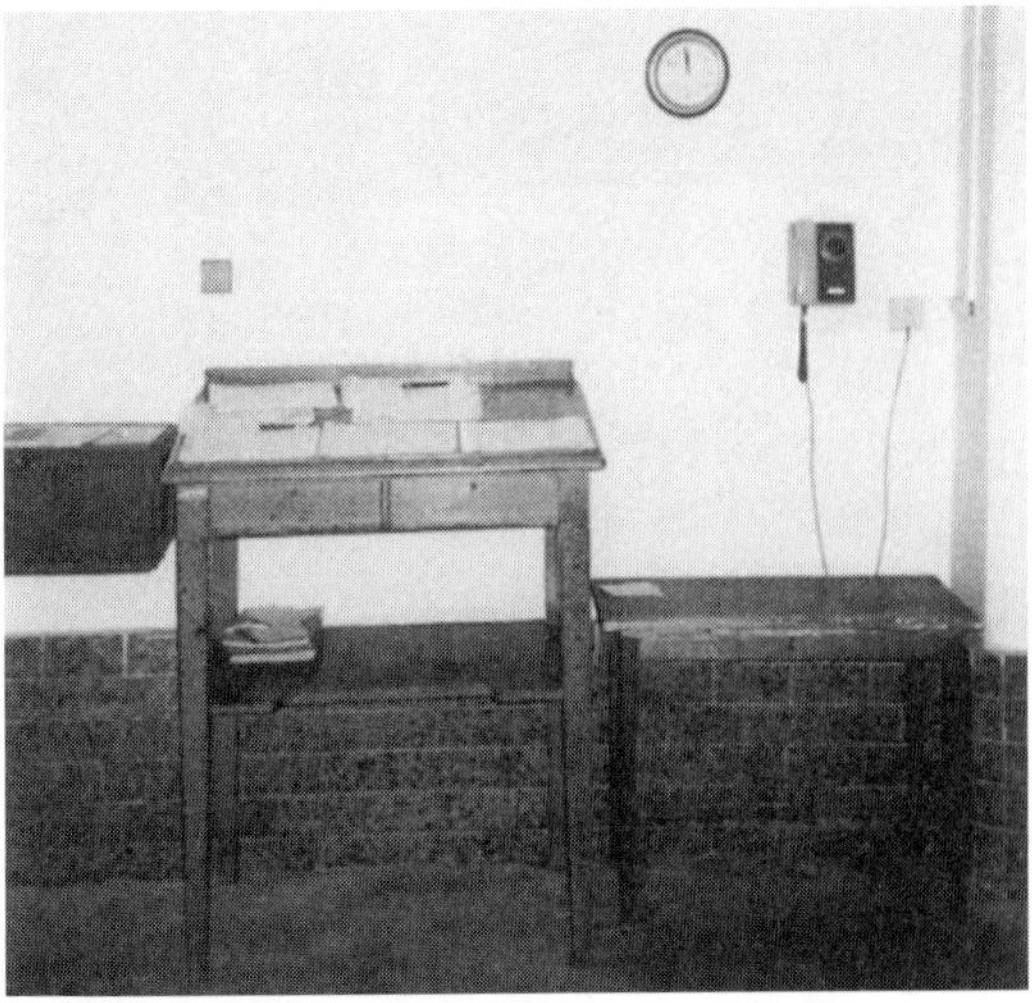

置にあり、かなり身体を屈めなければ話ができなかったところをみると、門番はどうやら、その部屋の中で床に膝をつく姿勢をとっているようでした。私もじき同じ格好をしたわけですが、それでもいかんせん、話が通じません、とアウステルリッツは語った。長々しい弁舌も、何度も強調してくり返されるアングリッキー《イングランドの》とかアングリチャンという単語のほかは何ひとつ聞き取れず、とうとう門番は建物の中から文書係のひとりを電話で呼び出すはめになりました。そして私がまだ窓口の脇の机で入館用紙に記入しているうちに、文字どおり降って湧いたように、とアウステルリッツは語った、その人が私の隣に立ったのです。テレザ・アンブロソヴァーです、そう自己紹介すると、ややぎこちないながら正確な英語で、そのひとは用件を訊ねました。年のころ四十前後でしょうか、テレザ・アンブロソヴァーは青ざめた、どことなく影のうすい女性でした。私たちはシャフトの一方の壁をこすりながらギシギシと昇っていくひどく狭いエレベーターで、こうした箱に押し

こまれたさいの不自然な身体の距離に気詰まりを覚えながら、黙ったまま四階へ運ばれていきました。彼女の右のこめかみの皮膚の下を、青味がかった動脈が曲がり角でかすかに脈打っているのが、それも、日射しを浴びた石の上にじっと張りついている蜥蜴の首の鼓動と同じくらい速く脈打っているのが眼に入りました。中庭を取り囲む歩廊をわたり、アンブロソヴァー夫人の執務室に着きました。手すりから下をのぞきこむ勇気はとてもありませんでした。二、三台の車が駐車してありましたが、それが上から見ると妙に細長い印象で、いずれにせよ道路にあるときよりもずっと細長いように眼に映りました。その執務室に歩廊からじかに入ってみると、シャッター付きの戸棚の上、棚板のたわんだ棚の上、文書の運搬用らしいワゴンの上、壁ぎわの古色蒼然とした耳付き椅子の上、向かい合わせのふたつの執務机の上と、いずれにも書類の束がところせましと紐で縛って高々と積まれてあります。多くは陽に焼けて黄ばみ、端が崩れかけていました。書類の山と山のあいだには、十鉢はくだらない室内植物が、シンプルな陶鉢や色鮮やかなマヨルカ焼きの植木鉢に入ってあちこちに置かれています。ミモザやミルテ、肉厚のアロエ、梔子《くちなし》、そしてトレリスにぎっしり巻き付いた背の高い桜蘭。アンブロソヴァー夫人はいとも慇懃に執務机の隣に椅子を置き、私にすすめると、頭をこころもち傾げながら、生涯はじめて人に打ち明ける私の話に注意深く耳をかたむけたのでした。自分はさまざまの事情が重なってこれまで出自を知らされずにいたこと、ほかの理由からみずからも来歴を調べることを怠ってきたこと、だが看過できない出来事があいつぎ、今では四歳半のとき、戦争勃発の直後に当時プラハから出発していたいわゆる〈子どもの移送〉によってプラハを離れたと確信するにいたった、あるいは少なくともそう推測するにいたったこと、それで一九三四年から三九年までの期間にプラハに住んでいた自分と同名の人間とその住所を、さほど多いわけはなかろうから名簿から探し出してもらえないだろうか。――雲をつかむような話だったばかりか、それがふいに途方もなく馬鹿ばかしいもののように思われて、私はひどく狼狽しました。吃りがはじまり、言葉もろくに出てきません。開け放された窓の下にある粗悪なペンキを厚塗りした暖房の熱がにわかに熱く感じられ、下のカルメリツカ通りの騒音が、市電の走る重たい音が、パトカーや救急車の遠いサイレンが耳を刺しました。ようやく平静を取り戻したのは、テレザ・アンブロソヴァーが風変わりに落ちくぼんだ菫《すみれ》色の眼で案じるように私をじっと見つめ、一杯の水を差し出してくれたときです。両手で支えるしかなかったそのコップの水をゆっくりと飲み干していると、彼女は、問題の期間の住民簿は完全なかたちで残っています、それに、アウステルリッツという名前はたしかに珍しいものですからおそらくさしたる困難はないでしょう、明日の午後には当該の抄本を用意できると思います、わたしがやっておきましょう、と述べました。どんな言葉で彼女のもとを辞去したのか、公文書保管所をいつ出てそれからどこを彷徨ったのか、もはやさだかではありません、とアウステルリッツは語った。ただわかっているのは、カルメリツカ街からほど近いカンパ島地区の小さなホテルに宿をとり、暗くなるまで窓辺に腰を下ろして、灰褐色のヴルタヴァ河の物憂げな流れと、その向こう岸に広がる、見ず知らずで私とはなんの繋がりもないように思われる街をいつまでも眺めやっていたことばかりです。苦しいほど緩慢にさまざまな考えが頭を横切り、そのたびにそれらは漠然として、ますます摑みがたくなっていきました。その晩ずっと、私はまんじりともしないか、不吉な夢にうなされるかして横たわっていました。いくつもの階段を登ったり降りたりし、何百という扉の呼び鈴をむなしく鳴らし、そして街のはずれもはずれ、もはや街ではない郊外のとある家まで来たところで、半地下の牢獄めいた部屋から、守衛がぬっと姿を現わしました。バルトロムニェイ・スメチカ、という名のその守衛は、古びた皺だらけのフロックをはおり、花模様の凝ったベストを着て、金の鎖時計を斜めにたらし、私が差し出したメモを穴の開くほど見つめると、気の毒そうに肩をすくめて、あいにくとアステカの民族はずいぶん前に絶滅したよ、あとはやつらの言葉をかたこと喋ることができる歳くった鸚鵡が一羽、どっかそこいらに生き残っているばかりだ、と言うのでした。翌日、とアウステルリッツは続けた、改めてカルメリツカ街の国立公文書保管所におもむいた私は、いくらかでも心を集中したくて、広い中庭と、歩廊に上がるための階段室——その非対称的なかたちは、かつてイギリスの貴族が私庭や庭園につぎつぎと造らせた、それ自体なんの用にも供さない塔状《フォリー》の建物を連想させました——の写真を何枚か撮影しました。ともかくこの階段室を結局私は登って、踊り場のたびに立ち止まっては、まちまちの形をした壁の穴から人影のない中庭を（それでもたった一度、白衣を着た、歩くとき右足がわずかに内側にくねる資料室の職員が通り過ぎていきましたが）しばらく覗きこんだのです。テレザ・アンブロソヴァーの執務室に入ってみると、彼女はちょうど内窓と外窓のあいだの板に載せた数種の陶鉢のゼラニウムの挿し芽に水をやっているところでした。ここの暖房がききすぎた環境の方が、うちで春の冷気に当たるよりもよく育つんです、とアンブロソヴァー夫人が言いました。スチーム暖房はもうずいぶん前から調節がきかなくなっているんです、この季節だと温室の中にいるようなものですわ。きのうご気分が悪くなられたのはきっとそのせいじゃないかしら。アウステルリッツという名の人の住所はもう名簿から書き抜いてあります。予想どおり、十人もいませんでしたよ。アンブロソヴァー夫人は緑色の如雨露を置くと、机から一枚の紙を取り上げてよこしました。アウステルリッツ・レオポルト、アウステルリッツ・ヴィクトア、アウステルリッツ・トマーシュ、アウステルリッツ・イェロニーム、アウステルリッツ・エドヴァルト、アウステルリッツ・フランチシェク、そう上からざっと並び、そして最後に、独り身の女性らしいアウステルリツォヴァー・アガータという名前。それぞれの名のあとに職業――織物卸業、ラビ、包帯製造業、会社主任、銀細工師、印刷所社長、歌手。そして住んでいた地区と、馬車道通り脇七、ベツレヘム通り二といった住所。調査をなさるなら、河を渡る前にまずこちらの小地区《マラー・ストラナ》からおはじめになるとよろしいわ、とアンブロソヴァー夫人がすすめました。ここから十分もかかりません、シュポルコヴァはシェーンボン宮殿から少しあがった小さな小路で、住民簿によれば一九三八年に、アガータ・アウステルリツォヴァーという女性が十二番地に住んでいます。こうして私は、とアウステルリッツは語った、プラハに着くか着かないかのうちに、物心ついてこのかた、記憶から一切の痕跡を消されていた幼少期の地に戻ることができたのでした。入り組んだ小路を歩き、ヴラフ通りとネルドヴァ通りに挟まれた家や中庭をうろうろし、シュポルコヴァ小路の不揃いな敷石を足裏に感じて、一歩一歩上り坂を踏みしめていくうちに、はやくも、この道は歩いたことがある、と感じました。必死に思いを凝らして出てくるのでない、長らく麻痺していて今とうとう目覚めた感覚によって、記憶の扉がさっと開かれたかのようでした。これと確信できるものはひとつもないのに、美しい鍛鉄の窓格子に、呼び鈴の鉄の握りに、庭の塀越しに伸びている小さな巴旦杏《アーモンド》の枝ぶりに、まなざしが惹きつけられ、何度も足を止めずにはいられませんでした。ある家の車の進入口の前ではしばらくたたずみ、とアウステルリッツは語った、門のアーチの要石の上、平らな漆喰に埋めこまれた一フィート四方足らずの浅いレリーフを仰ぎ見ました。星のまたたく、海の碧を背景に、蒼い色の犬がひとふりの枝を口にくわえている図――この犬は私の過去からこの枝を拾って持ってきたのだ、そう思うと、髪の毛の先まで震えが走りました。シュポルコヴァ小路十二番地の玄関ホールに入ったときのひんやりした空気、玄関脇の壁に埋めこまれた落雷のマークがついた金属の配電盤、まだら模様

の人造石の床に嵌めこまれた濃灰色と純白の八枚弁のモザイクの花、湿った石灰の匂い、ゆるやかな傾斜の階段、手すりに一定の間隔でつけられた、榛《はしばみ》の実をかたどった鉄の握り――どれもこれもが文字や記号だ、忘れ去られたものたちの活字ケースにおさめられていた文字や記号だ、私はそう思い、そう思うとなんとも幸福な、それでいて不安な感情にくらくらとし、しんとした階段ホールのきざはしに一度ならず腰を下ろして、頭を壁にもたせかけずにはいられませんでした。とうとう最上階の右側の住居の呼び鈴を押したのは、おそらく一時間はたったあとだったかと思います。それからまた永遠に近い時間が流れたように思われたころ、中を動く気配がして、扉がひらき、ヴェラ・リシャノヴァーが私の前に立ったのでした。三〇年代にプラハ大学でロマンス語文学と文化を専攻し（とほどなく彼女は語ってくれたのです）、私の母のアガータの隣室に住んでいて、私の子守りをしてくれたひとでした。衰えてはいたものの、全体には少しも変わっていなかった彼女を一瞥してその人とわからなかったのは、とアウステルリッツは語った、おそらくそのとき私の陥っていた、われとわが眼を信じられぬ昂奮のゆえだったのでしょう。そうしたぐあいで、私は前日に四苦八苦して頭に詰めこんだ文章を、つっかえつっかえ言うしかできませんでした。私は、アガー《プロミンテ、プロスィ》

タ・アウステルリッツォヴァーと《ーム、ジエ・ヴァース・オプチジュイ・フレダーム・》いう女性を、捜しています、《パニー・アガートゥ・アウステルリッツォヴォウ、》そのかたは、一九三八年に、ここに住ん《クテター・ズデ・モジュナー・ヴロツエ・デヴァテナーツト・》でいたかもしれないのです《セト・トゥシツエト・オスム・ピドレラ》。ヴェラは、仰天したしぐさに両の手で、私にとってかぎりなく懐かしい手であることがその刹那電気のように私の身内を駆けめぐったその両の手で、顔をおおいました、そして広げた指のあいだから私をひたと見つめて、ただひと言、いとも幽かな、けれど私にとっては紛うことない素晴らしく明瞭な声で、フランス語でこう言ったのです。「ジャック、あなたなの、まさ《ジャコ、ディ、エスクセ・ヴレモン・》か?《トワ》」私たちは抱きあい、手を握りあい、あらためて抱きあいました、何度そうしたのか憶えていま

せん。ほどなくしてヴェラが、暗い入り口の間から私を部屋に招き入れてくれました。そこは、六十年近く前と寸分変わっていませんでした。一九三三年の五月にヴェラが大伯母から住まいとともに譲り受けた家具、仮面をつけたプルチネルラのマイセン人形が左側に、その恋人のコルンビーナの人形が右側に置かれた飾り戸棚、深紅色の小型版『人間喜劇』五十五巻のおさまったガラス戸の書棚、書き物机、長いオットマン、その足元に畳まれた駱駝の毛布、ボヘミアの山々を描いた蒼味がかった水彩画、窓辺の鉢植え。いま一気に押しよせてきた私の人生の時間の、そのすべてにわたって、これらはみんな終始同じ場所にありつづけたのです。というのも、ヴェラの語るには、とアウステルリッツは語った、姉妹のような絆を感じていた私の母と私とを失ってからというもの、たとえ僅かにしろ、ここを変えるのは忍びなかったというのでした。あの三月の午後遅くから夜にかけて、ヴェラと私がどんな順番でたがいの積もる話をしたのか、さだかではありません、とアウステルリッツは語った。けれども、わが身のことを手短かに報告して、積年胸にわだかまっていたものを吐露してしまうと、まず話は行方知れずになっている私の両親、アガータとマクシミリアンのことに及びました。マクシミリアン・アイヒェンヴァルトはサンクト・ペテルブルクの出身で、とヴェラは語ったのです、父親は革命前までその地で香辛料の販売を営んでおり、マクシミリアン自身はチェコスロバキア社会民主党の有力な幹部でした。そして公開行事や従業員集会のために遊説に出ていた先のニコルスブルクで、十五歳年下の私の母と出会ったのです。母は当時俳優としてのキャリアを踏み出したばかりで、地方都市のさまざまな舞台に立っていました。一九三三年の五月、わたしがこのシュポルコヴァ小路に引っ越してきて間もないころだったわ、とヴェラは語るのでした、ふたりはすばらしい思い出のいっぱい詰まったパリ滞在から戻ってくると、結婚はしなかったものの、この家のアパートを借りていっしょに住みはじめたの。アガータとマクシミリアンはこのパリ旅行のことを、何度も飽きずくり返し話していた。どちらも大のフランスびいきだったのよ。マクシミリアンは筋金入りの共和主義者で、ヨーロッパ全土を着々と浸していくファシズムの洪水の中、チェコスロバキアをいわば第二のスイスとして、自由の島にすることを夢見ていた。アガータのほうは、よりよい世界としてはもっと多彩で雑多な、彼女が賛美してやまないジャック・オッフェンバッハの作品に触発されたイメージを描いていた。ちなみにヴェラが言うには、ジャックというチェコでは通例使われない名前が私につけられたのも、そんなゆえんあってのことなのでした。わたしはフランス文化や文学に熱中していた大学生だったから、とヴェラは続けました、フランスの文化なら何にでも関心があったアガータとマクシミリアンと同じ興味を感じていた。だからふたりの引っ越しの日にはじめて言葉を交わしたときから、わたしたちのあいだには友情が芽生えたの。そしてヴェラが語るには、とアウステルリッツは語った、その友情からいわば自然なこととして、アガータやマクシミリアンとくらべてずっと時間の都合がつくヴェラが、私の誕生後数年のあいだ、幼稚園に入るまでの子守り役を買ってでることになったのです。ヴェラはその申し出を後悔したことは一度もない、というのも、私が言葉をしゃべりだす以前から、私ほど彼女のことをわかってくれる人間はいないとつねづね感じていたから、というのでした。私は三つに満たずしてはやくも話術を心得ていて、彼女を心から愉しませたというのです。梨や桜の木立を抜けてセミナーシュ庭園の芝生の丘を下るとき、あるいは暑い日にシェーンボン宮殿の庭園の日陰道を歩くとき、私たちはアガータとの約束にしたがってもっぱらフランス語でおしゃべりし、午後遅くに帰宅してようやく、ヴェラが夕食の用意をしている時間は家庭的な、いわば子どもっぽい事柄をチェコ語で話したというのでした。そんな話をしながらヴェラは、おそらく無意識にでしょう、フランス語からチェコ語へ、チェコ語からフランス語へと、話す言語を変えました。すると、飛行場でも、国立公文書保管所でも、いや他の人を訪ねていたならほとんど用をなさなかっただろうあの質問を暗記したときにすら、チェコ語など身に何の憶えもない、触れたこともないと思っていたこの私が、さながら奇跡によって聴覚がふいに戻った聾唖者のごとく、だしぬけに、ヴェラの言うひと言ひと言を、ほとんどあまさず理解したのでした。私は眼を閉じ、音節の豊かなその言葉の流れに、ただいつまでも耳を澄ませていたいと願いました。とりわけよい季節には、日課の散歩から帰ってくると、まず窓辺のゼラニウムの鉢をどけなければならなかった、とヴェラは語りました。そうすれば私が窓台のお気に入りの場所から、ライラックの庭と、向かいの背の低い家を眺めることができたのです。その家はせむしの仕立屋モラヴェッツの仕事部屋になっていて、ヴェラがパンを切りお茶のお湯を沸かしているあいだ、私はモラヴェッツがいま何をしているか、上着の擦り切れた裾を直しているとか、ボタン箱をかき回しているとか、コートにキルトのライニングを縫いつけているとかを、逐一実況中継したというのでした。でもヴェラが言うには、とアウステルリッツは語った、私のいちばんの関心事は、モラヴェッツが針や糸や大きな鋏や他の仕事道具をみんな片づけて、フェルト張りの仕事机をきれいにし、そこへ新聞紙を二枚重ねに敷いた上に、先刻から楽しみにしていたにちがいない夕食を広げる瞬間を見逃さないことにあったのです。その食事は時により季節によって各様で、アサツキ入りの凝乳だったり、ラディッシュだったり、玉葱をのせたトマトだったり、薫製の鰊だったり、茹でた馬鈴薯だったりしました。いま袖の台を物入れにかたづけてるよ、いま台所へ立っていくよ、いまビールを持って戻ってきた、いまナイフを研いでる、固いソーセージを切っているよ、コップからゴクゴク飲んでいる、手の甲で口から泡をぬぐったよ、などなどといった、毎度同じでいながらほんのわずかずつ違いのある仕立屋の夕食を、私はほぼ毎夕かかさずヴェラに報告してみせ、それにかまけてバター付きパンを食べる手がつい疎かになるのをよく叱られたものだったと、ヴェラは語りました。私の一風変わった観察の才について語りながら、ヴェラはついと立っていくと、内窓と外窓の両方を開け放ち、窓下に広がる隣家の庭を見せました。おりしもライラックがまっ白な花房をたわわにつけて咲きほこり、立ちこめてきた薄闇のなかで、春のさなかに降り積もった雪のようなけしきでした。壁に囲まれた庭から立ちのぼる甘い香り、家並みの空はるかに懸かる三日月、ふもとの街にとよもす教会の鐘、仕立屋の家の緑のバルコニーと黄色いファサード、ヴェラの言うにはもう疾《と》うに生きてはいないそのモラヴェッツは、あのころよくこのバルコニーに姿を現して、熱く熾った炭を詰めた重いアイロンを振り回していたものだった……そんな光景、あんな光景が、つぎつぎと連なって浮かび上がりました、とアウステルリッツは語った。私の内深くに埋もれしまわれていただけに、窓の外を眺めるうちに甦ってきたそれらの心象は、なおのこと鮮烈に輝いていたのです。ヴェラが無言のまま、ある部屋の扉を開けたときもそうでした。大伯母から遺贈された天蓋付きの寝台、螺旋の柱と高い枕のあるその寝台の足元には、両親が留守の夜に私がいつも寝かせてもらっていた小ぶりのカウチが、今もなお置かれていたのです。三日月が暗い部屋に射しこみ、半開きの窓の取っ手には白いブラウスが、憶えています、あのころそのままに掛かっていました、とアウステルリッツは語った。私の眼に、ありし日のとおりのヴェラの姿が浮かびました。そばの長椅子に腰を掛けて、リーゼンゲビルゲやボヘミアの森の物語を読んでくれていた。話が幸福な結末にたどり着いて、薄い眼鏡をはずして私の上に屈みこんだときの、たぐいまれに美しい、闇に溶け出したような瞳が浮かびました。もっと遅い時刻、彼女が隣で研究書をひもといているときには、私は横になったまま、私の思いやり深い守《も》り人と、読書するそのひとをつつむ灯火のほの白い輪に安んじて護られつつ、しばらく眠らずにいるのが好きだったことも記憶に戻ってきました。ベッドの私は、ほんのわずかに意識を集めれば、どんなものでも脳裡にまざまざと思い浮かべることができました、たとえばもうとうに寝てしまったにちがいない、背中の曲がったあの仕立屋、家のぐるりを巡る月、絨毯や壁紙の模様、たちの高い暖炉のタイルに入っていたかすかなひびの走り方まで。その遊びに倦んでもう寝ようと思えば、ヴェラが隣室で次のページをめくる音がするまで、じっと耳を傾けていればよいのでした。今もありありと感じます、いや、今はじめて甦ったというのでしょうか、とアウステルリッツは語った、次のページがめくられるカサリという音が聞こえるのを待たず、ドアの乳白のガラスに刻まれた罌粟《けし》の花と蔓草《つるくさ》のあわいに意識が溶け消えていくときの、あの感覚が。居間に戻り、おぼつかなくなった両手に包んでペパーミントティーを渡してくれると、ヴェラは話を続けました。私たちの散歩はセミナーシュ庭園やホテク庭園のような小地区の緑地にかぎられていたけれど、でも夏には、ベビーカーで——そこに色あざやかな風ぐるまを結んでもらっていたらしく、それはぼんやりと憶えているような気がします——少し遠くまで足を伸ばしたのだと。ジョフィエ島やヴルタヴァ河畔の水泳学校、ペトジーン丘の展望台。展望台から眼下にひろがる市を一時間か、あるいはそれ以上もかけて眺めたものだった。その市のおびただしい塔の名を、そしてきらめく河に架かる七つの橋の名を、私はぜんぶ暗記していたといいます。ヴェラは言うのでした、もうあまり外出できなくなって、新しいものを見聞きすることもなくなってから、ほんとうに楽しかったあのころの光景が、日々ありありと、なんだか想像の中の世界のように甦ってくるの。子ども時分にライヒェンベルクで見たジオラマ、あれをのぞきこんでいるみたいな気がするのよ、なんとも不思議な雰囲気をたたえた箱の中に、まわりの風景が動くなか、身じろぎもしない人影がいくつも立っていて、それがとても小さいせいで、不思議にもかえって本物らしく見えたものだった。昔ライヒェンベルクで見たジオラマぐらい夢幻的なものは、あれからの生涯で見たことがない。黄色いシリア砂漠、くろぐろとした樅の森のかなたに見えていたツィラータールアルプスの輝くような白い峰、それから、焦茶色の外套を風にはためかせたワイマールの詩人ゲーテが、旅行鞄を積みこんだ郵便馬車に乗りこむ瞬間をとこしえにとどめた場面。そして今は、子どものころのそんな思い出の光景が、シュポルコヴァ小路からした小地区の散歩の記憶と入り交じってしまっている。思い出がやってくるときって、透明なガラスの山の上から、過ぎ去った時間をのぞきこんでいるような気がするでしょう、だから今こうして、とヴェラは語るのです、あなたに話しながら瞼を閉じかけると、わたしにはわたしたちふたりの姿が浮かんでくるの。いいえ、わたしたちは奇妙に瞠った瞳だけの存在になってしまって、ペトジーン丘の展望台から緑の丘を見下ろしている。ぷくぷく太った芋虫みたいな列車が丘を登ってくるわ。かなたの川向こうの街には、ヴィシェフラードのふもとの家並みを縫って、あなたがせんから待ちこがれていた列車が姿をあらわす。白い煙を後ろに引いて、ゆっくり橋を渡ってくる、そうヴェラは語るのでした。お天気のかんばしくない日には、シェジーコヴァー街で手袋店をやっている、わたしの伯母のオティーリエのところに遊びに行ったものだった。大戦前から伯母が経営しているその店は、神殿か寺院みたいな、一種俗塵をはなれた、くぐもった雰囲気のところだった。オティーリエ伯母は独身で、あやういくらい華奢な人だったわ。取り外しのきくレースの白襟と襞飾りのついた黒い絹の上着をきまってはおっていた。いつも鈴蘭の香りにふんわりと包まれていて、伯母が動くとその香りもいっしょに動いた。大切なお客さま――これは口癖だったのよ――大切なお客さまの相手をしていないときは、千とまではいかないかしら、何百という手袋をしょっちゅう整理していた。ふだん使いの木綿の手袋も、ビロードやセーム革の優美なパリやミラノ製の手袋もあった。伯母はみずから築いた、歴史がどう変わろうと何十年と変わらずにきた伯母だけにわかる手袋の秩序と位階を、けっして崩すまいとしていた。でもわたしたちが顔を出すと、とヴェラは語るのでした、伯母はあなたのことばかり。あれやこれやと出してきて、平たい、滑るように軽い抽斗から手袋をつぎつぎと取り出して、それどころか試着までさせるの。そしてひとつひとつの型について、それはそれはこまごまと説明してみせた。まるでもう、あなたが店を継ぐと決まったみたいに。憶えているわ、とヴェラは語りました、とアウステルリッツは語った。あなたが三つ半の歳で数を数えられるようになったのも、伯母が教えてくれたのよ。肘までの長いビロードの手袋、あなたのいちばんお気に入りだったあの手袋にずらりと付いていた黒く艶やかな孔雀石の小さなボタン、あれをつかって。一《イエドナ》、二《ドヴィエ》、三《トルシ》、とヴェラが数えました。すると私は、とアウステルリッツは語った、四《チティルジ》、五《ピエット》、六《シェスト》、七《セドウム》、と先を続けていたのです。そのときの心地は、あたかもおぼつかぬ足取りで氷上に踏み出していく人のようでした。シュポルコヴァ小路をはじめて訪れたこの日、あまりにも動揺が激しかったために、ヴェラの話をもうぜんぶは思い出すことができません、とアウステルリッツは語った。けれどもなにかのきっかけで、話がオティーリエ伯母の手袋店からエステート劇場に移ったことは憶えています。そこは一九三八年の秋に、俳優になってこのかた憧れの的だったオリンピアの役柄で、アガータがプラハの初舞台を踏んだ劇場でした。ヴェラによれば、オペレッタの稽古が終わった十月の半ば、私たちはいっしょに通し稽古を観に行ったといいます。関係者入り口から劇場に入ったとたん、道中ひっきりなしにしゃべっていた私が、厳粛な空気にふれたようにぴたりと押し黙った、とヴェラは言いました。少々脈絡を欠いた各場面の上演でも、そのあとの電車での帰路も、私はいつになく黙りこくり、物思いにふけっていたといいます。ヴェラがついでのようにしてくれたこの話のせいでした、とアウステルリッツは語った。私は翌朝、そのエステート劇場を訪れてみたのです。門番に少なからぬチップをにぎらせ、当時改修なったばかりの観客席の写真を撮る許可をとりつけると、平土間に入り、丸天井の天頂の真下にひとりいつまでも腰を下ろしていました。周りの階上席が黄金《こがね》色の装飾を暗がりにきらめかせながら天井までせり上がり、かつてアガータが立った舞台の額縁《プロセニアム》が、光を失ったまなこにも似て、私の前にありました。母の面影をかすかなりと思い出そうとして、神経を張りつめれば張りつめるほど、劇場の空間は狭まっていくようでした、私自身もとめどなく縮んでいって、しまいには一寸法師みたく、宝石箱のビロードの内張の中か、袋の中にでも閉じこめられたような心地になりました。かなりたったころ、降りていた幕の背後から人がひとり、ふいに舞台にあらわれ、そのせわしない歩みに重い垂れ幕が波をうって揺れたとき、はじめて、とアウステルリッツは語った、翳がざわりと動き、私の眼に、下のオーケストラ席に立っている燕尾服姿の黄金虫じみた指揮者と、まちまちの楽器を携えた複数の黒い人影が入ったのです。調律をする、思い思いの音が聞こえてきました。そのとき忽然と、ひとりの奏者の頭とコントラバスのあわい、舞台の床と幕の裾のはざまから洩れてきたあかあかした光の帯のなかに、銀のスパンコールを散りばめた空色のシューズが、心なしか、ちらりと見えたのです。その日の夕方、シュポルコヴァ小路の家にヴェラを再訪し、私の質問にヴェラが、オリンピアの衣装をまとったアガータは、たしかに、銀のスパンコールを散りばめた空色のシューズを履いていた、と肯《うべな》ったとき、私の頭の中でなにかがはじけ飛びました。ヴェラの言うには、私は劇場の通し稽古にいたく心を動かされた様子だった、そしてどうもそれは、アガータがすばらしく魅惑的な、しかし見知らぬ他人に変身してしまったと思いこんだからではなかったろうか、というのでした。そう言われればたしかに私自身、とアウステルリッツは続けた、これまでに感じたことのない苦痛を覚えながら、就寝時間をはるかに過ぎても眼を暗闇に瞠り、ヴェラの寝台の足元に置かれたカウチに横になっていたこと、十五分ごとの教会の鐘を聴きながら、アガータの帰宅を待ちわびていたことを憶えています。別世界から彼女を連れ戻ってきた車が家の前で止まる音がし、ようやく彼女が部屋に入ってきて、私のかたわらに腰を下ろしました。香水の残り香と埃の入り交じった、ふしぎな劇場の匂い。紐を前で締める灰色の絹の胴衣を着ていたけれど、顔はわからなかった、ただ虹色にきらめく乳白のベールが肌に触れんばかりに垂れていて、そして、とアウステルリッツは語った、母が手で私の額をなでたとき、右の肩からショールが滑り落ちるのだけが見えました。――プラハの三日目は、とアウステルリッツはふたたび気を取り直して、話を続けた、早朝から丘を登ってセミナーシュ庭園をおとずれました。ヴェラが話してくれた桜や梨の木立はすでに伐採されて、新しい樹が植わっていましたが、その細い枝ぶりからすると実を付けるのはまだ先と思われました。道はカーブを描きながら露に濡れた草地を上っていきます。なかほどまで来たところで、狐色の太ったダックスフントを連れた老婦人と行き交いました。すでに足元が心許ないその犬は、ときおり足を止めては、眉根を寄せて地面をぼんやり見つめています。その姿を見て思い出したのは、ヴェラと散歩したころにも、しかめ面をした小さな犬を連れ歩いていたこんな老婦人によく出くわしたことでした。あのとき犬にはほとんどどれにも針金の口輪がつけられていて、それであんなにむっつりと機嫌が悪かったのでしょうか。それから昼近くまで、私は日だまりのベンチに腰を掛けて、小地区の家並みとヴルタヴァ河の向こうにひろがる街のパノラマに眼を馳せていました。そしてそのパノラマは、画面に塗られたニスのように、過ぎ去った時のひび割れや亀裂にびっしりと覆われているかのように

映ったのです。それからしばらくして、巧まざる法則によって描かれた模様をもうひとつ見つけました。それは急坂にはりついたマロニエの樹の入り組んだ根塊で、ヴェラから聞いたところでは、とアウステルリッツは語った、子どものころ私はこの根塊を登っていくのが大好きだったというのです。喬木の下に生えている深緑の一位《いちい》の樹にも見憶えがありました。窪地の底のひんやりした空気にも、今、この四月にはすでに花の終わった、森一面に広がる無数の藪一華《やぶいちげ》にも、なじんでいた憶えがありました。そして遠い昔、ヒラリーとともに田園の邸宅を訪れてまわっていたころ、グロスターシアにあった、シェーンボン庭園とそっくりの結構の庭園を歩いていて何気なく北面の斜面に立ったとき、唐突に言葉を失ってしまったのがなぜだったのか、ようやく腑に落ちたのです。そこは繊細な切れ込みの葉と純白の花をつけた藪一華、アネモネ・ネモローサの群落だったのでした。――日陰を好むアネモネのこの学名を口にするとともに、アウステルリッツはこうして彼の

話のひとつの章を語り終えた。一九九七年の晩冬、オールダニー街の家で、底知れない静寂に包まれたかのような夜だった。ガスストーブのちろちろした単調な蒼い炎を眺めながら、それから十五分か三十分が過ぎただろうか、アウステルリッツは立ち上がると、今夜はこの家でお休みください、それがいちばんよいでしょう、と言うなり、さっさと先に立って階段を上り、階下と同じくがらんとした部屋に私をみちびいた。壁のひとつに寄せて、野戦ベッドのような寝台がひとつ据えられている。両端に取っ手がついていて、担架のような代物だった。ベッドのわきには、黒い焼き印で紋章が捺されたシャトー・グリュオ＝ラローズのワインの木箱。その上にベークライトの暗褐色のケースがあって、中にグラスと水差しがひとつずつ、そして古風なラジオが一台、シェードランプのやわらかい光を浴びて置かれている。アウステルリッツは、ぐっすりお休みくださいと言い残すと、ドアをそろそろと後ろ手に閉めて出ていった。私は窓辺に歩み寄り、人影の絶えたオー

ルダニー通りに眼を落としていたが、やがて窓を離れてベッドに腰を下ろし、靴紐を解きながら、ちょうど隣の部屋を歩き回る音の聞こえてきたアウステルリッツのことを考えた。あらためて顔を上げると、暖炉の上にちょっとしたコレクションがあるのが眼にとまった。高さ二、三インチに満たない、とりどりのかたちのベークライトの瓶が七つ、ひとつずつ開けてランプの光にかざしてみてわかったのだが、そこにはこの家で生涯の最後を迎えた（とアウステルリッツはそんな言い方をしていた）蛾たちの遺骸が一匹ずつおさめられていた。そのひとつ、霊妙な糸で織り上げたような羽を折り畳んだ重みのない象牙色の蛾を、私はベークライトの容器から右手の掌にすべらせて受けた。銀色の鱗粉におおわれた胴体の下に、たったいま最後の障害物を飛び越えたようなかたちで折り畳まれた肢は、もはやそれとは判じられぬほどにか細い。体軀をおおうほど高く弓形にしなっていた触角も、眼に見えるぎりぎりのきわを頼りなくふるえていた。それに比してくっきりしていたのは、頭部からやや飛び出した動かない黒い眼で、私はそれをながながと観察したすえに、何年も前に死んだとおぼしい、だが破壊の跡をすこしもとどめていない夜の精をその狭い墓穴に落としてやったのだった。横になる前に、床の傍らのボルドーの木箱に置かれたラジオのスイッチを入れた。灯のともるその丸窓に、都市や放送局の名前が浮かび上がった。モンテ・チェーネリ、ローマ、リュブリアナ、ストックホルム、ベロミュンスター、ヒルヴァーシュム、プラハ……いずれも子どものころ、外つ国というイメージに繫がっていた名前ばかりだった。私は音をぎりぎりまで絞って、はるかな天空から伝わってくる意味のわからない言葉に耳をかたむけた。女性の声がときおり波にかき消えてまた浮かび上がり、そこに慎重な手つきによる演奏が入り交じる。私の知らぬどこかの場所で、ベーゼンドルファーかプレイエルの鍵盤をすべって奏でられた平均律クラヴィアの一節であるらしいその調べは、私の眠りの中にまで随きしたがった。翌朝目覚めると、スピーカーの目の細かい金網からは、ざあざあという雑音がかすかに聞こえるのみだった。しばらくして私が朝食の席で神秘的なラジオの話をしたとき、アウステルリッツはかねがね思っていたことだがと、黄昏とともに大気を伝わってくるあの聞こえるか聞こえぬかの声には、蝙蝠のように昼明かりを厭う独自のいのちが宿っているのにちがいないと、こう言うのだった。ここ数年の眠れぬ長い夜に、ブダペストやヘルシンキやラコルニャの女性アナウンサーの声を聴いていると、とアウステルリッツは語った、私にはその声が、遠く長く波形を描きながら飛来してくるすがたが瞼に浮かんでくるのです、そして自分もはやくその声の仲間になれたら、と思うのです。でも、今はまた私の話に戻りましょう……。シェーンボン庭園を散策した後刻、ヴェラのアパートでまたひとときを過ごしたときでした、ヴェラははじめて、私の両親について知るかぎりをつまびらかに語ってくれたのです。ふたりの出自、たどってきた道、そしてわずか数年のうちに滅茶苦茶にされた人生について。あなたのお母さんのアガータは、とヴェラはそう切り出したと思います、とアウステルリッツは語った、あなたのお母さんのアガータは、見かけこそ翳のある憂いをたたえたひとだったけれど、その実、はきはきした、屈託ないと言えるほどの女性でした。その点ではお父さまの老アウステルリッツにそっくりだった。お父さまはチェコがまだオーストリアの支配下にあった時代に、トルコ帽と室内履きの製造工場をシュテルンベルクに創業なさっていて、厭なことはいっさい頭から追い払ってしまう才能をおもちでした。アガータを訪ねてここにいらしたとき、ムッソリーニの党員があの東洋風の帽子を被るようになってから、うちの景気はぐんとよくなったよ、イタリアに送る帽子は製造がちっとも追いつかんわいと話していらしたのを聞いたことがあるわ。アガータもまた、オペラとオペレッタの歌手として思いのほかはやく認められて自信をつけていたから、いずれ万事が好転するだろうと信じていました。ところがマクシミリアンのほうは、わたしの知るかぎり快活な性分はアガータと相通じるものがあったのに、まったく考えが違っていたのとヴェラは語るのです、とアウステルリッツは語った。ドイツで権力の座についたあの成り上がり者たちも、その支配下でとてつもなく増殖していく団体と群衆も、あれははじめから征服と破壊のやみくもな欲望のとりこになっている、自分は心底寒気を覚える、とくり返し話していた。その欲望は〈千〉という魔法の言葉に集約される。ラジオで聞いていると、かの帝国首相はこの言葉を演説でひっきりなしに連呼しているというの。千、千の十倍、千の二十倍、千かける千、千また千と、あのしゃがれ声はそうやって、ドイツ国民におのが偉大さとその成就の時を吹きこむべく畳みかけているのだと。けれど、マクシミリアンはドイツ国民が受け身で不幸に追いやられたとは思っていなかったのよ、とヴェラは言うのです、とアウステルリッツは語った。そうじゃない、マクシミリアンの考えでは、国民ひとりひとりの願望と、擬似家族的な連帯感から、ドイツ人はあんな異常なかたちで自分たちを根こそぎ作り変えてしまったのだ、国民のそんな心の動きの象徴的なあらわれとして、ナチの高官たちが――マクシミリアンは、ナチはひとりの例外もなく無定見のなまくら者だと吐き捨てていたわ――出てきたのだった。マクシミリアンはたびたびこういう話をしたわ、とヴェラは記憶を手繰って語るのでした、とアウステルリッツは語った。一九三三年の初夏に、マクシミリアンはテプリツェであった労働者集会を終えて、少しばかりエルツ山脈のほうへ車を飛ばしてみた、そのときどこかのビアガーデンで出会った行楽客は、ドイツ側のある村でいろいろと買い物をしてきた人たちだった。そのひとつに新発売のキャンディでラズベリー色の砂糖菓子があったのだけど、それは文字どおりとろけるようにおいしいハーケンクロイツだった。このナチのキャンディを見た瞬間にマクシミリアンは悟ったと言うの、とヴェラは語りました。上は重工業から下はこんな悪趣味な菓子の製造にいたるまで、ドイツ人は生産全体を根本から改編してしまったのだ、それも命令されたからではない、国民おのおのが、各自の持ち場で国家の再起に燃えているからなのだと。ヴェラはさらにこう語るのです、とアウステルリッツは語った。マクシミリアンは、社会状況の変化を正確に見きわめようとして、三〇年代にオーストリアとドイツを何度か訪れていた、そしてはっきり憶えているけれども、ニュルンベルクから戻るとすぐ、そこで開催された帝国党大会にやってくる総統へのものすごい歓迎ぶりについてこんな話をした。総統到着の何時間も前から、ニュルンベルクの全市民のみならず、全国各地、それもフランケンやバイエルンはおろかはるか遠方のホルシュタインやポンメルン、シュレジアやシュヴァルツヴァルト地方からはせ参じた人々が、興奮もあらわに、あらかじめ指定されたルートの沿道にぎっしりと立ち並んでいた。やがて歓呼のどよめきの中から、重厚なメルセデスリムジンが隊列を組んで現れ、狭い街路をゆっくりと行進しながら、歓喜に輝いて仰向いた顔また顔、熱に浮かれて差しだされた腕また腕の海をふたつに分けていった。凝集してひとつの生き物と化し、突発的に奇体な収縮をくり返すその群衆のまっただなかにあって、マクシミリアンは自分が異物であることを、やがて踏みにじられ排泄されるべき異物であることを、まざまざと感じたと、そう話したのよ、とヴェラは語るのでした。ロレンツ教会前の広場に立って、マクシミリアンは波打つ群集を分けてパレードがゆっくりと旧市街に入っていくのを眺めていた。尖頭型の破風や曲線の破風に飾られた切妻家屋の窓という窓から人間が鈴なりにのぞいているけしきは、マクシミリアンが言うにはなにやら過密状態の悲惨なゲットーを思わせて、そこへいましも待望の救世主が入場してくる図のように見えた。これに符合するかたちで、マクシミリアンはそののちもミュンヘンの映画館で見たという帝国党大会の華々しい記録映画のことをくり返し語った、とヴェラは言うのです。そして、ドイツ人は過去の屈辱の痛手から逃れようとして、われらこそが世界救済のために選ばれた国民なのだ、という想念に走ったのではないかとの疑念が正しかったことを、いよいよもって確信した、と。総統の飛行機が厚い雲を破って飛来し、地上に舞い降りるのを畏敬の念に打たれた観衆が目撃するシーン、映画はそればかりではなかった。戦没者慰霊式典で、国民すべてがわかちもつ悲劇の過去がふたたび呼び出され、新生国家の威勢下、ドイツ人の不動の肉体が一糸乱れぬ縦列を組んで立ち並ぶなかを、全国民のたましいを震撼させる葬送行進曲に乗って、ヒトラー、ヘス、ヒムラーが中央の広い道を進んでいくシーン、それればかりではなかった。祖国のため死を誓う戦士たち、林立する巨大な旗が神秘的にはためきながら松明に照らされ闇に消えていくシーン、そればかりではなかった。——黎明に、見渡すかぎり白いテントの張られた街が鳥瞰図で映し出された、とマクシミリアンは話すの、とヴェラは語りました。夜が白むとともにそこからドイツ人がひとり、ふたり、三々五々と姿を現し、無言のままぞくぞくとひとつの流れに合流しながら、一様に同じ方向に向かって行進していった。まるで神の呼び声に応え、荒野に送った長い歳月をあとに、いよいよ約束の地を指して出立するかのように、と。マクシミリアンがミュンヘンでしたこの映画体験からわずかに数ヶ月後だったのよ、とヴェラは語りました。ウィーンの英雄広場に十万を数えるオーストリア人が集結して、怒濤のごとき叫び声を何時間となく上げ続けているのがラジオから聞こえてきたのは。ウィーンの群衆のこの集団的な激発をさかいに流れが一気に加速したというのが、マクシミリアンの意見だった。その不気味な轟きが耳からまだ消えやらぬ、夏の終わりからまもないころ、いわゆるオストマルク地方を追放され、かつての隣人から涙金を残して一切合財むしりとられた人々が、難民となってはやくもこのプラハに現われるようになったとヴェラは語りました。その人々はいにしえの先祖たちが行李を背負ってガリチアを、ハンガリーを、チロルを行商して歩いたように、門口から門口へ、ヘヤピンや髪留めや鉛筆や便箋やネクタイなどの小間物を売り歩いて、叶わぬだろうとは知りつつ異国でなんとか露命をつなごうとしていた。憶えているわ、とヴェラは語ったのです、とアウステルリッツは語った、そんな物売りのひとりに、ザリー・ブライベルクって人がいた。この人は大戦間の辛い時期に、ウィーンのレオポルトシュタットの、プラーターシュテルンからそう遠くないところに自動車修理工場を立ち上げた人で、アガータがコーヒーでもと家に招き入れると、ウィーン市民の卑劣な仕打ちについて、身の毛のよだつ体験談をしたのです。いかなる手段を用いて彼の工場がハーゼルベルガーなる男に強制的に譲渡されたか、いかなる方法によって、ただでさえ雀の涙ほどだったその売却代金までかすめ取られたか、いかにして銀行預金と有価証券を巻き上げられ、動産全部とシュタイアーの車を差し押さえられ、そしてきわめつけに、彼ザリー・ブライベルクとその家族が自宅の玄関ホールでトランクの上に座りこんでいるなか、一杯ひっかけた管理人と、明け渡された屋敷を見に来た新婚らしい若夫婦が値段交渉にかかるのを、いかに拱手傍観するしかなかったか。発狂せんばかりの怒りにハンカチをくしゃくしゃに握りしめた哀れなブライベルクのその話は、想像をはるかに上回る凄まじさだったし、ミュンヘン会談（一九三八年九月。チェコスロバキアの解体が約されズデーテン地方がドイツに併合された）からこっち事態好転の見通しはまったく断たれていたのに、とヴェラは語りました、マクシミリアンはその冬もずっとプラハにとどまったの。それはこの時こそ党務が急を要したからなのかも、それとも法は個人を護ってくれるはずとの信念をぎりぎりまで捨てたくなかったからだったのかもしれない。アガータのほうは、マクシミリアンが口を酸っぱくフランス行きを勧めていたのに、彼よりも早く発つことをいやがった。そうして、危機一髪の瀬戸際で、とうとうあなたのお父さまは、とヴェラは私に語りました、とアウステルリッツは語った、三月十四日の午後ようやく、遅すぎたとはいえルズィニェ空港からひとりパリに飛んだのです。眼に浮かんでくるのよ、とヴェラは語りました、別れを告げるとき、お父さまは素敵な深紫色のダブルのスーツに、鍔を深く折って緑のリボンを巻いた黒いフェルトの帽子をかぶっていた。翌朝、夜もまだ明けきらない時刻、激しい吹雪をついて、まるで地の底から湧き上がってでもきたかのように、ほんとうにドイツ軍がプラハに進駐してきた。戦車が橋を越えてナーロドニー通りを進んでくると、街じゅうを深い沈黙がおおった。人々は顔をそむけ、その時から行く先知らぬ夢遊病者になったみたいにのろのろと歩くようになった。なかでもとまどったのは、一夜にして車が右側走行に変わったことだった、とヴェラは言うのでした、とアウステルリッツは語った。右側を走りすぎていく車を見るたびに、わたしは心臓がぎゅっと縮まるみたいだった。これからずっと、この左右が逆転した間違《フアルシュ》った世界で生きていかなくてはならないんだって、そう思えてしかたがなくて。もちろん、とヴェラは続けました、新政権のもとで暮らすのは、わたしなんかよりアガータのほうがどれだけ辛かったかわからない。ドイツがユダヤ人に対する法規命令を発布してから、アガータは決められた時間にしか買い物に出られなくなった。タクシーにも乗れない、市電はいちばん後ろの車両にしか乗れない、カフェにも映画館にも入れない、コンサートにも行けなければ、集会に出てもいけない。当然もう舞台には立てなかったし、アガータがあれほど好きだったヴルタヴァ河畔にも、庭園や公園にも、足を踏み入れることは許されなくなった。緑があるところはどこもだめなのね、とアガータは言ったことがあったわ。そしてこうつけ加えた、いまはじめてしみじみわかったわ、河を走る蒸気船に乗って、何の憂いもなく手すりにもたれていられるって、なんてすばらしいことだったんだろう。禁止事項のリストは日を追うごとに長くなって——そう話しているヴェラの声が今も耳に聞こえてきます、とアウステルリッツは語った――いくらもしないうちにユダヤ人は公園側の歩道も歩けなくなった。洗濯屋にもクリーニング屋にも禁足となり、公衆電話も禁じられた。アガータはたちまち絶望の淵に追いやられた。部屋の中を行ったり来たりしている彼女が今も眼に浮かぶわ、とヴェラは語りました。指をいっぱいに広げて額に押しつけ、ひと言ひと言、音を区切りながら叫んでいた。わ・か・ら・な・い！　わ・か・ら・な・い！　わ・か・る・も・ん・か！　それでもできるかぎりは街に出て、どんなのをどれだけかわからないけれど、面接を受けたり面談をしたりしていた。プラハ在住の四万人のユダヤ人が利用できるただひとつの郵便局に、一通の電報を送るために何時間も並び、情報を集め、コネをつくり、お金を預け、供述書や保証書を入手しに駆けまわった。そして家に帰れば、深夜まで苦しみに苛まれていた。でも努力が長びけば長びくほど、出国許可証が手に入る希望は潰えていったの。だからとうとう決めたのよ、戦争が間近いという噂がもう流れていて、そうなれば規制はいっそう厳しくなるだろうから、その夏、あなただけでも、とヴェラは私に語ったのです、イギリスに送ろう、と。アガータは劇場仲間の仲介によって、当時プラハからロンドンへ数回行なわれた子どもだけの移送リストに、私の名前を首尾よく登録したというのでした、とアウステルリッツは語った。アガータは自分の苦労がはじめて実を結んだことに喜んで興奮していたけれど、じき、掌中の玉だった五歳にならぬ子が長い鉄道の旅を経て、見知らぬ国の見知らぬ人々の手にゆだねられたらどうなるだろうと考えると、不安と悲嘆とに顔を曇らせてしまった、とヴェラは語りました。それでもアガータは一方で、最初の一歩が踏み出せたのだからいまに自分にも脱出の途がきっと開かれる、そうしたらみんないっしょにパリで暮らせるんだとも話していた。そうやって、ひとつは願望と、もうひとつは無責任で許されざることをしようとしているのではないかとの懼《おそ》れとのあいだで、アガータの心は張り裂けそうになっていたとヴェラは言うのでした。もしあなたがプラハを発つまでにもう二、三日あったなら、アガータはあなたを手元に留めておいたかもしれない。ウィルソン駅での別れの場面は、ぼんやりにじんだような光景しか浮かんでこないのよ、とヴェラは語って、しばらく思いに耽ったあと言いました。あなたは、身の回りの品を入れた小ぶりの革トランクをもっていたわ、それから食べ物が少し入ったリュックをひとつ。——食べ物が少し入ったリュックをひとつ《アン・プチ・サッカ・ド・アヴェク・ケルク・ヴィアティック》……あれから思い返すに、自分ののちの人生はヴェラのこの短い言葉ひとつに尽きていた、とアウステルリッツは語った。ヴェラは、私の世話を頼んだというバンドネオンを抱きかかえた十二歳の少女を憶えていました。チャップリンの絵本をぎりぎりになって買ったこと、残る親たちが子どもに向かっていっせいにバタバタと振った白いハンカチが飛び立つ鳩の群れのようだったこと、とてつもなくのろのろと出ていった列車が、ヴェラにはほんとうに出発したのではなく、手品みたいに、ガラス天井の駅舎ホールから出ていくらも行かないうちにかき消えてしまったような気がして、怪しい気持ちになったことも。アガータは、でも、あの日から変わってしまった、とヴェラは続けました、とアウステルリッツは語った。どんな困難にあっても生来の快活さと自信を失わなかった彼女が、それからは鬱ぎの虫にとりつかれて、自分でももうどうしようもないようだった。たしか最後にもう一度だけ、お金で自由を買おうと試みたけれど、とヴェラは言うのでした、そのあとはほとんど家から出ず、窓を開けるのも厭がって、居間のいちばん暗い隅の青いビロードの肘掛け椅子に何時間でも身じろぎもしないで座っているか、両手で顔をおおって、ソファに横になっていた。なるようになるのをただ待つばかりだった。そしてイギリスかパリから郵便が来るのを首を長くして待っていた。マクシミリアンはいろんなところに宛名があって、ひとつはオデオン座のそばのホテル、もうひとつは地下鉄グラシエール駅近くの小さな賃貸アパート、三つ目はもうどこだったか思い出せない地区だったけど、とヴェラは語りました。アガータは、肝心かなめのときに自分は住所をごっちゃにしてしまったのかもしれない、だから音信が絶えてしまったのではないかしらと言って、それでまた自分を責めていた。それに、マクシミリアンから来る手紙も、プラハに着いたとたんに諜報部に押さえられているのではとも案じていた。そういえば、たしかにあのころから一九四一年の冬まで、つまりアガータがシュポルコヴァ小路にいたあいだ、郵便受けはいつもからっぽだったのよ。最後の頼みの綱だというのに、どこかへ誤配されてしまうのか、それともわたしたちの周りには悪霊がうようよしてて手紙を呑みこんでしまうのかしら、とそんなおかしな言い方をしてたけど、まさにそんな感じだった。アガータのそのことばが、プラハを覆う目に見えない恐怖をいかに正確に言い当てていたか、気づいたのはずっとあとだったわ、とヴェラは語りました。ドイツ統治下での法の倒錯ぶり、ペチェク宮殿の地下室やパンクラーツ監獄や市外のコビリスィ処刑場でドイツ人がふるっていた暴力の実態を聞き知ったときだった。現行の法規にほんのちょっと違反しただけで、裁判で自己弁護の時間を九十秒与えられたあと死刑の判決を受け、そして法廷のすぐ脇の処刑室でただちに首をくくられることもあった。処刑室は天井に鉄のレールが取りつけてあって、吊り下げられた死体を必要に応じて奥へ押しやるようになっていた。迅速な処刑の手数料は、絞首刑ないし斬首刑にされた本人の係累に請求されて、その請求書には、支払いは月賦にても可、と注意書きが添えてあった。当時はこんな実態は外にほとんど漏れ出なかったのに、それでもドイツ人への恐怖は蔓延する瘴気みたいに街じゅうに拡がっていた。窓もドアも閉めたって、毒気が忍びこんできて、息ができなくなってしまう、とアガータは言っていた。いわゆる大戦勃発からの二年間をふり返ると、すべてがひとつの渦の中に巻きこまれて、どんどん速く底へ底へと引きこまれていった気がするの、とヴェラは語るのでした。ラジオからはアナウンサーが異様に甲高い、喉頭から出した声でドイツ国防軍の連続勝利をひっきりなしに報じていた。ヨーロッパ全土を征服する日は近い、ドイツ軍はこの快進撃により世界帝国に向かって着々と歩を進めている、選ばれた民に帰属する万人が輝かしい道を歩むのだ、とさも当然の論理のように。あの勝利につぐ勝利の当初は、ドイツ人のうちで最後まで疑っていた人すら高揚感に酔ったのではないかしら、とヴェラは語るのでした、とアウステルリッツは語った。ところがわたしたち制圧された側の人間は、なんというか、海抜以下に生きているみたいで、国じゅうの経済がナチの親衛隊に牛耳られ、企業がばたばたとドイツの管理下に置かれていくのを黙って見ているしかなかった。シュテルンベルクの帽子と室内履きの工場も、アーリア化されたのよ。アガータの自由になるお金では、もう最低限のものすら買えなくなっていた。何十も項目が並ぶ八頁もの財産申告書を書かされたあとで、銀行預金は凍結された。絵画とか骨董とか、動産の売却は一品たりとも許されなかった。そういえば思い出したわ、占領軍の公示書の一節を、アガータがわたしに向かって読んだことがあった、とヴェラは語りました。当該違反の場合、当該ユダヤ人及びその物品の購入者は、国家警察によって厳罰に処するものとする。当該ユダヤ人ですって！　とアガータは叫んだのよ。そして言った。なんて文句なの！　目の前が真っ暗になる！　一九四一年の秋の終わりだったと思う、とヴェラは続けました。ラジオ、蓄音機、大好きだったレコードの数々、双眼鏡、オペラグラス、楽器、装飾品、毛皮、それにマクシミリアンが置いていった衣料まで、いわゆる強制物品引渡所に持参すべきことが命じられた。そして、そのさいなにやら違反をおかしたとかいうことで、アガータは、凍てつくような寒い日に——その年の冬はとりわけ早く来たのとヴェラは語るのでした——ルズィニェ空港の雪かきに徴集されていった。そして翌朝、午前三時だったわ、人の寝静まった真夜中に、覚悟していた信徒会からの使いがふたりやってきて告げた、移送されることになったから、六日以内に準備するように、と。このふたりはびっくりするほどおたがいが似ていたのよ、とヴェラは言いました、とアウステルリッツは語った。どっちもなんだか顔がぼんやりしていて、輪郭が揺らめいているようだった。いろんなタックやポケットや飾りボタンやベルトのついた、なんの役に立つのかわからないけれど至極目的にかなっていそうな上着を着ていた。ふたりは声をひそめてしばらくアガータと話をし、それから厚い印刷物を差し出した。それは微に入り細を穿った指示書きだった。被召喚者はいつどこそこに出頭すべきこと、携行するべき衣類のこと——スカート、レインコート、頭部を覆う暖かいもの、防寒用の耳覆い、ミトンの手袋、夜着、下着など——、裁縫用具、皮革用クリーム、湯沸し用アルコールランプ、蠟燭など日用品で持参することが好ましいもの、主要な荷物の総重量は五十キロを超えぬこと、手提げおよび食料として持参可能なもの、トランクに氏名、移送先、発行された番号を明記のこと、同封の書類に遺漏なく記入のうえ署名すべきこと、クッションその他、家具の一部を携行するのは不許可、ペルシャ絨毯・冬物コート等の高級布地を用いてリュックサックや旅行鞄を作ることは不許可、ライター類の携行および喫煙は、搭乗地のみならずそれ以降も禁止とする、所轄機関の命令にはいついかなる場合も従うこと。あの反吐が出そうな言葉、わたしも見たのだけれど、とヴェラは語りました、あの反吐が出そうな言葉を使った指示書きに従うことは、アガータにはできなかった。アガータは、まるで土日に一泊旅行に出かけるみたいに、手当たりしだいどうでもいいようなものを詰めこんでいた。だから結局はわたしが、そんなこととてもできないし、すればやましさを感じずにはいられないのに、かわりに荷造りを引き受けたの。アガータはそのあいだ顔をそむけて、窓にもたれて人気の絶えた通りを見下ろしていた。指定の日の早朝、まだ真っ暗なうちにわたしたちは家を出た。小型の橇にくくりつけた荷物を牽きながら、ひと言も言葉を交わさずに、雪の舞うなかを、ヴルタヴァの左岸から林苑の脇を通り、ホレショヴィッツェ方面の博覧会場まで、遠い道を歩いていった。その場所に近づくにつれて、薄暗がりから大きな荷物を下げた人たちが三々五々と姿を現した。重い足取りで、おりから激しくなってきた吹雪をついて、一様に同じ方向に歩いていく。そうやって少しずつ、おたがいがひどく離れた行列ができていき、わたしたちはその中に混じって、七時ごろ、電球ひとつがかぼそく灯った入り口に着いた。そのまま、ごくたまに恐怖にどよめく被召喚者の群れの中で待った。男もいれば女もいた。子連れの家族も、ひとりきりの人もいた。老人もいれば子どもも、上流階級の人々もいれば庶民もいた。全員が、規定どおりに移送番号を首から紐でぶら下げていた。それからほどなく、アガータが、もう帰って、とわたしに言ったの。別れるときわたしを抱きしめて言った。あそこはストロモフカ公園ね。あなた、わたしのかわりに、ときどきあそこへ散歩にいってくださる？　あの美しい公園が大好きだったのよ。あなたがもしも池の暗い水面をのぞくことがあったら、運のいい日にはわたしの顔が映るかもしれないわ。そう言ったのよ、とヴェラは語りました。そしてわたしは家へ戻った。シュポルコヴァ小路までゆうに二時間かかった。アガータがいまどうしているか、まだ入り口の前で待っているのか、それとも博覧会場の中に入っていっただろうか、想像しようとしたわ。実際どうだったかは、ずっとのち、生きのびた人の口から聞き知った。移送のため召集された人々は、まずこの真冬に暖房のない、底冷えのする木造のバラックに入れられた。荒涼とした場所で、電灯がわびしく灯り、おそろしい混乱ぶりだった。到着したての者の多くが荷物の徹底検査を受け、お金、時計などの高級品をフィードラーという名の、粗暴者で恐れられていた指揮官に提出しなければならなかった。ひとつのテーブルに銀製食器が山に積んであって、その隣に狐の毛皮とカラクール羊のケープがあった。身上調査書が受理され、質問用紙が配られ、いわゆる住民票に〈退去〉〈ゲットー収容〉といったスタンプが押された。ドイツ人管理者とその助手のチェコ人、ユダヤ人が忙しげに動き回り、怒鳴り声やののしり声が響き、殴る蹴るもあった。出発予定者は指定の場所で待機させられた。大半が押し黙っていたけれど、なかには声を殺して泣いている者もいたし、耐え切れなくなってわめき声をあげ、発作的に狂う者も少なからずいた。博覧会場のバラックで数日間を送ったあと、いよいよ早朝、まだ人気のない時刻を見計らって、見張りの一行に伴われながら最寄りのホレショヴィツェの駅まで行進した。そこでいわゆる〈積載〉されるまで、なお三時間近い待ち時間があった。あれから年がたっても何度も行ってみたのよ、とヴェラは語りました。街を出てホレショヴィツェのほうへ、ストロモフカ公園や博覧会場まで歩いていった。そしてたいてい、そのたびに六〇年代にできた岩石博物館を見に入ったわ。わたしはガラス棚に並んだ石のサンプルを何時間も眺めていた。黄鉄鉱の結晶、深翠色のシベリア孔雀石、ボヘミア雲母、花崗岩、石英、漆黒の玄武岩、麦藁色の石灰石。そしてこの、わたしたちの世界は、どんな地盤の上に立っているのだろうと思った。シュポルコヴァ小路では、とヴェラは続けました、とアウステルリッツは語った。アガータが退去したその日のうちに、差し押さえ物品を処理する受託管理所の係官が姿を現して、扉を紙で封印していった。それからクリスマスと新年のあいだの日に、ものすごく胡散臭い一団がやってきて、残されていたすべて、家具、ライト、燭台、絨毯、カーテン、書籍、楽譜、箱や引出しに入っていた衣類、シーツ、クッション、羽毛布団、毛布、下着、食器、台所用品、鉢植えの植物、傘、使い切ってなかった食品、数年前から地下室で眠っていた梨や苺のジャムや残りものの馬鈴薯にいたるまで、最後のひとかけらまでさらって、五十はくだらない倉庫のひとつに運んでいった。そうした倉庫で、主《ぬし》を失った品々がドイツ人特有の徹底さで一品ずつ登録され、値踏みされ、必要あらば洗濯ないしクリーニングないし修繕を受けて、積み重ね保管された。いちばん最後にひとり、とヴェラは語りました、シュポルコヴァ小路に害虫駆除の業者がやってきた。とびきり薄気味の悪い男で、しんそこ背筋が寒くなる厭な目つきをしていた。いまでもときどき夢に出てきて、わたしを苦しめるのよ、白い毒の煙に包まれて部屋を薫蒸《くんじょう》している、あの姿が見えてくるの。——話を終えると、とアウステルリッツはオールダニー街でのその朝の話を続けた、ヴェラは、シュポルコヴァ小路のアパートの静けさが私たちの呼吸のたびにいよいよ深まるかに思われた長い沈黙をおいて、椅子の隣にあった補助テーブルから小さな、九センチ×六センチくらいの写真を二葉取り出し、私に差し出しました。昨晩、深紅色のバルザック五十五巻本の一冊をひもといているうちに偶然見つけたというのです。どうしてその巻を手に取ったのかさだかではない、ガラス戸を開けてぎっしり並んだ本の中から一冊を抜いたことも記憶にない、とヴェラは語りました。ただ自分は気づいたらこの肘掛け椅子に腰を掛けてページをくっていた。それもあれ以来はじめてのことだった、とヴェラは言うのです。それは大いなる不正を扱った、名高い『シャベール大佐』の巻でした。二葉の写真がどうして手元に舞いこんだのかは謎だとヴェラは語りました。アガータがまだこのシュポルコヴァ小路に住んでいたときに、ドイツ軍侵攻まぎわの数週あたりに借りていったのかもしれない。いずれにしろ写真のうち一枚は、プラハで初舞台を踏む前にアガータがときどき出ていた、たぶんライヒェナウかオルミュッツあたりの地方の舞台の写真でした。最初に一瞥したとき、左隅に写っているふたりはアガータとマクシミリアンだと思った、とヴェラは語りました、とアウステルリッツは語った。——ちいさくて、よくわからなかったのよ——でももちろん、すぐに別人である

ことに気づいた、おそらくは興行師か手品師とその助手だろうと言うのでした。当時こんな凄味のある書き割りを背景にどんな芝居や歌劇が演じられたのか、はたと考えて、後景の高い山と荒涼とした森の情景から《ウイリアム・テル》か《夢遊病の女》、あるいはイプセンの最後の作品ではないかと思ったと語るのです。そうしたら、林檎を頭に載せたスイスの男の子が眼に浮かんだの。夢遊病の女の足元で渡り板がしなう恐怖の一瞬もありありと感じた。そして、かなたの岩壁にはやくも雪崩がおこって、哀れな彷徨う人々を――でなければどうしてこんな寒々したところに来てしまうかしら?――いまにも谷底へ引きさらっていきそうに思えた、と。私もまた、とアウステルリッツは語った、谷をなだれ落ちていく雪煙が見えたような気がし、そうやって数分がすぎてはっとわれに返ると、ヴェラが、忘却の底から浮かび上がって来たこういう写真には、独特ななんとも知れぬ謎めいたものがあるわ、と話している声がとどいてきたのでした。写真の中でなにかが

動いているような気がするの、ひそかな絶望のため息が、聞こえてくるような気がするの。まるで写真そのものに記憶があって、わたしたちのことを思い出しているかのように、わたしたち生き残りと、もうこの世のひとでない彼らの、ありし日の姿を思い出しているかのように。そう思うわ。もう一枚の写真、ここに写っているのが、としばしのあとヴェラは続けました、あなたよ、ジャック。一九三九年二月、あなたがプラハを発つ半年ほど前だった。アガータを贔屓《ひいき》にしていたある有力者の家で開

かれた仮装舞踏会に、あなたはアガータのお供をして行くことになって、そのときにこの真っ白の衣装があつらえられたの。Jacquot Austerlitz, paže růžové královny〈ジャック・アウステルリッツ、薔薇の女王の小姓〉、おりから遊びにいらしていたおじいさまの手で、裏側にそう書いてあるでしょう。写真は眼の前にありました、とアウステルリッツは語った。でも手に取る勇気はありませんでした。薔薇の女王の小姓《パージエ・ルージヨヴエー・クラーロヴヌイ》、薔薇の女王の小姓《パージエ・ルージヨヴエー・クラーロヴヌイ》、単語が頭の中でぐるぐる渦を巻き、意味が遠いところからやってきて、そして私は、薔薇の女王とそのかたわらに立つ裾持ちの男の子の活人画を、この眼に見たのです。けれども自分がその扮装をしていたことは、その晩もそののちも、いくら努力しても思い出すことはできませんでした。額の上に斜めに被さった風変わりな髪型には気づかされましたが、あとのすべては過去の圧倒的な感情によって消え去っていました。あれから、この写真をいくたびも仔細に眺めました。私の立っている、どこと想像もつかないがらんとした平たい草原、地平線の向こうのぼんやり翳っているような箇所、輪郭が不気味に明るい男児の縮れ毛、曲げているらしい、あるいはひょっとして折れたか副木を当てているのかもしれない腕に被さったマント、大きな真珠母の六つのボタン、青鷺の羽を飾った奇抜な帽子、ハイソックスの皺、細部の細部まで拡大鏡で検分してみましたが、なんの手がかりも得られませんでした。そしてそのたびに、私は、このお小姓のいぶかるような眼に刺し貫かれる気がするのです。この子は自分の分け前を取り戻しにやってきていて、この夜明けのがらんとした野原で、私が彼の挑戦をうけて立ち、やがて彼を襲うことになる不幸を阻止してくれるのを待ち設けているのだと。ヴェラが幼い騎士の写真を見せてくれたシュポルコヴァ小路でのあの晩、意外とお思いでしょうが、私は動揺もしなければ、衝撃も受けませんでした、とアウステルリッツは語った。そうではなくて、ただことばを失い、理解ができず、考える力を失っていたのです。のちにこの五歳のお小姓のことを考えても、ただ取り乱すばかりでした。夢を見ました。自分は長い不在のすえに、プラハのアパートに戻っていました。家具はなにもかも元のままに置いてある。もうすぐ両親がヴァカンスから帰ってくる、私はそうわかっていて、そして彼らになにかある大切なものを渡さなければならない。ふたりがもうとうに亡くなっているとは知りません。ただ、あのふたりはもうかなりの高齢だ、九十か百歳くらいにはなっているだろう、と思っているばかりです。ところが両親がついに玄関先に立ったのを見れば、せいぜい三十代の半ばだ。入ってきて、部屋を歩き回り、あれやこれやを手にとって、しばらく居間に腰を下ろし、聾啞者のつかう不思議なことばでふたりきりでしゃべっている。私には少しも気づきません。そして私は、彼らがまたじき去ってしまうだろう、いま彼らが棲んでいるどこか山あいの地へ行ってしまうのだろうと、はやくも予感しているのでした。過去が戻り来るときの法則が私たちにわかっているとは思いません、とアウステルリッツは続けた。けれども、私は、だんだんこう思うようになったのです、時間などというものはない、あるのはただださまざまなより高い立体幾何学にもとづいてたがいに入れ子になった空間だけだ、そして生者と死者とは、そのときどきの思いのありようにしたがって、そこを出たり入ったりできるのだ、と。そして考えれば考えるほど、いまだ生の側にいる私たちは、死者の眼にとっては非現実的な、光と大気の加減によってたまさか見えるのみの存在なのではないか、という気がしてくるのです。物心ついてからというもの、私はいつも現実世界に自分の居場所がないかのような、自分がじつは存在していないかのような気がしていました、とアウステルリッツは語った。そして薔薇の女王のお小姓の眼差しが私を刺し貫いたシュポルコヴァ小路でのあの晩ほど、その感覚が強烈になったことはありません。翌日、テレジン（ドイツ名テレージエンシュタット。ナチの管理下で要塞都市全体がユダヤ人居住区［ゲットー］にして中継収容所となり、収容者はここから東方のアウシュヴィッツ他に送られた）へ向

かいながらも、私は自分が何者なのか、何なのかつかめないままでした。ホレショヴィツェ駅の荒涼としたプラットホームになかば放心状態でたたずんでいたこと、線路がどちらの方向にもはてしなく遠くのびていたこと、眼に映ることごとくが朧《おぼろ》にぼやけていたこと、そして列車では通路の窓にもたれて、車窓を過ぎる北の地の郊外を、ヴルタヴァ河の河川敷と対岸の屋敷や四阿の数々を、眺めていたことを憶えています。河のかなたに廃山になった巨大な石切場があるのが見えました。それから花ざかりの桜と、ぽつんとある二、三の村落と、そのほかは索漠たるボヘミアの田舎がつづいていました。およそ一時間後にロヴォスィツェで降りましたが、まるで何週間も旅をして、ただ東へと、ただ過去へと、ひたすら遡ったかのような心地でした。駅前広場は閑散としていて、外套を何枚も重ね着した農婦がひとり、間に合わせの屋台にキャベツの球を砦のようにうずたかく積み上げて、出来心をおこした人間がひとつ買っていってくれるのを待っているのみでした。タクシーはどこにも見あたらず、私は徒歩でロヴォスィツェからテレジンをめざしました。街の眺めはもう記憶にありませんが、

街が背後に遠ざかるほどに、とアウステルリッツは語った、北方に渺茫とした景色がひろがってきました。前景に毒々しい緑の草原、その背後になかば錆に食われた石油化学コンビナート、その冷却塔と煙突から長い歳月を休みなく立ち昇っているであろう白煙。さらに遠方に円錐形のボヘミア山地がボフシェヴィツェ盆地を半円状に取り巻いていて、そのもっとも高い頂は肌寒い鉛色の朝、どんよりと垂れこめた雲の陰に隠されていました。私はまっすぐな道のはたを歩きながら、あと一時間半たらずで着くはずの要塞のシルエットが見えてこないかと、たえず行く手に眼を凝らしていました。脳裡に浮かべていたのは、周囲を睥睨《へいげい》するごとく高くそびえる巨大な施設でしたが、しかしまったくその逆に、テレジンは、オフジェ河とエルベ河の合流するひどく低い湿地帯に蹲るようにしてあったのです。そのため後日書物で知ったところでは、リトムニェジツェ付近の丘からであれすぐ近くからであれ、醸造所の煙突と教会の塔のほかは、外からは何ひとつ見えないのでした。十八世紀に星形グランド・プランの上に大いなる苦役によって築かれたにちがいない煉瓦塀が、幅の広い濠から突き出してい

ましたが、それも周辺の野原とおっつかっつの高さです。いにしえの斜堤と草むした土塁にも、歳月とともに藪や低木があたりかまわず繁茂し、そのためテレジンは要塞というよりはむしろカモフラージュされた、洪水がくれば水に浸かる沼地にほとんど埋没する街のような印象を与えました。いずれにしろ、冷たく湿ったあの朝、ロヴォスィッェの中心街路からテレジンに向かいながら、私は自分がいかほど目的地に近づいているのか、ついに判然としないままでした。黒く濡れそぼった楓とマロニエの木立に視界を遮られ、気がつくともう、かつての駐屯軍宿舎のファサードに挟まれて立っており、それから数歩歩み入って出たところが、周囲に二重の街路樹が立ち並ぶ閲兵広場でした。当初から何よりも気になり、いまだに釈然としないのが、とアウステルリッツは語った、あの街に人の気配がなかったことです。テレジンがとうにふつうの街になったことはヴェラから聞き知っていましたが、広場の向こう側にようやく人影をみとめたのは、十五分近く過ぎてからでした。前屈みになり、杖をついて途方もなく緩慢に歩いていたその人物は、しかし私が

一瞬眼を逸らしたすきにかき消えてしまいました。その朝のあいだじゅう、テレジンのうら寂しい直線の街路には人っ子ひとり見かけませんでした。ただ一度、泉《ブルネン》のある公園の菩提樹の蔭道で精神を病んだ、襤褸《ぼろ》をまとった男が立ちはだかり、腕を振り回しながら滅茶苦茶なドイツ語でなにか話しかけてきましたが、この男も私が与えた百クローネ紙幣を握ったまま、走り去るうちに地面に呑みこまれたように消えてしまったのです。カンパネッラの理想国家〈太陽の都〉さながらに厳密な格子状に設計された要塞都市の人気《ひとけ》のなさは、それだけでもひどく陰鬱なのに、ひっそりした家々のファサードの人を寄せつけぬ雰囲気には一段と重苦しさがありました。どれだけ仰ぎ見ようが、曇った窓々の陰にカーテンひとつ動くけしきがありません。寒々としたこれらの建物にいったい誰が住むのか、いや住む者がいるのかすら、考えられぬほどでした、とアウステルリッツは語った。それでいて裏庭には、壁に沿って驚くほど多数のごみバケツが、赤ペンキでぞんざいに番号を打たれて整列しているのです。しかし、テレジンで、何にもまして不気味だったのは、ドアや門扉の数々でした。そのことごとくがまるで立ち入りを固く拒んでいるかのように感じられ、扉の奥の漆黒に閉ざされた闇には、動くものはただ壁から朽ちて落ちる石灰と、糸を吐きながら敏捷な肢で天井を走り、あるいは獲物を待って巣から下がっている蜘蛛しかないかのように思われたのです、とアウステルリッツは語った。しばらく前、私は眠りからの覚めぎわに、テレジンの旧兵舎の内部をのぞきこんだ夢を見ました。臈長《ろうた》けた蜘蛛が幾重にもはりめぐらした糸の織物が、床から天井までをびっしり覆っていました。夢うつつに、粉っぽい灰色をした、かすかな気流にも揺るぐ夢の情景に眼を凝らし、そこに隠されているものを見定めようとしたことを憶えています。しかしそれはじわじわと溶け消えていき、同時に広場の西側にあった古道具屋、アンティコス・バザールの煌めいていたショウウィンドウの記憶が意識にのぼって

258
258
258
214

きて、その記憶を圧しました。あの日の正午前後、私はその店の前に長いことたたずんで、誰か来てこの風変わりな店を開けないものかと、まったくむなしい期待だったのですが待っていたのです。その古道具屋は、一軒の小さな食料品店をのぞいては、見るかぎりどうやらテレジン唯一の商店であるようでした。テレジンでは最大級の建物の前面いっぱいを占め、奥行きもかなりありそうです。眼に入ったのはむろんショウウィンドウに陳列してあった品だけで、それが店内にうずたかく積み上げられたがらくたのごく一部にすぎなかったことは間違いありません。けれどもその四枚の、明らかにでたらめに寄せ集めただけの静物画――それはガラスに映じた、広場のぐるりに立ち並ぶ菩提樹のくろぐろした葉むらにごく自然に溶けこんでいるように思われました――に私は強く惹きつけられ、しばし立ち去りかねて、冷たいウィンドウに額を押しつけ、何百という雑多な品をしげしげと観察したのです。その品々のいずれかから、あるいはそれら相互の関係から、私を衝き動かしている、思考の及びがたいあまたの問いへの確たる答えが得られるのではないか、とでもいうかのように。このオットマンの背もたれに掛けられた白レース地の祝祭日用テーブルクロスは、この色褪せた金襴繻子張りの居間用の安楽椅子は、何を意味しているのか。神託の言葉を刻んだ真鍮製の大小三つのすり鉢、切子ガラスの皿、磁器の花瓶や陶製の甕《かめ》、〈テレージエンシュタット水〉との文字が見えるブリキの広告板、貝殻の小箱、ミニチュアの手回しオルガン、ガラス球の中に目もあやな海の花が揺曳している球形の文鎮、帆に風をはらんだコルベット艦に似た船の模型、軽く明るい夏地のリンネルの民族衣装、鹿角のボタン、ロシア軍の巨大な士官帽と、揃いの金色の肩章がついたオリーブグリーンの軍服、釣り竿、狩りの獲物袋、日本の扇子、ランプシェードのまわりに細い筆でぐるりと描かれた、ボヘミアかブラジルかを滔々と流れる河のどこまで行っても果てのない風景、それらはどんな秘密を隠し持っ

ているのか。靴箱ほどのガラスケースの中には、あちこち虫に食われた縫いぐるみの栗鼠が枝の上にちょこんと乗っていました。ガラスの眼が冷たく私を見すえていて、するとヴェヴェルカというそのチェコ語の名前が、はるか昔に忘却の淵に沈んでいた友だちの名であるかのように、遠い記憶から甦ってくるのでした。私は自問しました、とアウステルリッツは語った、どこから湧いて出たのでもない、どこに注ぐのでもない、たえず自分の中へ流れ戻っていくこの河は何を秘めているのだろう。いつ何時も同じ姿勢でじっと辛抱を続けるヴェヴェルカというこの栗鼠は、この象牙色の陶器の人形は、何を秘めているのだろう、と。その陶製の人形というのは、ひとりの英雄が後脚で立ち上がった馬の背にまたがり、うしろを振り向きざま、最後の希望に見放された無辜《むこ》の女性を左腕で抱き上げて、見る者にはなにと知れない、だが疑いなく恐

ろしい災厄からその人を救い出している瞬間の図でした。ここに不滅となった、永遠にたったいま起こりつつある救出の瞬間が時を止めているように、どんな因果によってかかつての所有者よりも長生きして破壊の作用を免れ、テレジンの古道具屋に打ち寄せられた装飾品や道具類や記念の品々もまたそのことごとくが時を止めているのであり、それらのあいだに、今、私自身の影が幽かに、あるかなきかに写っているのを認めることができるのです。店の外で待っているうちに、としばしのちアウステルリッツは話を続けた、こぬか雨が降りはじめ、アウグスティーン・ニェメチェクなる名前の店主はおろかついに誰ひとり現れる気配もなかったので、私はようやくそこを去って、何本かの通りをあちこちと歩きました。そしてふと気づくと中央広場の北東の隅にいて、さっきは見過ごしていた、いわゆるゲットー資料館の前にたたずんでいた

のです。階段を登り、ロビーに入ると、ライラック色のブラウスに古くさいパーマをかけた年齢不詳の女性が、料金カウンターの後ろに腰を掛けていました。女性は手にしていた編み物をわきによけ、いくぶん前屈みになって入場券をくれました。客はきょう私ひとりですかと訊ねると、この資料館が開館したのはつい最近のことだ、だから外からはほとんど客がない、ましてやこんな季節のこんな天気とあってはなおさらだ、という返事です。それにテレジンの町民がこんなところに来るはずないしね、と言うと、女性は花弁のような縁かがりをしている白いハンカチをふたたび取り上げるのでした。こうして私は、ただひとり展示室を回ったのです、とアウステルリッツは語った。中二階、二階と見て歩き、展示パネルの前に立ち止まり、あるときは説明文にざっと眼を走らせ、あるときは一言半句もらさず読み、写真に釘付けになり、われとわが眼を疑い、たびたびやるかたなく眼を逸らしては窓から裏庭を見下ろし、そのときはじめて、おのれの防衛機制がかくも長いあいだ拒絶してきた、今この館で四方から私を取り囲んでいる迫害の歴史を、なにほどかのイメージとしてつかんだのでした。私は、つねならば鋭い私の地理感覚からはすっぽりと欠落していた、大ドイツ帝国とその保護領の地図をつぶさに眺めました。そこを走っている鉄道路線の行く先を追い、国家社会主義者《ナチス》の人口政策を記した文書や、場当たり的でもあり隅々まで計算されもしていた、莫大な労力をかけて実施された彼らの秩序と清潔への偏執ぶりの証拠を目の当たりにして、眩暈を覚えました。中央ヨーロッパ全土に築かれた奴隷経済について知りました。彼らが労働力を意図的に潰し去ったことを知りました。犠牲者の来歴と死亡地を知りました。どんな道をたどってどこへ連れて行かれ、生あるあいだどんな名前を名乗り、いかなる容貌をし、その監視者がいかなる容貌をしていたかを知りました。そのすべてを呑みこみつつ、呑みこめませんでした。なぜなら、みずからの咎で無知を通してきた私にとって、部屋から部屋へ、その部屋からまた最前の部屋へとって返すあいだに突きつけられた個々のディテイルは、自身の理解力をはるかに超えていたのです。収容者がプラハから、ピルゼンから、ヴュルツブルクから、ウィーンから、クーフシュタインから、カールスバートから、数知れぬ他の土地からテレジンにやってきたときに持参したトランクの数々を私は見ました。ハンドバッグ、ベルトのバックル、洋服ブラシ、櫛といった、彼らが各種の工房でつくった品々を見ました。微に入り細を穿った生産計画書、土塁内や外の斜堤の草地の農地利用について、厳密に区画化された土地のそれぞれに烏麦、麻、ホップ、南瓜、玉蜀黍を植える旨の指示書を読みました。収支決算表を眺め、死亡者名簿を、考えつくありとあらゆる目録を、役人たちがおのが管理に洩れはないと安堵したであろう果てしない数字と記号の羅列を見ました。そして今、テレジンの資料館を追想するたびに、とアウステルリッツは語った、私の眼にはこの星形要塞のグランド・プランの、額縁入りの水彩画が浮かんでくるのです。要塞の築造を命じたウィーンの帝国女帝マリア・テレージアに献じられた、緑と茶のやわらかな色合いで描かれ、周辺の褶曲した地形にぴったりと嵌った水彩画、理性により築造され、すみずみまで整序された世界のモデルでした。不落の要塞と呼ばれたこの要塞は、じっさいはついに一度も、一八六六年のプロイセン軍との交戦においてすら攻囲されたことはありません。外部の小砦に装甲室があり、そこでハプスブルク帝国の国事犯が相当数責め苦にあっていたことを別とすれば、十九世紀をつうじて、この地は二、三個の連隊と二千人ほどの一般人が住まうひっそりした駐屯地だったのです。黄色いペンキを塗った壁、中庭、木陰道、刈りこまれた樹木、パン屋、居酒屋、カジノ、兵舎、兵器庫、野外音楽堂、ときたま演習が行なわれ、士官の妻たちが退屈をもてあまし、服務規程のとこしえに不変であることが信じられていた、そんな辺鄙な街なのでした、とアウステルリッツは語った。内職をしていた受付の女性が私のかたわらに立って、もうすぐ閉めますから、と告げたときには、私はある展示パネルを何度目とも知らず読み返しているところでした。一九四二年十二月中旬、すなわちアガータがここにやってきた時期、ゲットーのせいぜい一平方キロの敷地内には六万人の人々が詰めこまれていた、と。しばらくして寂れた中央広場に今一度たたずむと、忽然として、生々しい幻影が浮かびました。人々は移送されず、今なお生き続けていて、家々に、半地下に、屋根裏部屋に、ぎっしりと押しこめられているのです、階段をひっきりなしに登り降りしている、窓から外をのぞき、群れなして通りや横町を歩いている、それればかりか無言のまま一ヶ所に蝟集していて、そぼ降る雨に煙る鉛色の大気の垂れこめるなか、ぎっしりとこの広場を埋めている……。そんな心象を網膜に灼きつけたまま、私は虚空から湧き出たように現れて資料館入り口から数歩先の縁石のそばに停車した、一台の古くさいバスに乗りこんだのでした。それは地方から首都へ向かうバスのひとつでした。運転手が無言のまま渡してよこした百コルナ紙幣の釣り銭を、プラハに着くまでしっかり握りしめたままだったと憶えています。暮れかかったボヘミアの野が、車窓を過ぎていきました。ホップの裸の支柱、暗褐色の畑地、どこまで行っても果てのないがらんとした平原。暖房がやけに効いていました。額に玉の汗の浮くのを感じ、胸が締めつけられるようです。ふり向くと乗客はひとりのこらず眠りこけていました。躯をねじ曲げて、座席に崩れるように凭れています。ある者は首を深く垂れ、ある者は横に傾け、ある者は後ろに折っていました。何人かがひくく鼾をかいていました。ひとり運転手のみが、雨にぬらぬらと光る道をひたと凝視しているばかりです。南へ走るときのつねで、私は道がしだいに下り坂になっていくような感覚に襲われました。とりわけプラハ近郊にさしかかるころは、あたかもランプを降りて迷宮へ下って行くような気がし、あるときはこちら、あるときはあちらと折れながらひどくのろのろと近づいていくうちに、すっかり方向感覚を乱してしまったのです。そのため夕方の乗り換え客でごった返すプラハのバスターミナルに到着したときも、数千もの待合客や乗降客を縫っていくうちに、間違った方向へ歩いていってしまいました。通りに出ると、とアウステルリッツは語った、こちらに向かって歩いてくる人があまりにも多く、大半が大きな袋を下げ、生気を欠いた苦悶の表情を顔に浮かべていたので、これはてっきり都心から来たに相違ないと思ったのです。しかし後日地図を見てわかったのですが、都心に向かってほぼまっすぐ歩いていたつもりが、じっさいはひどく迂回してヴィシェフラード近くまで彷徨ってしまい、そこから新市街を抜けてヴルタヴァ河畔を歩いて、ようやくカンパ島のホテルにたどりついたのでした。歩きくたびれてベッドに身を投げ、窓の外の、堰を越えて流れる河の音を聞きながら眠ろうとしたころには、すでに夜も更けていました。けれどたちまち、眼を瞠ろうがつぶろうが、その夜は夜っぴいてテレジンとゲットー資料館の光景が浮かんでくるのです。要塞の壁の煉瓦、古道具屋のショウウィンドウ、終わりのない姓名リスト、ザルツブルクとウィーンの両ブリストル・ホテルのステッカーが貼られた革製トランク、写真におさめた閉じた門扉の数々、敷石のすき間から生えていた雑草、地下室の小窓の前に盛られた練炭の山、栗鼠のガラスの両眼、そして橇に荷物をくくり、吹雪をついてホレショヴィツェの博覧会場をさして歩むアガータとヴェラの影。朝方ようやくまどろみましたが、意識を失いながらもたてつづけに浮かぶ映像はとぎれず、むしろいや増しに濃密になって、悪夢と化していったのです。なんのゆえんか、荒れ果てた平原のただなかに、北ボヘミアの都市ドゥホフが現れました。そこはカサノヴァがヴァルトシュタイン伯の城で晩年を過ごし、かの回想録やおびただしい数学や秘教の論文、五部にわたる未来小説『イコサメロン』を執筆した場所として知らなくもなかったのです。夢の中に、老いて小児の大きさまで縮んだあの放蕩者の姿が浮かびました。金箔を押した書棚が桟を高く重ねるヴァルトシュタイン伯の四万冊を超える蔵書に取り巻かれ、たったひとり、十一月の物寂しい午後に書き物机に屈まっている姿が。髪粉をふった鬘《かつら》はわきに除けていて、自前のまばらな髪が彼のうつし身の瓦解していくしるしのごとく、頭頂にちいさな白い雲よろしくもやもやと揺れていました。左肩を心もち上げ気味に、間断なく書きつづけています。筆のカリカリというほかは物音ひとつ聞こえず、音が止むのは書き手が数秒こうべをもたげ、潤みがちの、すでに遠方を見るにはおぼつかない両の眼で、ドゥホフの庭園に暮れ残るわずかな空の明るみを仰ぐときのみでした。柵に囲まれた敷地の向こうには、テプリツェからモスト、ホムトフにいたる土地が深い闇に包まれて広がっていました。はるか北方は、地平線の端から端へ国境の山脈がくろぐろと壁をつくり、その手前は、山すそに沿って削られ切り崩された土地が、急坂や段丘をなして、かつての地表のはるか下にだだっ広く続いています。そのむかし道が通り、人が暮らし、狐が野を往き、種々の鳥が藪から藪へ飛びかっていた揺るぎない大地は、いまはがらんとした空間のほか何もなくなり、地表にはただ石と瓦礫と動かぬ水があって、吹く風に動くものの気配すらないのでした。発電所のまぼろしが、陰鬱な闇の中に船影のように揺らめき、褐炭が赤く燃え、灰白色の四角い切石の建物やぎざぎざ屋根の冷却塔や高い煙突が林立し、その上空には煙突から吐き出された煙が、横雲の毒々しくたなびく西空を背景に白く静止しているのが見えました。夜空のぼんやりした一角に数えるほどの星が煤けたように瞬いていましたが、それもひとつまたひとつと姿を隠し、いつもの軌道に瘡蓋《かさぶた》じみた跡を残していくのでした。南方は広い半円状にボヘミアの死火山が丸く盛り上がっており、私はその悪夢の中で、あの火山が噴火して一帯くまなくを黒塵が埋めつくしてしまえばいいのに、と願ったのです。——なんとか自分を立て直して、当面最後になる訪問をするべくカンパ島のホテルからシュポルコヴァ小路をめざしたのは、翌日の午後も二時半になっていました、とアウステルリッツは続けた。すでにヴェラには打ち明けてありましたが、今はとりもなおさずプラハからロンドンへ、私にとって未知の国ドイツを横切って、あの鉄道の旅をもう一度くり返してみなければならない、だがそれがすめばじき戻って、できるならヴェラの近所に住まいを定め、そこにしばらく腰を落ち着けたいと思っていたのです。陽光の燦々と注ぐ澄み切った春の一日でした。ヴェラはその日の早朝から眼の奥に鈍痛がするとこぼし、陽の当たる側の窓のカーテンを下ろしてほしいと私に頼みました。そうして薄闇のなか、紅いビロードの肘掛け椅子に軀を埋め、疲れた瞼を伏せながら、ヴェラはテレジンで眼にしたものを話す私の話に耳を傾けたのです。栗鼠はチェコ語で何というのかとたずねると、しばらく口をつぐみ、美しい顔いっぱいにゆるやかに笑みをひろげながら、それはヴェヴェルカよ、と答えるのでした。そしてこう話すのです、とアウステルリッツは語った。秋にはシェーンボン庭園の山側の囲いのところから、栗鼠が宝物を埋めている様子をふたりでいっしょに眺めたものだった、と。そのあとうちへ帰ると、きまって、あなたのお気に入りの本を読まされたものだったわ、四季の移ろいを描いたその本なら、あなたは頭から最後まで一行のこらず頭に入っていたのにね。ヴェラはそう言って、私がとりわけ、新雪に覆われた冬景色に驚いて立ちつくしている兎やのろ鹿や山鶉《うずら》の描かれた冬の絵を飽きず見ていた、と続けました。そして、雪が木の枝からさらさらと舞い落ちて、やがて森の地面はすっかり雪におおわれてしまいます、というくだりにくると、私はきまってヴェラのほうを仰ぎ見て、こう訊ねたというのです。でも、どこもかも雪がおおってしま《アレ・グデイシュ・フシエフノ・ザクリイエ・スニーフ、》ったら、栗鼠たちは食べ物の隠し場所がどうやってわかるの《ヤク・ヴエヴエルキ・ナイドウ・ト・ミースト、グデ・スイ・スホヴアリ・ザーソビ》、と。私の心を不安にした問いは、一字一句このとおりだった、とヴェラは語りました。そうにちがいありません、栗鼠にはどうやってわかるのか、私たちには何がわかるのか、私たちはどうやって思い出すのか、そして何が、ついに見つけられぬまま終わってしまうのか。ホレショヴィッェ博覧会場の門前で別れてから六年後だった、とヴェラは続けました。アガータが、一九四四年九月、テレジンに収容されていた千五百人ともども、東方へ移送されたと聞いたのは。それからのちしばらく、ヴェラはアガータのことも、アガータの身に何が起こったかも、それればかりか意味もなく先へ続いていくわが身のことすら考えることもおぼつかなかった、と語りました。何週間も自分を取り戻せず、なにやら軀を外へ引っ張られるように感じ、千切れた糸を繋ごうとしたけれど、こんな事態になったことが信じられなかった、と。イギリスに発った私の行方とフランスの父親の行方をしつこく探し求めたけれど、ついにわからずじまいだった。どれほど手をつくそうと、砂に呑まれるように足跡がきれいに消えてしまっていた、なにしろ当時はおびただしい検閲によって郵便が混乱に陥っていて、外国からの返事は来るまでに数ヶ月かかることもしばしばだったから。あるいは自分がじきじきしかるべき機関に赴いていれば、事情は多少とも変わったのかもしれない、だがその機会もなければ方策もなかった、とヴェラは言うのでした、とアウステルリッツは語った。そうやってあっという間に歳月が、思い返せばまるでどんよりした一日のように過ぎ去ってしまった。教職について生活のための最小限のことはしていたけれど、あれ以来、自分からは感情というものが失われ、ちゃんと息をしている心地がしなかった。わずかに十九世紀か十八世紀の書物をひもとくときだけ、生きるとはどういうことかわかるような気がした、と語るのでした。ヴェラがそうした話をするたび、私たちのあいだには途方に暮れたように長い沈黙が落ち、とアウステルリッツは語った、シュポルコヴァ小路の暗がりに沈んだ部屋に、気づかぬうちに時間が流れていきました。夕暮れ近くヴェラに別れを告げ、彼女の軽い手を私の手に包んだときです、ヴェラがふと思い出したと言って、ウィルソン駅から私が出立した日、列車が視界から消えてしまうと、アガータが彼女の方を向いてこう言ったというのです。ここからみんなでマリーエンバートに行ったのは、つい去年の夏だったわね。そうしてこれから、これからわたしたちはどこへ行くのでしょう？　――聞いたときはしっかり心に落ちてこなかったこの追憶のひと言が、しばしのちにひどく気になりはじめ、その晩、電話などついぞしたことがない私ですのに、カンパ島のホテルからヴェラの住居に電話を入れました。ええ、と疲労に声を落としてヴェラは肯いました。一九三八年の夏だったわ、わたしたちみんなでマリーエンバートに行ったのよ、アガータ、マクシミリアン、わたし、あなたと。素晴らしい、至福と言いたいほどの三週間だった。太りじしの保養客や痩せぎすの保養客が、それぞれに湯飲みをもって施設を不思議なくらいゆっくりと歩いていて、あの人たち、言いようのない安らぎを軀からにじませているわね、とアガータが漏らしたものだった。私たちはパレス・ホテルのすぐ裏手にあるオズボルネ＝バルモラル・ペンションに宿をとった。朝はたいてい湯に浸かって、昼からはいつまでもいつまでもあたりを散策した。私がちょうど四つだったこの夏の滞在については、私には何の記憶もありません、とアウステルリッツは語った。おそらくそれゆえでしょう、のち、一九七二年の八月の末、まさにそのマリーエンバートで人生がよい方向に転じようとしていた矢先に、私はどうにも恐ろしくて、その一歩を踏みだせなかったのです。当時、私はパリ時代から文通のあったマリー・ド・ヴェルヌイユの招きを受けて、彼女のボヘミア旅行に付き添うことになっていました。マリーは建築史の面からヨーロッパの保養温泉地の発展を研究していて、そのために各種の調査を企てていたのでしたが、もうひとつ、いまこう言っても許されるでしょうけれども、とアウステルリッツは語った、彼女は私をなんとか孤立から解こうとしてくれていたのです。

マリーの準備は念が入っていました。空港には彼女の甥でプラハのフランス大使館に勤める外交官補フレデリック・フェリックスが、巨大なタトラのリムジンを迎えに出してくれ、私たちはその車に乗りこんで一路、マリーエンバートに向かったのです。クッションのきいた後部座席に二時間か三時間軀をうずめているあいだに、車は何もない風景のなか、どこまでもまっすぐな自動車道を西へひた走りました。波打つ丘陵の谷間へと下り、ふたたびひろびろした高原へ上がると、マリーが、この高原からはボヘミア平原がバルト海まで続いているところが見晴るかせるのよ、と教えてくれました。蒼々した叢林が一面の曇り空を鋸歯のように鋭角で切り取っていく、低い丘のつらなりをつぎつぎと越えもしました。車の姿はほとんどありません。ときたま小型の乗用車とすれ違うか、濃い排ガスをうしろに引きながら、長い坂を這うように登っていくトラックをこちらが抜き去る程度でした。ただプラハ空港を出て以来ずっと、制服を着た二台のバイクが終始おなじ距離を保ちながらあとをつけてきていました。制服に革のヘルメット、黒いゴーグル、右肩から斜めに突き出したカービン銃の銃身。頼みもしないこのふたりの護衛が、私には不気味でなりませんでした、とアウステルリッツは語った。とりわけ波打つ丘をひとつ越えて下りにかかったとき、いったん背後の視界から消えながら、じきライトにくっきり姿を浮き彫りにしていっそう威嚇的に現れたのには、ぞっとしたものです。めったに怖じ気づかないマリーはけらけらと笑って、この隠密ライダーは、フランスからの賓客に対してチェコ政府が特別につかわした護衛でしょうと言うのでした。木深い丘をぬって除々に低地に下りながらマリーエンバートに近づいたころには、すでに真っ暗になっていました。家並みの間近に迫る樅林を抜け、数個の街灯がぼんやりともっただけの場所に車が音もなく滑りこんだとき、軽い戦慄が身内に走ったことを憶えています、とアウステルリッツは語った。車はパレス・ホテルの前に停車しました。

マリーは車から荷物を降ろしている運転手と二言三言ことばをかわし、そして私たちは、高い壁鏡が連なって実際の倍ほども大きく見えるロビーに足を踏み入れたのです。真夜中すぎかと勘違いするほど、そこは閑散として静まりかえっていました。狭いカウンターの背後の高机の脇にいた受付係が、読んでいた本から眼を上げ、ほとんど聞き取れない声で「こんばんは《ドブリー・ヴェチェル》」と遅い到着の客に声をかけるまでに、かなりの間がありました。このひどく痩せこけた男は、まだ四十前でしょうに、眉間に扇のような皺が寄っているのがまず目を惹き、ろくに口もきかないうえに、必要な形式をととのえるまでの所作がまるで濃霧の中を動いているように緩慢です。ビザを見せてくれと言い、パスポートを開き、帳簿をめくり、学校でつかう方眼ノートに金釘流の字でなにやら長々と書きこみ、質問用紙に記入させ、抽斗をかき回して鍵を探し、ようやく最後に呼び鈴を鳴らして腰の曲がったポーターを呼び寄せたのですけれども、その、膝までかかるナイロン製の鼠色の上衣を着たこのポーターもまた、受け付け主任に負けずおとらず、全身の麻痺したような病的な疲弊にとりつかれていました。私たちの軽いふたつの荷物をさげ、先に立って四階まで上っていくのですが——ロビーに入ってすぐマリーが指さした循環式エレベーターはもう長らく使われていない様子でした——難所の尾根を越えて頂上に向かうアルピニストよろしく、しまいにはほとんど進めなくなって、何度となく休んでは息をつくのです。そのたびに私たちも、彼の数段下で同じように待つことになるのでした。上に行くまでにもうひとりボーイがいただけで、誰にも出会いませんでした。このボーイも同僚と同じ鼠色の上着をはおっていて、私は、国家の経営する温泉ホテルの従業員はひとしなみにこうかもしれないと思ったのですけれど、とアウステルリッツは語った、彼はいちばん上の踊り場の椅子に座りこみ、割れたコップを載せたブリキの盆をわきの床に置いたまま、うなじを垂れて眠りこけていたのです。私たちのために開錠された部屋は、三十八号室とあり、ひろびろしたサロン風の部屋でした。壁には赤紫の繻子織りの壁紙が貼られていましたが、ところどころひどく色褪せています。カーテンも、アルコーブにある白い枕が異様に鋭角に積まれたベッドも、過ぎ去った時代のものでした。マリーはすぐさま落ち着きにかかりました。棚をつぎつぎに開け、浴室へ入って水栓や時代がかった巨大なシャワーの蛇口をひねってたしかめ、隅々まで細大漏らさず検分していきます。そして、へんね、と最後に言うのでした。ほかはみんなきちんとしているのに、この書き物机だけは何年も埃を払っていなかったように見える。こんなおかしな現象はどう説明したらいいのかしら、この机はひょっとしたら幽霊の居場所なのかしら、とそう私に訊ねたのですと、アウステルリッツは語った。それに自分が何と答えたのだったか、もう憶えはありません。ただ記憶に残っているのは、私たちがその夜の更けるまでなお数時間、開け放った窓のそばに腰を下ろし、マリーが温泉の歴史について、十九世紀初頭に源泉周辺の盆地の樹林が伐採されたことや、はじめは丘陵に擬古典様式の家屋やホテルが不規則に点在していたこと、それからまもなく一帯ぜんぶを巻きこんだ飛躍的な発展が起こったことなどを、さまざまに話してくれたことでした。プラハから、ウィーンから、遠くはイタリアのヴェネトから、大工、煉瓦積み職人、左官、錠前屋、化粧漆喰細工師がぞくぞくとやって来たといいます。当地の領主ロフコヴィッツ侯のおかかえ庭師のひとりが、ここの林地を英国式風景庭園に改造する事業に着手し、自国の樹や珍しい樹々を植樹して、茂みを豊かに取り入れた芝生地、並木道、木陰道、望楼を造りました。豪奢なホテルが競うようにつぎつぎと建てられ、クアホール、浴場、読書室、コンサートホール、やがて綺羅星のごとき各界のスターが出演することになる劇場が建設されていきます。一八七三年には鋳鉄製の宏壮な回廊《コロナード》が造営され、マリーエンバートは、温泉保養地としてヨーロッパの随一の社交場となったのでした。ここの鉱泉といわゆるオショヴィッツ源泉については、マリーは語気を強めて――この段になるとマリーはもちまえの滑稽なものへの嗅覚をがぜん発揮し、医学診断用語を立て板に水と並べ上げました、とアウステルリッツは語った――薬効として喧伝されていたのは、当時の市民階級に広くみられた肥満症、胃のむかつき、腸管蠕動運動の不活発、その他下半身の諸疾患、月経不順、肝硬変、胆汁分泌障害、痛風、憂鬱症、腎臓・膀胱・排泄器官の諸疾患、腺腫、腺病質性変形、さらには神経過敏、虚弱体質、神経疲労、四肢震顫《しんせん》、麻痺、粘液漏、下血、慢性皮疹、その他考えつくほぼありとあらゆる疾患だったというのでした。瞼に浮かんでくるの、とマリーは語りました。でっぷりと肥えた男たちが、医者の忠告に耳を貸さずに、保養地でもいつもの豪勢な食卓の快楽に身をまかせている光景が。おのれの社会的地位がぐらつきはせぬかとの不安が浮かび上がりそうになるのを、いっそう肥え太ることで押さえつけようとしていたのよ。他の湯治客も眼に浮かんでくるわ、たいてい女で、青白い顔をし、すでに肌が黄ばんでいて、もの思いに沈みながら泉のある四阿から四阿へくねる小径を歩いている、あるいはアマーリエの丘かミラモン城の展望台にたたずんで、狭い谷をたなびき流れる雲のたたずまいを哀切な面持ちで眺めている。マリーが話しているあいだ、とアウステルリッツは語った、私の胸に湧き起こったのは、稀有なる幸福感でした。そしてその幸福感から、矛盾するようですが、私はおのれもまた百年前のマリーエンバートの湯治客と同じ緩慢に進行する病気に冒されているかのような気持ちにおそわれ、と同時に、いま自分は快方に向かいはじめたのだ、という希みが湧いてきたような気がしたのです。じっさい、マリーとともに過ごしたこの最初の夜ほどすんなり眠れたためしは、これまでの生涯についぞありませんでした。私は彼女の規則正しい呼吸に耳を澄ませ、ときおり空をつんざく稲光につかのま浮かび上がるその麗しい顔を眺めました。やがて雨の降る規則正しい音がしはじめ、白いカーテンが部屋の中に向かってはためき、そして私は、今ようやく救われるのだ、救われるかもしれない、という想いを、額の奥に軽く残る圧迫のように感じながら眠りに引きこまれたのです。しかし、現実には、事態はまったくちがうなりゆきをたどったのでした。夜の明けぬうちに、身も世もない惑乱を感じて眼を覚ましました。マリーに眼をやることすら叶わず、船酔いでもしたように身を起こして、やむなくベッドの端に腰をかけました。夢を見たのです。ここのボーイが出てきて、私たちの朝食に毒々しい緑色の飲み物と、フランス語の新聞を鉛の盆にのせて運んできました。新聞の一面記事には、温泉保養地行政の改革の必要性が説かれ、ホテルの従業員の悲惨な運命について、くり返し言が費やされていました。〈彼らは金物屋が着るような鼠色の長い上衣を着ている〉とそんなふうに、とアウステルリッツは語った、夢の新聞には載っているのです。紙面の残りはほぼすべてが切手大の欄の死亡通知からなっていて、その豆粒ほど小さい文字は、眼を凝らしてようやく読み取れるものでした。フランス語だけでなく、ドイツ語やポーランド語やオランダ語の死亡通知もありました。いまも脳裡から消えやりません、とアウステルリッツは語った。フレーデリケ・ヴァン・ヴィンケルマンなる女性について、オランダ語でこう書かれていました、彼女は〈眠るようにおだやかにわたしたちのもとから去っていった〉。それから奇妙な霊安室《ロウカーマー》という語があったことも憶えています、そして付記としてこうありました、〈火葬のあと、デン・ハーグのインド記念碑の足元に花が手向けられた〉と。私は窓辺に寄り、濡れそぼった大通りに沿って丘に半円状に点在するパシフィック、アトランティック、メトロポール、ポロニア、ボヘミアなどの豪壮なホテルと、そこに列をなすバルコニー、隅塔、屋根の上構えが、暗い海から浮かび出る蒸気船のように、早朝の靄から現われてくるのを見つめていました。過去のいずれの時にか自分は過ちをおかしたのだ、との想いが湧き起こりました。だから今、自分はまやかしの、間違《ファルシュ》った人生を送っているのだ。のちほどマリーと連れだって閑散としたその一帯を泉のコロナードまで散歩しましたが、その間じゅう、誰かが私のかたわらを歩いているような、あるいは何者かがすうっと私を撫でていくような気がしてなりませんでした。角を曲がるたびに開けるあらたな眺めのひとつひとつ、ファサードのひとつひとつ、昇り階段のひとつひとつが、見憶えがあるような、と同時にまったく他所他所しいもののようにも思われるのです。かつての領主屋敷の無惨な荒れようが、割れた雨樋が、雨水に黒ずんだ壁が、欠け落ちた漆喰が、その下から現れた粗壁が、ところどころ板やトタンを打ちつけた窓が、マリーはおろか、私自身にも説明できなかったおのれの精神状態をまざまざと表しているような気がしました。はじめて寂れた庭園をいっしょに歩いたときも、〈モスクワ市《ムニエスト・モスクヴァ》〉なる名の薄暗い店で少なく見ても四平方メートルはくだらぬ紅い睡蓮の絵の下に腰を下ろしていたときも、私はマリーにその気持ちを説明できなかったのです。私たちはアイスクリームを注文しましたが、それは食べてみるとアイスクリームと似て非なる石膏のような片栗粉味の塊で、最大の特徴が一時間すぎてもなお溶けずにいるという代物だったことを今も憶えています、とアウステルリッツは語った。ムニェスト・モスクヴァには私たちふたりのほか、奥のテーブルで老紳士がふたりチェスをしているだけでした。ウェイターは手を背中で組み、煙草の煙の染みついたレースのカーテンを透かして、裏窓から見える瓦礫の山一面に丈高く生い茂るシベリアチャーヴィルにぼんやり眼を放っていましたが、これも相当な年配の男でした。しかしこの男は白髪も口ひげも短くていねいに刈りそろえていて、やはり鼠色のお仕着せは着ていたものの、深黒の燕尾服をぴたりと着こなした姿が容易に眼に浮かぶような物腰です。糊のきいた、この世ならぬ清潔な輝くようなシャツにビロードの蝶ネクタイをし、ぴかぴかのエナメル靴を履き、その靴に宏壮なホテルのロビーにかかるシャンデリアが反射しているというような姿が。瀟洒な椰子柄をあしらった四十本入りキューバ煙草の平箱を小皿に入れてマリーのところに持ってきてくれ、非の打ち所ない仕草で彼女の煙草に火をつけたときには、マリーが賛嘆のまなざしを投げたのがわかりました。キューバ煙草の煙が私たちのあいだに蒼くゆり、数刻が過ぎてから、マリーが訊ねたのです、あなたはどうしたのかと。なぜそんなに放心して、自分の内に籠もっているのか、きのうはあんなに嬉しそうだったのがわたしにも感じられたのに、突如としてそうも沈みこんでしまったのはどうしたわけか。私は、わからない、と答えるしかありませんでした。説明をこころみたとは思います、とアウステルリッツは語った。このマリーエンバートで、自分にはわからぬなにかが心を掻き乱している、それはどうにも思い出せぬ単純な名前とか呼称のような、明々白々ななにかなのだが、と。マリーエンバートで過ごした数日間がどんなものだったか、今は細部を心に呼び戻すことはできません、とアウステルリッツは語った。噴出泉の浴槽や休息室に何時間となく体を横たえていて、一方でそれは心地よい作用をもたらしはしましたが、他方どうやら、記憶の浮上に長年あれほど頑強に逆らってきた私の抵抗はそのために弱められてしまったようでした。マリーとともにゴーゴリ劇場のコンサートに行きました。ブロッホなる名のロシア人ピアニストが、半ダースばかりの聴衆を前にシューマンの《蝶々》と《子どもの情景》を演奏していました。ホテルへの帰途、いくらか警告の意味もあったのでしょうか、とアウステルリッツは語った、マリーが、シューマンが精神を曇らせ、狂気に転落していったさまについて語ったのです。シューマンはついにはデュッセルドルフのカーニバルの人混みのなか、橋の欄干から氷のように冷たいライン河にざんぶと飛びこんで、ふたりの漁師にやっとのことで引き上げられたのだと。それから彼はボンとバート・ゴーデスベルクの私営の精神病院で何年か生きたけれども、とマリーは語りました、クララが青年ブラームスを伴っておりふし訪れたものの、この世にすっかり背を向けて調子外れの曲をひとり口ずさむひととはもはや話もならず、ドアの覗き窓からかろうじて垣間見るしかなかったのだと。マリーの話に耳を傾け、バート・ゴーデスベルクの小部屋に坐す哀れなシューマンの姿を脳裡に描こうとしながらも、私の瞼にはもうひとつ別の心像が執拗にちらついていました。マリーエンバート近郊のケーニヒスヴァルトまで足を伸ばしたさいに通りかかった、ある鳩舎の光景です。その所有者である領主の別荘におなじく、メッテルニヒ時代のものとおぼしいその鳩舎も、やはり見る影もなく荒れ果てていました。四方を壁に囲まれた床には、からからに干涸らびた鳩の糞が自重に押しつぶされてなお二フィートを超えて積み重なり、そこに死病に冒されて巣から落ちた鳩の死骸がばらばらと転がっていて、ほとんど光のとどかぬ天井裏の暗がりには、まだ生きているほかの鳩たちが一種耄碌したごとく、悲しげにひくく喉を鳴らしており、その下を、数枚の綿毛がゆらゆらと、小さく渦を描きながら舞い落ちていました。狂ったシューマンの心象、そしておぞましい密室に囲繞《いにょう》されていた鳩の心象、マリーエンバートで眼に灼きつけられたそれらの心象は、そこに刻まれた苦悩ゆえに、私から最低限の自己認識をする可能性を奪ったのです。滞在の最終日に、とややあってからアウステルリッツは語った。いわばお別れに、私たちは午後遅く公園を抜けていわゆるオショヴィッツ源泉まで歩いていきました。そこには全面にガラスの嵌った、内側を真っ白に塗られた瀟洒な保養会館がありました。落日の陽光をすみずみまで浴び、水音が規則正しく聞こえてくるほかは静まりかえったその保養会館で、マリーは私に近寄ると、あすはあなたの誕生日だけど知っている？　と訊ねたのです。あした起きたらすぐに、わたし、あなたの幸せを願うわ、とマリーは言いました。でもそれは、中の仕組みを知ることができない機械に向かって元気でと願うみた

いなものかもしれない。その近寄りがたさはどうしてなのか、わたしに教えてはくれないの？　とマリーは言うのでした、とアウステルリッツは語った。ここに来てからずっと、なぜ凍りついた池みたいになってしまったの？　あなたの唇が開いて、なにかを言いたそうにしている、それどころか、なにか叫び出しそうにしている、それが見えているのに、なぜわたしの耳には届いてこないの？　ここに着いても荷ほどきもしないで、言ってみればリュックサックだけで過ごしているのはなぜ？　私たちは舞台の上のふたりの役者さながら、数歩の距離を置いて向きあっていました。光の乏しくなるにつれてマリーの眼の色が移ろっていきました。そうして私は、彼女とおのれとに、またしても言うしかなかったのです、この数日、わけのわからぬ感情がひどく心に圧しかかっているのだと。まるで狂人のように、周りのものが何もかも秘密と記号だらけだと思えてしかたがないのだ、それどころか家々の物言わぬファサードが、私にとって不吉なことを隠しているような

気がする、私はいつの時もひとりぼっちでいなければならないと思ってきた、その気持ちがここにきて、彼女を求めていながらも、いつになく強まっているのだと。おかしいわ、とマリーは言いました。うわの空で、孤独でいなきゃならないなんて。おかしい。何なのかわからないけど、あなたが勝手に怖がっているのよ。これまであなたはたしかになにからも一歩距離を置いてきた、わたしにもそれはよくわかった、でも今、あなたはきっとどば口に立っているのよ、そこを踏み越えることができないでいるんだわ。マリーの言うことがいかに的を射ていたかを、当時の私は認めることができませんでした。しかし今なら、とアウステルリッツは語った、自分に近づきすぎた人から身を背けずにいられなかった理由がわかります。そして身を背けることで、助かったと思いこみ、同時に自分を恐ろしく醜い、近寄りがたい人間であると感じていたのでした。公園を抜けて戻るころには、夕闇が降りてきていました。ゆるやかにくねる白砂の道の両脇にくろぐろと木立や茂みがつづき、マリーが——その後まもなく私はおのれの咎ゆえに彼女を完全に失ってしまうのですが——小声でなにかぶつぶつとつぶやいていました。その中でいま耳に残っているのは、〈公園の寂しい道を歩む哀しい恋人たち〉という一節ばかりです。ほぼもとの場所に戻ったあたりで、とアウステルリッツは語った、芝生からはやくも湧きはじめた白い霧の中から、ボヘミアのどこかのコンビナートか社会主義下のいずれかの同胞国から保養に送られてきたのでしょうか、だしぬけに十人から十二人の小集団が浮かび上がって、私たちの眼前を横切っていきました。どの人影もおやと思うほど小太りで、心もち前屈みに歩いています。一列縦隊で進む人々は、それぞれ当時マリアーンスケー・ラーズニェ（マリーエンバートのチェコ名）で温泉水を飲むのに使った擦り減ったプラスチックのコップを手にしていました。彼らがひとり残らず、五〇年代後半に西側諸国で流行ったような青灰色の薄いペルロンの雨合羽をはおっていたことも、記憶に残っています、とアウステルリッツはつけ加えた。いまもときおり、聞こえてくるのです、道の片側からにわかに姿を現し、ふたたび反対側に消えていった一群の立てていた、あのカサカサという乾いた音が。――シュポルコヴァ小路最後の訪問となった日の夜、とアウステルリッツは続けた、私はまんじりともせずに、マリーエンバートの記憶を手繰りました。外が白みはじめるのを待って荷物を纏め、カンパ島のホテルをあとにして、朝霧につつまれたカレル橋を渡り、旧市街を斜めに突っ切って、まだ閑散としたヴァーツラフ広場を通り、ウィルソノヴァ通りの中央駅まで歩きました。駅は実際に見ると、ヴェラの話から思い描いていたものとは少しも似ていませんでした。かつてプラハのはるか外にも名を馳せたユーゲントシュティールの駅舎は、おそらく六〇年代に改修したのでしょう、醜悪なガラス張りのファサードとコンクリートの入り口に囲われてしまっていて、地下に通じるタクシースロープから要塞じみた施設にたどりつくまでが一手間でした。半地下になっている天井の低いロビーにたたずむと、旅行客の群れがびっしりと床を埋めています。ほうぼうに固まったグループや家族同士が荷物の山に埋もれて夜を過ごし、大多数はまだ眠りこけているのでした。全体を見通しもならぬこの宿営地は、赤紫色の、まさに地獄色というしかない光に涵《ひた》されており、その光の出所はと見ると、幾分高くなった十メートル強×二十メートルほどの壇上に、百台はくだらぬゲーム機が列をなして、客の姿もないままひとり勝手に音を鳴らして空転しています。私は床に転がってびくりともせぬ人々の軀を縫っていき、階段を昇り降りしてみましたが、種々雑多な売店の集まっただけの駅の迷宮は、どうやっても勝手がわかりませんでした。制服の駅員がやってきたので、その人をつかまえて中央駅《フラヴニー・ナードラジー》は？　ウィルソン駅《ヴィルソノヴォ・ナードラジー》は？　と訊ねますと、迷子よろしくそっと袖をつかまれ、やや奥まった一隅に導かれました。眼前には記念の銘板があり、本駅は一九一九年に自由を愛したアメリカの大統領ウィルソンを記念して竣工された、との文言が刻まれていました。文字を読みとり、まだそばにいた駅員に謝意を込めてうなずくと、駅員は私を連れてさらにくねくねと角をまがり、階段をいくつか上って、一種の中二階のような場所に案内しました。そしてそこからは、昔日のウィルソン駅の壮麗な天蓋をふり仰ぐことができたのです。とはいえ半分は新駅舎の建物にいわば切り取られていましたから、天蓋の半分のみを仰ぎ見るというべきだったでしょうか。天蓋の縁にそった半円には歩廊が設けられ、喫茶のテーブルが並べられていました。私はフーク・ヴァン・ホラント行きの切符を買い求めたあと、列車の出るまでの半時をそこで過ごし、何十年の時を透かして、記憶を探ろうとしました。ヴェラが話してくれたところでは、とアウステルリッツは語った、私はアガータの腕に抱かれたまま、頭上高くそそり上がる天蓋からどうしても眼を離そうとせず、首を折れそうなほど仰向けて天井をふり仰いでいたというのですが、そのさまを思い出そうとしたのです。けれども、アガータばかりか、ヴェラも、私自身も、過去から甦ってきてはくれませんでした。まれにほんの一瞬、ヴェールが開きそうな気はしたのです。ほんの一刹那アガータの肩を掌に感じ、ヴェラが車中にと買ってくれたチャップリンの漫画本の表紙絵が眼に映ったように思われましたが、しかしその断片を摑もうとするや、あるいはいわばピントを合わせようとするや、私の頭上をぐるぐると回っている虚空の中へ消え失せてしまうのでした。それだけに驚いたのです、いや、愕然としたと言っていいほどでした、とアウステルリッツは語った。しばしのち、七時十三分発の列車の発車間際に客車の通路側の窓から外をのぞいたとき、疑いようもない、プラットホームに架かるガラスと鉄骨の屋根の、三角形や半円や水平線や垂直線や、対角線で組み合わされたその模様を、自分は前にもいちど、同じ仄明かりの中で見たことがある、と卒然として確信したのです。列車がはてしなくゆっくりと駅をはなれ、高層のアパート群の裏手を縫って真っ暗なトンネルに入り、新市街地の地下を抜け、やがて単調な音を響かせてヴルタヴァ河を渡っていったとき、はじめて心底、プラハを生涯はじめて離れた日から今までの時が止まっていたかのように感じました、とアウステルリッツは語った。暗い、陰鬱な朝でした。外をよく見ようと席を取ったチェコ国営鉄道食堂車の白いカバーをかけたテーブルには、薔薇色の襞の入ったシェードをかぶせた、一昔前のベルギーで娼家の飾り窓にあったような小さなランプが燃えて

いました。帽子をはすに被ったコックが煙草を吸いながら厨房の入り口にもたれ、千鳥格子のベストに黄色の蝶ネクタイという格好の、縮れ毛で瘦せぎすの小男のウェイターと談笑していました。雲の低く垂れこめた窓の外を、野原や畑が飛びすさっていきました。鯉の養殖池が、林地が、蛇行する川が、点在する榛の木が、丘が、窪地が。私の記憶が正しければ、ベロウンあたりでは、一平方マイル以上にわたって石灰工場が長々と延びていたように思います。低い雲の中に先端が隠れている煙突や高層のサイロ群、砕けかけたコンクリートの巨大なブロック、赤錆びたトタン板に覆われたベルトコンベヤ、石灰石の粉砕機、円錐状に盛られた砕石の山、バラック、貨物車、いずれもが一様に灰白色の粉塵を浴びていました。ふたたびなにもない風景が延々と流れ、目路のつづくかぎり、街路には一台の車も、ひとりの人間の影もなく、ただそれぞれの駅の駅長だけが、退屈しのぎか習慣からか、はたまたそういう規則なのか、ホロウプコフ、フラースト、ロキツァニといったどんな小さな駅でもプラットホームにたたずんでいて、赤い帽子に金色の口髭をたくわえ（それが見えたような気がします）、轟音を立てて走り過ぎるプラハからの特急列車をこの四月の陰気な朝に見送っていたものです。いっとき待ち時間があったピルゼンでは、プラットホームに降りて、鋳鉄の柱の柱頭を写真におさめたことだけを記憶しています。これも見たことがある、と瞬時に閃くものがあったのでした。ただ眺めながら空恐ろしい気持ちになったのは、このレバー色をした瘡蓋に覆われた柱頭の入り組んだ形を、ほんとうに一九三九年夏、子どもの移送でピルゼンを通過した私は憶えているのだろうか、ということよりは、馬鹿ばかしい考えながら、肌をかくも瘡《かさ》に覆われてなにやら生き物めいてきたこの鋳鉄の柱のほうこそ、むしろ私を憶えているのではないか、いうなれば、とアウステルリッツは語った、この柱が、私自身がもはや記憶していないことを証言しているのではないかと、そう思われてきたことなのでした。ピルゼンを過ぎると、列車はボヘミアとバイエルンを隔てる長々とした山地に向かいました。ほどなく鬱蒼とした森が線路の両脇に迫り、それにつれて列車はいやおうなく速度を落としていきます。たなびく霧か低く流れる雲が樅林を包んでその枝から滴をしたたらせ、そしてかれこれ一時間も走ったころ、路はまた下りにかかって谷がしだいに広がり、ようやく明るいところへ出ていきました。そのとき自分がドイツに何を期待していたのか、さだかではありませんが、とアウステルリッツは語った、しかしどこを眺めようと、眼に映るのは、こぎれいな町や村であり、整然とした工場や資材置き場であり、丹精した美しい庭や、軒下にぴしりと積み重ねられた薪や、牧草地につけられた平らな舗装道や、色とりどりの車が高速で走り抜ける道路や、手入れの行き届いた森や、整備された水路や、駅長が出てこなくてもよいらしい真新しい駅の数々でした。空はところどころ雲が開き、やわらかな陽射しが明るく降り注いで、チェコ領内では青息吐息で進んでいた感のある列車は、ここにきてにわかに信じがたいほどの軽やかさで疾走しはじめるのです。ニュルンベルクに到着したのはお昼どきでした。信号操作所の看板に、馴染みのない Nürnberg というドイツ語綴りを見つけたとき、一九三六年にこの市で行なわれたナチス党大会に居合わせた父が、ここに集った群衆の歓呼の嵐について報告したというヴェラの話がふたたび甦ってきました。おそらくそのためだったのでしょう、とアウステルリッツは語った、もともとはつぎの連絡を調べるだけだったつもりが、私はうかうかとニュルンベルク駅の外に出て、見知らぬ街に入りこんでしまったのです。ドイツの土はいまだ踏んだことがありませんでした。ドイツの地理、ドイツの歴史、現代ドイツの生活事情、一切を見聞きするのを避けていましたから、ドイツは、とアウステルリッツは語った、私にとって世界でもっとも未知の、アフガニスタンやパラグアイなどよりもよほど親しみの薄い国でした。駅前の地下道をくぐって外へ出るや、見渡すかぎりの人波に迎えられました。河床を滔々と流れる川の水さながら、街路の幅いっぱいを、しかも一方向のみならずいわば上流と下流の双方へ人波が動いていきます。その日はたしか土曜日で、のちに人から聞いた話では、ドイツは土曜にどの都市も多かれ少なかれこのように人々が街へ買い物に出、歩行者天国にあふれるということでした。歩き出してまず、鼠色、茶色、緑色の外套に帽子といういでたちのとてつもなく多いことが眼を射ました。それにニュルンベルクの歩行者は誰もがじつに上等で機能的な身なりをしている、そしてその靴はじつに堅牢なのです。こちらに向かってくる顔をまともに見つめることはできませんでした。異様なのは、周囲にほとんど話し声のしないことでした。人々は音らしい音も立てずに移動しているのです。道の両側のファサードを仰ぎ見て、様式からすれば十六世紀か十五世紀に遡るはずの建物のどこにも、どの片隅、どの切り妻、どの窓枠、どの飾り縁にも、歪んだ線一本、過去の時代を思わせる痕跡一筋もないことに気づいて、ひどく居心地の悪い感じを覚えました。足元の舗道がゆるい下り坂になっていたことが甦ってきます。橋のたもとで、暗い水面に二羽の真っ白な白鳥が浮いているのを見、それから家並みの向こうの丘にひどく小さく、いわば切手大に城趾が浮かんでいるのが見えました。レストランに入るとか数々の屋台や出店でなにか買うとかは、私のできることではありませんでした。かれこれ一時間がたち、駅への帰路をたどろうとしたときです、こちらに向かってくる人波がぐんぐんふくれ上がり、その中を必死に藻掻いている感じがしだいに強まってきたのです。そのように感じたのは坂を上っていたからなのかも、あるいは一方向へ動いていく人波のほうが実際にもう一方よりも多くなったからなのかもしれません。いずれにしても、とアウステルリッツは語った、不安感は刻々と強烈になって、とうとう私は駅ももう間近というところで、《ニュルンベルク報知新聞《ナハリヒテン》》という出版社屋の赤っぽい砂岩の窓アーチの蔭に身を寄せて、買い物客の群れがひとわたり過ぎるのをやむなく待ったのです。途切れなく過ぎていくドイツ国民を前に、朦朧としたまま、どれほどたたずんでいたのでしょう、今はさだかではありませんが、とアウステルリッツは語った、すでに四時か五時にはなっていたと思います、雄鶏の羽のついた一種のチロル帽を被った初老の女性がひとり、古びたリュックを眼にして私をホームレスと思ったのでしょうか、かたわらに立ち止まると、通風で曲がった指で財布から一マルク硬貨を取り出し、そっと私に握らせたのでした。——そして午後遅く、アデナウアー首相の肖像を刻んだ一九五六年鋳造のその硬貨を握りしめたまま、私はふたたびケルン行きの列車に乗って、旅を続けたのです、とアウステルリッツは語った。終始ほぼ通路に立ったまま、外を眺めていました。ヴュルツブルクとフランクフルト間は森林地帯を走ったように思います。葉を落とした樫や橅の林や、針葉樹林が、何マイルも何マイルも続きました。そうやって眺めていると、遠いところから記憶が甦ってきて、果てのなくどことも知れない鬱蒼とした森の茂る国を、行く先も知らぬまま走りつづける、そういう夢をかつてバラの牧師館ばかりでなく、その後もたびたび見ていたことが思い出されました、そして、いま車窓を過ぎていくものこそ長年私を苛んできた映像の原風景であったのかと、じわじわと迫るものを覚えたのです。長年にわたって脳裡に取り憑いてきた情景がもうひとつ、これも記憶から浮かび上がってきました。ひとりの男の子、その子は双子の兄弟のかたわれで、私といっしょに果てのない旅に出ているのです、車室の窓側の席に座ったままぴくりとも動かず、暗闇にひたと眼を凝らしている。見知らぬ子で、私は名前も知らず、ひと言も口をきかなかった、ただその子のことを思うたびに私はひどく胸を締めつけられるのでした、その子が旅の終わりがけに衰弱死してしまい、ほかの荷物といっしょくたに網棚に載せられていた、という想いがかならずいっしょに頭に浮かんできたのです。

ええ、そうでした、それから、とアウステルリッツは話を続けた、フランクフルトを過ぎてまもなく列車は大きくカーブを描き、生涯で二度目にライン河の流域に入りました、そしていわゆるビンゲンの穴（ビンゲン付近にあるかつてのライン河航行の難所）で川中の鼠の塔を見た瞬間、ヴァルヌーイ・ダム湖の中に立つ塔がなぜいつもあれほど薄気味悪く感じられたのか、その理由をはっきりと悟りました。黄昏に物憂く流れる河、船べりまで水に浸かって一見静止しているような艀《はしけ》、対岸の樹木や藪、葡萄畑の繊細な陰翳、防砂壁のくっきりした斜め線、濃灰色の粘板岩の岩塊、先史時代の秘境に吸いこまれていきそうな峡谷、私の眼はそれらに吸い寄せられて離れませんでした。この、私にとってまさしく神話的風景にほかならぬ風景に釘付けになっているうちに、やがて雲をついて射しこんできた夕陽が谷全体をあかあかと染め、彼方の丘陵を照らし出しました。すると、いま通過したばかりのその丘から巨大な煙突が三本、天を突いてそびえ立っているのが眼に入ったのです。あたかも東岸の

丘陵全体が中空になっていて、中に地下工場が何平方キロと広がり、山腹はカモフラージュでしかないかのようでした。そうです、ライン流域を走っていると、とアウステルリッツは語った、自分がどの時代にいるのかわからなくなってくるのです。河畔の丘高くそびえる城にしても、富者の石《ライヘンシュタイン》、名誉の巌《エーレンフェルス》、鋼鉄の稜《シュタールエック》などと奇矯でどこか嘘臭い名前がつけられていて、列車から見るかぎりではそれらが中世に遡るものなのか、つい十九世紀に産業成金によって建てられたものなのか、判然としません。猫城と鼠城などのように伝説に起源を遡るらしいものもあれば、廃墟ですら、一見ロマンチックな芝居の書き割りのごとく思えてしまいます。いずれにせよ、ライン河流域を下りながら、私は自分が人生のどの時代にいるのかを杳《よう》としてつかめなくなっていました。夕映えの光を透かしながら、私は朝焼けを、対岸を染め上げやがて全天に広がっていった当時の曙光を見ていたのでした。二度目も一度目に匹敵する薄気味悪さであったラインの旅をいまふり返ってみると、あらゆるものが頭の中でごちゃごちゃになっています、自身の体験も、本で読んだ内容も、浮いては沈む記憶も、つぎつぎと流れ去る心象も、そして一切が失われてしまっている苦痛の空白も。いにしえの旅行者たちが記したドイツの風景が瞼に浮かんできます、とアウステルリッツは語った。雄大な、手付かずのままの、あちこちで氾濫する河、群れ泳ぐ鮭、河岸のきめ細かい砂の上を這っていく蟹。ヴィクトル・ユーゴーがライン河畔の城を描いた陰気なペン画が浮かんできます。ユダヤ人虐殺のあった町バッハラッハの近辺で、折り畳み椅子に腰を掛けてさらさらと水彩画を描いているジョゼフ・マロード・ウィリアム・ターナーが浮かんできます。ヴァルヌーイの深い湖と、その底に沈んでいるサヌジンの住民が浮かんできます。そして見えてくるのです、とアウステルリッツは語った、大発生して周辺を悩ませていたと伝えられる鼠の灰色の大群が、先を争ってライン河に跳びこみ、波間に小さな喉をのぞかせな

がら、どこかの島にたどり着こうと死に物狂いに四肢を掻いている光景が。アウステルリッツが語っているうちにいつのまにか日は傾き、私たちが連れだってオールダニー街の家を出たころには、すでにあたりは翳りはじめていた。私たちはマイルエンド・ロードを市外に向かってしばらく歩き、タワー・ハムレッツの広大な墓地までやってきた。アウステルリッツがついでのように漏らした言葉によれば、この墓地と、隣接する高い煉瓦塀に囲まれた聖クレメント病院の暗い建物群は、彼の来歴の中で先刻から話に出ていた時代の舞台だったという。黄昏がゆっくりとロンドンの街を包んでいくなか、私たちは墓地を抜けて歩いていった。高貴な身分の死者を追悼するために造られたヴィクトリア朝時代の記念碑や霊廟、大理石の十字架、石碑やオベリスク、胴の張った骨壺、翼が欠けるなどした損傷の著しい天使像。私の眼には、それらの天使像は、あたかも地上から飛び立とうとした瞬間に石にされてしまったものであるかのように映った。大半の墓碑は、あたりに跋扈する楓の根に押されて傾いているか、すっかり倒れてしまっている。墓石は淡緑色や灰白色や黄土色やオレンジ色の苔にびっしりと覆われて割れ、地下にあった石棺が露出しているものもあれば、地中に埋まった墓石もあって、そのありさまは、あたかも死者の住処を地震が襲ったか、あるいは最後の審判に喚ばれて棲家から立ち昇っていっ

"UNTIL THE DAY BREAK, AND
THE SHADOWS FLEE AWAY."
ALSO JANE
WIFE OF THE ABOVE
WHO DEPARTED THIS LIFE
AGED 54 YEARS
ALSO HENRY JAMES
LOST AT SEA

た死者たちが、狼狽のあまり、生者がかってに押しつけた小綺麗な秩序を滅茶苦茶にしていったのではないかと思われるのだった。アウステルリッツは歩きながら、ボヘミアから戻って最初の数週間のうちに、自分はここに埋葬されている死者については名前も誕生日も死亡年月日もみんな暗記してしまった、そして小石や蔦の葉やあるときは一輪の石彫の薔薇、あるときは割れて落ちた天使の片手を拾って家に持ち帰ったりした、と話を続けた。けれども、タワー・ハムレッツ墓地の散歩が昼間心を慰めてくれればくれるほどに、とアウステルリッツは語った、それだけいっそう、私は夜になると凄まじい不安感に苛まれたのです、それはときには何時間もわたって続き、いや増しに強くなっていきました。心の均衡を奪っていたものの原因をつきとめ、過去の歳月を越えて私自身の姿、慣れ親しんだ生活を一夜にして奪われた子どもの姿をこれ以上なく鮮明に見たというのに、どうやらそのことはほとんど私の役に立ってくれなかったのでした。追放され消し去られたという、私自身が長きにわたって抑圧し、いまむりやり扉をこじ開けられて出てきた感情に対して、理性は無力だったのです。靴ひもを結ぶ、ティーカップを洗う、薬缶にお湯が沸くのを待つ、そういった単純きわまりない動作のさなかに、凄まじい不安感が襲いました。まるで何日も砂漠に横たわっていたかのようにだしぬけに舌が渇き、喉がからからからになり、息が苦しくなり、心臓が躍り早鐘をついて喉までせり上がりそうになり、震える手の甲にいたるまで全身から冷や汗が吹き出し、見るものすべてに黒い靄がかかったようになりました。堪えきれず大声を上げたつもりがひと言の音も出ず、表へ駆け出そうにも軀はぴくりとも動かず、そしてあるときなどは、長く苦痛に満ちた全身の収縮が続いたあと、見ると、暗く果てしない風景の中に、内側から破裂してばらばらになった私の軀が散らばっているのでした。こうした発作が当時どれほど頻繁に起こったのか、今は判然としませんが、とアウステルリッツは語った、

ある日、オールダニー街のはずれにあるキオスクに行く途中で私は昏倒し、縁石の角で頭をしたたかに打ちつけて、病院やら検査機関やらをいくつも回され、最後に聖クレメント病院に収容されたのです、われに返ったときは男性患者の病室の中にいて、あとから聞いた話では身体機能に異常はなかったものの、思考も感情も動きを止めてしまっており、三週間近く抜け殻のような状態を続けて、ようやく目覚めたというのでした。投薬の影響で妙に地に足が着かない感覚のまま、私はひと冬、あの建物の廊下を、と言ってアウステルリッツは壁の背後に高くそびえている精神病院の煉瓦のファサードを左手で指さした。暗澹としつつ、同時に不思議に落ち着いた心もちで行き来し、曇った窓からいま私たちがいるこの墓地を何時間となく見下ろしていたものでした。頭は何も考えられず、脳は焼けただれた四枚の壁になったように感じられるだけでした。しばらくしてやや状態が上向いてからは、看護人が貸してくれた望遠鏡で、夜のしらじら明けに墓地をすばやく横切っていく狐や、出し抜けに跳びはねたかと思

えばまた動かなくなる栗鼠、ときおり墓地を横切って行く孤独な人々の表情、黄昏どきにきまって墓地の上を大きく旋回する梟のゆるやかな羽ばたきを眺めていました。入院患者ともおりにふれて話をしました。たとえばある屋根葺き職人ですが、この人は仕事の最中、額の奥でなにか張りつめていたものがブッンと切れた瞬間を、俺ははっきり憶えている、と言い張るのです、すると目の前の垂木にくくりつけたガーガーいうトランジスタラジオから、そのときはじめて、不幸の使者たちの声が聞こえてきた、俺はそれ以来ずっとその声につきまとわれているんだ、と。イライアス説教師が発狂したことや、とアウステルリッツは語った、彼が亡くなったデンビーの石造の家のこともたびたび思い返しました。ただおのれ自身のこと、おのれの生い立ち、今の状況を考えることだけはできませんでした。退院をゆるされたのは四月はじめ、プラハから戻って一年後のことです。最後に診察を受けた女医さんから、庭仕事のような軽い仕事をするようにすすめられて、それから二年間、毎朝勤め人がどっとシティへくり出す時間帯に、反対方向の、新しい職場となったロムフォードに向かいました。そこは広大な公園のはずれにある公営の種苗園で、本職の庭師のほかに何人か、身体に障害のある人や精神の安定を必要とする人たちが助手として働いていたのです。そうやって郊外のロムフォードに通ううちに多少なりとも快方に向かっていったのがどうしてだったのか、とアウステルリッツは語った、私にはわかりません、心に傷を負った人たち——なかにはとても陽気な人もいました——とともに過ごしたおかげなのか、いつも一定のなま暖かく湿った温室の気候のせいなのか、それともあたりを包む苔むした土のやわらかな匂いや、眼にふれる模様の直線性や、あるいは苗をそっと掘り起こして鉢上げし、大きくなれば植え替え、温床の手入れをし、目の細かい如雨露で水やりするといった仕事それ自体の安定した単調さがよかったのか。ちなみに私は、仕事の中では水やりがいちばん好きでした。

ロムフォードで庭仕事を手伝っていたこの時期です、とアウステルリッツは語った。夕方や週末になると、一冊の、ぎっしりと文字のつまった八百頁近い書物をひもとくようになりました。それはH・G・アードラーという私には未知だった人が、テレージエンシュタット・ゲットーの成立、展開、内部組織について記したもので、一九四五年から一九四七年にかけてのとみに困難な状況下にあって、一部をプラハ、一部をロンドンで執筆され、一九五五年にドイツの出版社から世に出るまで何度も改訂を経た書物でした。一行また一行と読みすすめるうちに、あの要塞都市を訪れたおりには完璧に近い無知ゆえに想像もつかなかった世界が明らかになっていきましたが、ただこの読書は、私の乏しいドイツ語の知識では途方もなく時間を食うものでした、とアウステルリッツは語った。エジプトの象形文字、バビロニアの楔形文字を解読するにも劣らぬ難儀さだったと言いたいくらいです。私の辞書には載っていないけれども、テレージエンシュタット全体を支配していたドイツ人の特殊な管理言語ではおそらく常用されていたであろう、単語を幾重にも重ねた複合語の言い回しを、私はシラブルごとに調べて解読しなければなりませんでした。収容棟建設資材倉庫《バラッケンベシュタントタイルラーガー》、追加費用計算書《ツーザッツコステンベレヒヌングスシャイン》、簡易修繕所《バガテルレパラトウアヴェルクシュテッテ》、糧食運搬隊《メナージュトランスポルトコロネン》、食事苦情申立所《キューヘンベシュヴェルデオルガーネ》、清潔度順次検査《ラインリヒカイトライエンウンターズーフング》、害虫駆除移転《エントヴェーズングスユーバージードルング》——驚いたことにアウステルリッツはややこしいドイツ語の単語を淀みなく、しかも訛りひとつなく発音してみせた——こうした言辞や概念の意味がようやく明らかになると、こんどはこれまた大変な難儀をしながら、とアウステルリッツは続けた、その組み合わせて推測した単語の意味をそれぞれの文や全体の繋がりに当てはめようとするのですが、そうするとその全体の繋がりが、しょっちゅう私の頭から滑り落ちていってしまうのです。理由のひとつは、わずか一頁を読むにもときには深夜過ぎまでかかり、手間取るうちに多くのものが失われてしまったからですが、もうひとつ、社会生活をいわば未来派的に歪な形にしたゲットーの機構が、アードラーの詳細かつ完全な事実に基づいた描写にもかかわらず、私にはどうしても非現実的な性質のものとしか思えなかったためでもありました。ですから、意図的でないにせよおのれの過去の探求をあれほど長年みずからに拒み、ために一九八八年夏に亡くなるまでロンドンに暮らしていたアードラーを訪ねてあの此世ならぬ場所について話す機会を失したことでは、今もって自分を許せない気持ちでいます。すでにお話ししたと思いますが、とアウステルリッツは語った、テレージエンシュタットは、一平方キロたらずの面積に一時期六万人が詰めこまれていました。プラハから、その他の保護領から、スロヴァキアから、デンマークから、オランダから、ウィーンやミュンヘン、ケルンやベルリンから、プファルツから、マインフランケンやヴェストファーレンから連れてこられた、産業資本家や工場主、弁護士や医者、ラビや大学教授、歌手や作曲家、銀行頭取、商人、速記タイピスト、主婦、農夫、労働者や百万長者たちが、一人あたりおよそ二平方メートルの住居で生活を余儀なくされ、何らかの能力があるあいだは、あるいは〈積載〉されさらにその東方へ移送されて行くまでのあいだは、対外取引部門が収益をあげるために創設した工場のいずれかで、一銭の報酬もないまま、全員が労働を義務づけられていました。包帯製造、袋物製造、装身具製造、木製靴裏と牛革のオーバーシューズ製造、炭焼き場、〈連珠《ミューレ》〉〈怒るな怒るな《メンシュ、エルゲレ・デイヒ・ニヒト》〉〈帽子とり〉といったボードゲームの製造、雲母の劈開《へきかい》、兎の毛刈り、粉インクの充塡、親衛隊管轄下の養蚕などがそれでしたが、ほかにもゲットーの内部運営にかかわる作業についた者もいました。たとえば衣料品縫製所、地区別衣料修繕所、小売店、ぼろ切れ保管庫、書籍管轄グループ、調理班、馬鈴薯の皮むき、骨の処理、マットレス部局、医療・療養サービス、害虫駆除、鼠退治、住居割り当て局、中央登録局、BV兵舎・通称〈城〉に置かれていた自治組織の仕事、

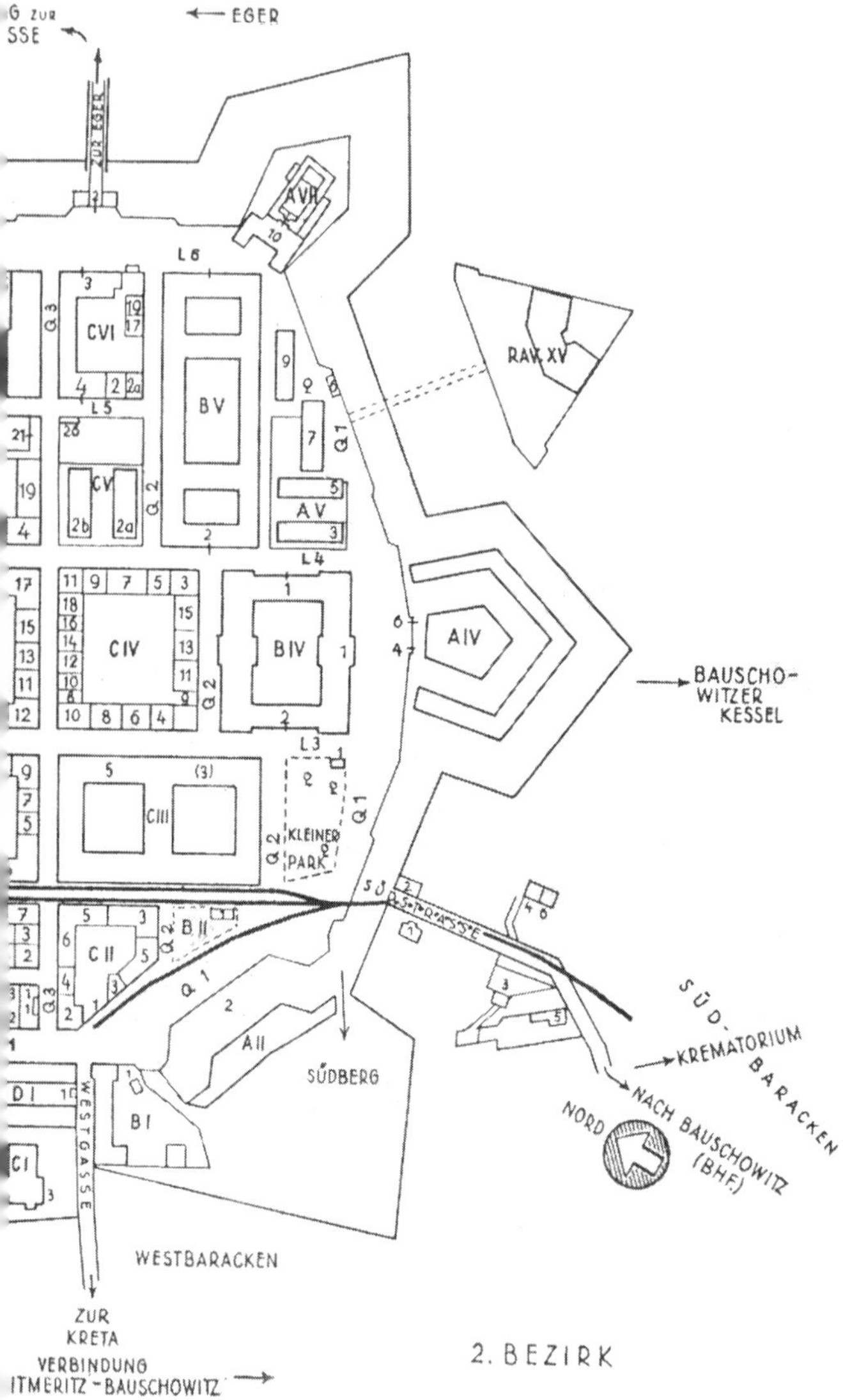
G ZUR
SSE
EGER
ZUR EGER
AVII
L6
CVI
BV
RAV XV
Q 3
Q 2
Q 1
L5
CV
AV
L4
CIV
BIV
AIV
BAUSCHO-
WITZER
KESSEL
L3
CIII
KLEINER
PARK
STRASSE
BII
CII
AII
SÜDBERG
SÜD-BARACKEN
KREMATORIUM
NACH BAUSCHOWITZ
(BHF)
NORD
DI
BI
CI
WESTGASSE
WESTBARACKEN
ZUR
KRETA
VERBINDUNG
ITMERITZ – BAUSCHOWITZ

2. BEZIRK

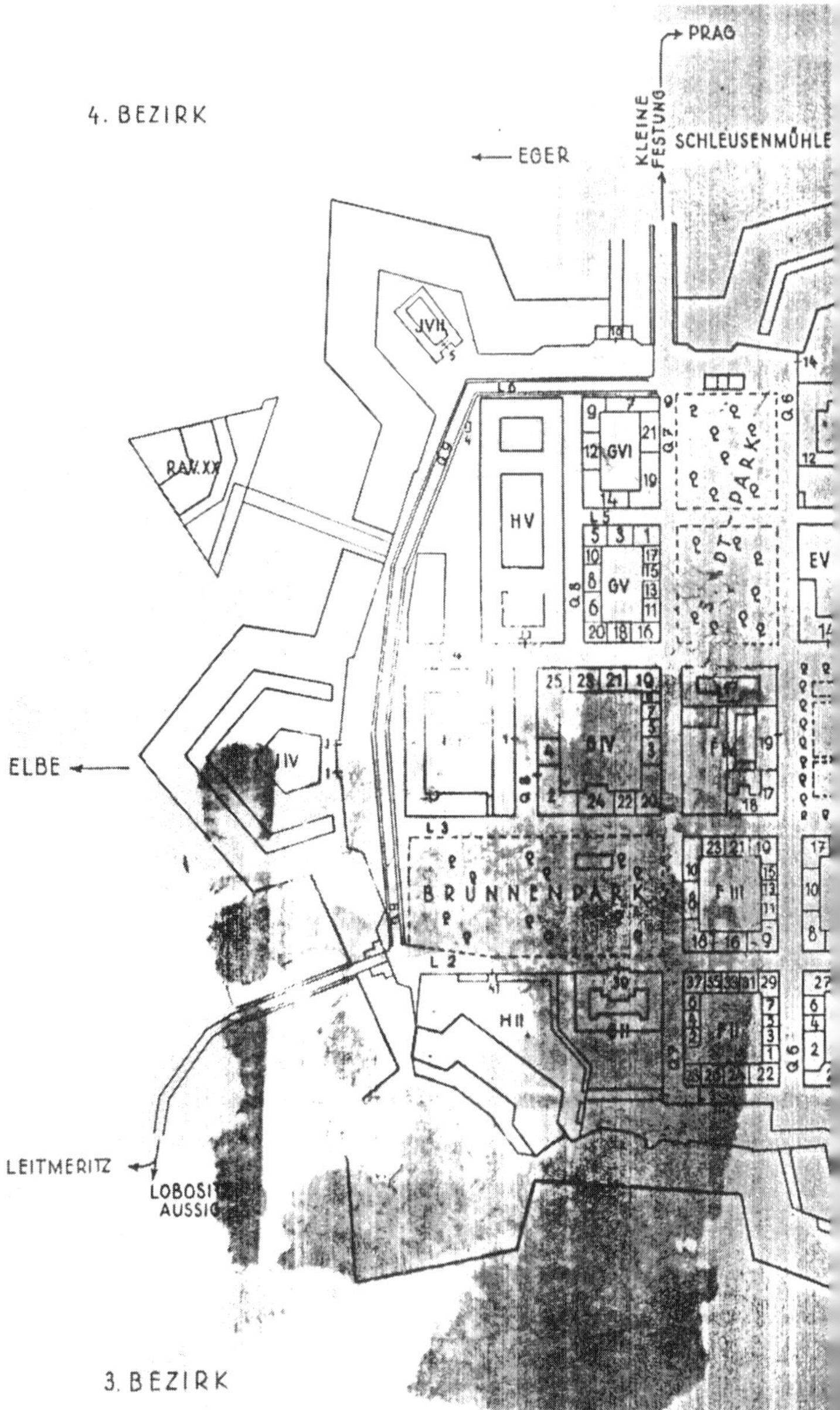
PRAG
4. BEZIRK
EGER
KLEINE FESTUNG
SCHLEUSENMÜHLE
JVII
RAV.XX
HV
GVI
GV
PARK
EV
BIV
FIV
JIV
ELBE
BRUNNENPARK
FIII
HII
FII
LEITMERITZ
LOBOSITZ
AUSSIG
3. BEZIRK

Verzeichnis der als Sonderweisungen bezeichneten Arbeiten.

1. Dienststelle
2. Kameradschaftsheim
3. SS-Garage
4. Kleine Festung
5. Deutsche Dienstpost
6. Reserve-Lazarett
7. Berliner Dienststelle
8. Gendarmerie
9. Reichssippenforschung
10. Landwirtschaft
11. Torfabladen
12. Schleusenmühle
13. Eisenbahnbau Ing. Figlovský
14. Eisenbahnbau eig. Rechnung
15. Feuerlöschteiche E I, H IV
16. Straßenbau Leitmeritz
17. Straßenbau f. Rechnung Ing. Figlovský (T 321)
18. Uhrenreparaturenwerkstätte
19. Zentralamt f. d. Regelung der Judenfrage in Prag
20. Bau des Wasserwerks (T 423)
    a) Ing. Figlovský b) Artesia, Prag
    c) Ing. C. Pštross, Prag d) sonstige Posten
21. Silagenbau Ing. Figlovský
    (Hilfsdienst „)
22. Kanalisationsarbeiten (T 45)
23. Kanalisationsarbeiten für Rechnung Ing. Figlovský
24. Bau der Silagegrube Ing. Figlovský
25. Steinbruch Kamaik
26. Krematoriumbau
27. Hilfsarbeiten und Schießstätte Kamaik-Leitmeritz
28. Kreta-Bauten und deren Erhaltungskosten
29. Chemische Kontrollarbeiten
30. Gruppe Dr. Weidmann [s. 19. Kap.]
31. Bucherfassungsgruppe [s. 19. Kap.]
32. Schutzbrillenerzeugung
33. Uniformkonfektion
34. Rindsledergaloschen
35. Zentralbad (arische Abt.)
36. Glimmerspalten
37. Kaninchenhaarscheren
38. Tintenpulversäckchenfüllen
39. Elektrizitätswerk
40. Kartonagenwerkstätte
41. Lehrspiele
42. Marketenderwarenerzeugung (früher Galanterie)
43. Instandhaltung von Uniformen
44. Jutesäcke-Reparatur
45. Bijouterie
46. Straßenerhaltung und Straßenreinigung
47. Arbeitsgruppe Jungfern-Breschan
48. Projektierte Hydrozentrale
49. NSFK-Flugplatz
50. Schlachthof
51. Schieß-Stand
52. Holzkohleerzeugung

ゲットー内部の貨物運輸などです。貨物運輸は、廃絶されたユダヤ人町から調達されてきた千差万別の手押し車や五十台弱の霊柩車を寄せ集めて行なわれていました。霊柩車は轅《ながえ》の前をふたりが引き、四人から八人が車輪のスポークを摑むなり後ろから押すなりして動かし、人でひしめく狭い道を珍妙な格好でふらつきながら進んだのですが、それもやがて黒と銀の塗装が剝げ落ち、ただでさえ傷んでいた車体は、高い御者台や技巧を凝らした柱やその上の天蓋を鋸でぞんざいに切り取られて、下半分に石灰塗料で文字やら番号やらを塗りたくられ、かつての用途をまったく偲ばせなくなってしまいます。とはいっても、その用途にはむろん事欠きませんでした、とアウステルリッツは語った。というのも、テレージエンシュタットで日々運搬すべきものの少なからぬ部分は、屍体が占めていたのですから。過密な人口と栄養不足のために、猩紅熱、腸炎、ジフテリア、黄疸、結核といった感染症が蔓延し、しかもドイツ帝国各地からゲットーに移送されてくる人々に関しては平均年齢が七十歳を超えていましたから、死者は引きも切りませんでした。移送の前、人々はテレージエン温泉《バート》という名の、

美しい庭に散歩道があり、ホテルや別荘が立ち並ぶ、ボヘミアの空気晴朗で快適な保養地が待っていると言葉巧みに吹きこまれ、そのうちの多数が額面価値八万ライヒスマルクにのぼる住居購入契約なるものに強引にサインをさせられていましたから、そうした無理矢理押しつけられた幻想の結果、とびきり上等な服装に身を包み、収容所ではまったく役に立たない品々や記念品をトランクに詰めこんでやって来たのです。すでにテレージエンシュタットに到着した時点で、おびただしい人々が身心ともに無惨な状態になっていました。正気を失い、譫妄《せんもう》状態におちいり、自分の名前すら思い出せぬこともままあり、そうした衰弱した人々はゲットー収容手続きを待たずに死ぬか、数日して死亡し、あるいは極度の精神的変化を被ったために言語能力と行動能力を喪って、現実から遠ざかる一種の幼児還りを起こし、〈貴族宿舎〉の地下装甲室に設けられた精神病棟にただちに収容されて、劣悪な環境下で大概は一週間から二週間のうちに絶命したのです。テレージエンシュタットには少なからずいた医師や専門家が囚われた同胞の介護に全力をあげ、また、旧醸造所の麦芽乾燥窯には蒸気消毒器が設置され、ユダヤ人司令部が大がかりな虱退治のためにシアン化水素ガス室を作るなど、衛生対策はいくつも施されはしたのですが、にもかかわらず死者数は一九四二年八月から一九四三年五月までのわずか十ヶ月間に二万人を超え――とはいえそれこそがまさしくゲットー支配者たちの目論んだところでした、とアウステルリッツは語った――旧乗馬学校内の指物工場で作られる木製の棺桶だけではとても追いつかなくなって、ボフシェヴィツェ方面の出撃門わきの装甲室に設けられた中央霊安室には、一時期、五百体を超す死体が累々と重なり、さらに四基の石油による死体焼却炉が各回四十分、昼夜フル回転で能力の極限まで稼働をつづけたのでした。この包括的な、とアウステルリッツは語った、命の根絶だけを目的としたテレージエンシュタットの収容・強制労働システムは、ボフシェヴィツェと要塞間の鉄道支線建設への人員投入にはじまって、閉鎖されたカトリック教会の鐘つき番設置にいたるまで、アードラーが再構成したところによればその全機能、全所轄分野がきわめて組織的な計画にのっとり、管理に対する気違いじみた熱意をもって遂行されたのです。また、この総体は常時検分され、統計を取られており、なかでも重視されたのがゲットーの住民総数の算出でした。これはとてつもなく時間と労力のかかる、一般的な必要からは遠くかけ離れた作業です、なにしろひっきりなしに新しい人々が到着し、その一方で、R.n.e.〈帰還不要〉のスタンプとともに東方へ移送される人々を決める選別が、定期的に行なわれていたのですから。しかしそれゆえにこそ、数の整合性を至上命令とする親衛隊《SS》の責任者は、頻繁に数を数えさせたのでした。こんなこともありました、とアウステルリッツは語った。一九四三年十一月十日、未明に子ども、老人、どうにか歩ける病人を含めたゲットーの全住民が、それぞれの住居の中庭に集合したあと、行列を組んで要塞の外へ行進していき、ボフシェヴィツェの釜と呼ばれる盆地の空き地に集められました。武装警官の監視下、各自が番号を打った木の札のうしろに整列し、数分たりと列から離れることを禁じられたまま、冷たい濃霧の立ちこめるなかをＳＳの到着を待ちましたが、ＳＳ隊員がようやく車に乗って姿を見せたのは、午後三時でした、つづいて数え上げの作業が行なわれ、それは二度くり返されて、やがて夕食の時間になると、隊員たちは、計算結果が要塞内に残ったわずかの人数を合わせた想定数四万一四五人に合致したことを確かめるのもそこそこに、帰還命令を出すのをまったく忘れたまま、引き上げてしまったのです。その結果十一月十日のどんよりした空の下、ボフシェヴィツェの釜に集められた四万人の人々は、肌の芯まで濡れそぼって、動揺を深めつつ、宵闇が降りてなお野辺に吹きつける雨もよいの突風に葦もさながら頭を垂れてよろめきながら立ちん坊を続け、そしてとうとうパニックの波を起こして、怒濤のごとく街に——収容以来はじめてその外に出た街にみずから——とって返したのでした。それからまもなくのことです、とアウステルリッツは語った。年が明けると、一九四四年の初夏に迫っていた赤十字委員団の視察にそなえて、いわゆる美化行動が開始されました。赤十字によるこの視察を、帝国上層部は移送の実態を覆い隠すための絶好の機会と考えていたのです。そのためゲットーの住民はSSの管轄のもと、膨大な整備美化計画に着手することになりました。ゲットー内には芝生や散歩道、納骨堂のある林苑などが整備され、休息用のベンチが置かれ、ドイツ風のほほえましい彫刻と花をあしらった道しるべが立てられ、何千株もの薔薇が植わり、絵のついたタイルの張ってある、砂場や水浴び場や回転木馬まで備えた〈はいはい赤ちゃん託児所〉や保育園が造られ、それまでゲットー住民の中でも最老齢の人々のための陰惨な住居として使われ、天井から巨大なシャンデリアが暗い広間に吊り下がったままだった旧オーレル映画館が、数週間のうちにコンサートホール兼劇場に改築されました、さらにSSの商品倉庫にあった物品を用いて食料品や家事用品店、紳士物、婦人物の衣料店、靴屋、肌着店、旅行用品店、鞄屋などが開かれました。保養施設も造られ、シナゴーグ、図書館、体育館、郵便局、野戦テーブルのようなテーブルとクラブチェアを置いた頭取室のある銀行、表にサンパラソルと折り畳み椅子を並べて通行人の来店を誘ういかにも保養地然とした喫茶店といったぐあいに、その改良美化行動は際限がありませんでした。鋸を引き、槌を振るい、ペンキを塗り、絵を描く作業が視察ぎりぎりまで続きました。一方こうした騒動の背後では、いわば間引きのために、見栄えの劣る人々七千五百名が東方へ移送されていったのです。こうしてテレージエンシュタットは書き割りの都《ポチョムキン》、ことによっては住民のいくらかをすら誑《たぶら》かし、なにがしかの希望を賦したかもしれない偽りの楽園《エルドラド》と化したのでした。デンマーク人二名、スイス人一名からなる視察団は、司令部があらかじめ定めた予定表と訪問順序に厳密にのっとって街路を案内され、その日の早朝石けん液を使ってブラシで磨かれた舗道を歩き、人々がいかにも楽しげに、満足げに、戦争の恐怖から解放されて、あちこちの窓から外をのぞいている姿を、誰もが清潔な身なりをし、数少ない病人が手厚く看護され、給食サービスでまっとうな食事があたえられ、綿布の白手袋をした手でパンが配られている様子を、各種スポーツ行事、寄席、芝居、コンサートのポスターが街の角々に貼られ、仕事じまいの時間が来ると、豪華汽船に乗って世界一周旅行をする船客がデッキに出るにも似て、何千という住民が要塞の堡塁や稜堡の上にくり出し、新鮮な外気を呼吸して散策している姿を、おのが眼でつぶさに見ていったのです。万事において成功だったこの大芝居を、ドイツ人は査察後、プロパガンダが目的なのか、あるいはおのれの行為をみずから正当化するためなのか、一本の映画に仕立てました。アードラーの報告によれば、とアウステルリッツは語った、この映画は一九四五年三月、その時点では出演者のあらかたがすでに殺されていたわけですけれども、ユダヤの民族音楽をつけて完成を見、戦後になってイギリスの統治領でコピー一本が発見されたといいます、ただアードラー自身は、とアウステルリッツは語った、その映画を未見であり、現在それはまったく所在不明になっているということでした。それから何ヶ月となく、とアウステルリッツは語った、私は帝国戦争博物館を通じて各所でこの映画の行方を捜しました、しかし映画の行く先は杳として知れませんでした。それというのも、プラハを発つ前にテレージエンシュタットまで出かけ、そのうえアードラーによる当時の状況の精緻な記録を註の最後のひとつにいたるまで精読していながら、私はどうしても当時のゲットーに身を置いて、そこに母アガータがいたと想像することができなかったのです。その映画さえ現れれば、現実のありさまが眼に浮かぶのではないだろうか、おぼろげに感じられるのではないだろうか、としきりに考えました。今の私よりもずっと歳若いアガータを疑いなくその人だとわかる日が来るのではないか、たとえばにせの喫茶店のテラス席に座るお客として、あるいは抽斗からそっと美しい手袋を取り出してみせる装身具店の売り子として、あるいは美化行動のさいにテレージエンシュタットで上演されたとアードラーが記す《ホフマン物語》の舞台に立つオリンピアとして出演しているのではないか。あるときの想像では、サマードレスを着、薄手のギャバジンのコートをはおった彼女が通りにいるのを見つけました、とアウステルリッツは語った。そぞろ歩くゲットーの住民の中を、彼女ひとりがまっすぐ私に向かって、一歩一歩近づいて来る、そしてとうとう映画から飛び出して、私の中に入ってくる、それが感じられる。そうした幻想をくり返していたからでしょう、帝国戦争博物館がついにベルリンの連邦公文書館から目的のテレージエンシュタット映画のカセットコピーを入手してくれたときには、私の心は恐ろしいまでに昂ぶったのです。今もはっきりと憶えています、とアウステルリッツは語った。博物館のビデオブースにつき、震える両手でデッキの黒い出し入れ口にテープを差しこみました。頭ではまったく理解できないまま、鉄床を打つ鍛冶屋や、製陶工場や木彫工房や、袋物工房や、靴工場などの作業工程を見つめました。金槌や鎌がふるわれ、溶接が行なわれ、裁断や糊付けや縫製が、だらだらと意味もなく続いていました。見知らぬ顔がつぎつぎと瞬間的に映し出され、働く男女が終業のサイレンとともに棟から出てきて、動かない白雲が一面に浮かぶ空の下、からっぽの野を歩いていきました。兵舎の中庭では、アーケードばかりか二階と三階までぎっしりと埋めつくした観衆に囲まれて、サッカーの試合が行なわれていました。中央浴場では男たちがシャワーを浴び、図書館では老齢の紳士が書籍を借り出し、フル編成のオーケストラが演奏会をし、夏の陽をさんさんと浴びる要塞外の農園では、何十人かが苗床を作り、豆とトマトの株に水をやり、紋白蝶の幼虫がいはしないかとキャベツの葉を探っていました。日の暮れには人々はいかにも満ち足りて家々の前のベンチに腰をかけ、子どもたちはもうしばらく遊んでいてもいいとお許しをもらい、ある者は本を読み、ある者は隣家の女性とおしゃべりし、ほかの多くはただ腕を組んで窓辺にぼんやりもたれていました。それはありし日の黄昏どきの光景そのものでした。けれどこうした映像は、当初まったく私の頭の中に入ってこなかったのです。それらは私の目交いをちらちらと踊って、いわばじりじりと苛立たせるだけでした。その苛立ちがいっそう強まったのは、《総統はユダヤ人に町を贈る》というタイトルを冠したこのベルリンのビデオカセットが、およそ十四分間の短縮版にすぎなかったことに仰天したときです。ほんのさわりを出るものではなく、当初の望みとは裏腹に、どれだけくり返し、どれだけ食い入るように眺めても、浮かんでは消える顔の中にアガータらしき相貌は見つかりませんでした。再三の努力のすえ、いわば現れた瞬間に消えかかる映像をこれ以上見きわめることの不可能を悟った私は、とアウステルリッツは語った、テレージエンシュタット映画の断片をスローで編集し直してはどうだろうと思い立ちました。そうやって一時間に引き延ばされたテープでは、たしかにそれまで隠されていた事物や人物が眼に見えるようになり、私はこの四倍に延ばしたドキュメントを執拗にくり返し眺めたのです。今度は、作業所で働く男女は、あたかも寝ながら仕事をしているようでした。縫製では糸を通した針を上に持ち上げるまでにとてつもなく長い時間がかかり、とてつもなく重たげに瞼が下り、とてつもなくゆっくりと唇が、そしてカメラを向く顔が動いていきました。歩みはさながら空中浮揚で、まるで足が地面に着いていないかのようでした。身体の線はおぼろになり、わけても戸外の明るい陽光下で撮影されたシーンでは、輪郭線が溶け消えていて、ちょうど世紀転換期のころにパリのルイ・ドラジュが撮影した流態写真と電気写真《エレクトログラフ》の中にあった人間の手の輪郭にそっくりでした。前には

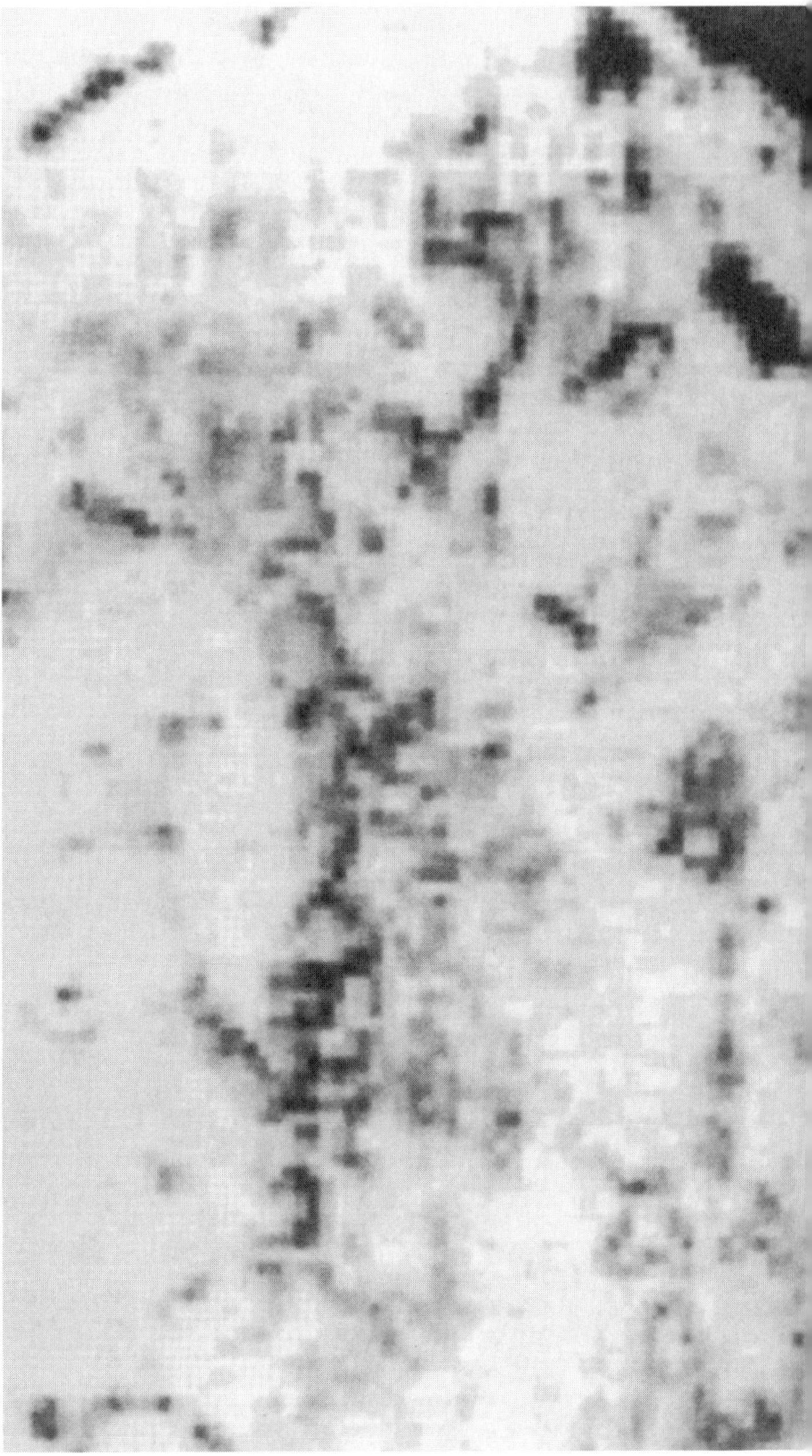

気づきませんでしたがテープには多数の損傷箇所があり、それらは映像を侵蝕し、溶解して、黒い斑点を散りばめた明るい白っぽい模様を作っていて、極北地方の航空写真か、顕微鏡で覗いた水滴の様相のようなものを想起させるのでした。けれど何よりも不気味だったのは、とアウステルリッツは語った、スローモーション版における音の変化です。冒頭の一連の短いシーン、蹄鉄工場で熱い鉄を打って引き牛の蹄鉄を拵えるくだりの、ベルリン版の録音ではオーストリアのオペレッタ作曲家による軽快なポルカだったものが、この版ではグロテスクなまでに緩慢で果てしない葬送行進曲と化していました。映画に添えられた他の音楽も、私にわかったのは《パリの生活》のカンカンとメンデルスゾーンの《真夏の夜の夢》のスケルツォだけでしたが、それらもいわば地下世界の中、人の声がかつて届いたためしのない戦慄の深淵に蠢いているかのようでした、とアウステルリッツは語った。ナレーションはひと言も聞き取れませんでした。ベルリン版の、喉元から弾けるようなきびきびした声で、作業班や百人組は需要に応じて各種の仕事をこなし、場合によっては再教育も受け、したがって働く意志のある者はひとり残らずすみやかに労働に参入していけるのです、と語っていたところが、とアウステルリッツは語った、今は威嚇するような吠え声としか聞こえません。あんな声を聞いたのは後にも先にも一度かぎりで、何年も前の恐ろしく暑い五月の祝日に、パリの植物園でふいに悪心に襲われて禽舎のわきのベンチにいっとき腰を掛けていたおり、私の居場所からは見えませんでしたが、近くの猛獣館から聞こえてきた声のほかはありませんでした。そのときに思ったものです、とアウステルリッツは語った、囚われの身になって健やかな理性を奪われたライオンや虎が、何時間も何時間も、いつ果てることもなく、うつろな悲嘆の声を上げているのだ、と。それから、とアウステルリッツは話を続けた、終り近くにテレージエンシュタットにおいて作曲された音楽の初演を映した比較的長い

シーンがありましたが、私の判断が間違っていなければこれはパヴェル・ハースの《弦楽オーケストラのための練習曲》でした。カメラはまずホールを後方から映し出しました。ホールの窓はすべて大きく開け放たれていて、大勢の聴衆が着席している、けれども普通のコンサートとは様相を異にして、レストランでのように各々四人がひとつのテーブルを囲んでおり、おそらくはゲットーの指物工房で作られたと思しい、背もたれをハート形に刳り抜いたチロル風の椅子に掛けていました。演奏のあいだカメラは個々の人物をひとりずつクローズアップしていき、その中にひとり、画面の右側を占めるかたちで白髪を短く刈った老紳士の姿が映っていました。そしてその左半分、やや後方の上端に寄ったあたりに、周りの暗い影とほとんど区別がつかず、私も当初はまったく気づきませんでしたが、わりと若そうな女性の顔が現れていたのです。そのひとは、とアウステルリッツは語った、黒っぽい立ち襟のドレスに、首回りに目

立たない三重のネックレスを上品にかけ、わきの髪に白い花を飾っていました。このとおりだった、かすかな記憶と今あるわずかな手がかりから女優アガータとして私が心に描いていたひと、そのままだ、きっとこのとおりだ、私は見ず知らずでいながら懐かしいその面差しをくり返しくり返し眺めました、とアウステルリッツは語った。何度も何度もテープを巻き戻し、画面左隅の時刻表示を眺めました、彼女の額に少し被さっている数字、分と秒だ、10：53から10：57まで、だが百分の一秒はあまりにも速く回りすぎていて読みとれない、つかめない――今年の初め、と話の途中でいつもながらに深い放心に陥っていたアウステルリッツは、ようやくわれに戻ると話を続けた。今年の初め、二度目にプラハを訪れました。ヴェラとふたたび話をしました。彼女のために銀行に年金口座のようなものを作り、ほかにも暮らし向きがよくなるよう能うるかぎりの手を尽くしてきました。寒気が厳しくないときには私たちはタクシーを呼んで、これは私がいろいろな用事に使ってもらおうとヴェラに付けたものですけれども、彼女の名指した、彼女自身もはや長く訪れていないというくつかの場所に案内してもらいました。私たちはペトジーン丘の展望台からいまひとたび市街を見下ろし、ヴルタヴァ河の岸辺や橋の上をのろのろと這っていく車や電車を眺めました。冬のうすら陽を浴びながら林苑を少しいっしょに歩き、ホレショヴィッツェ博覧会場ではプラネタリウムに入って、知っている星座の名前をフランス語とチェコ語で交互にあげながら二時間の時を過ごしました。リボッツの猟獣園まで足をのばしたこともあります。美しい苑の奥手にはチロル大公フェルディナンドが築造した星形の離宮があり、ヴェラの話では、アガータとマクシミリアンはここを遠出の行く先としていちばんのお気に入りのひとつにあげていたというのでした。それから数日間にわたってツェレトナー街のプラハ劇場文書館に通い、一九三八年から一九三九年までの文書をあれこれと漁りました。そして、手紙、身分証

明書、プログラムの冊子、新聞記事の黄ばんだ切り抜きなどのあいだから、署名のない、ある女優の写真を見つけたのです。それは私の中のぼんやりとした母の記憶に合致しているように思われました、そして、テレージエンシュタットの映画からコピーしてきた、あの音楽を聴く女性の写真には、じっと眼をやったあと首を横に振ってわきに除けたヴェラも、すぐさまきっぱりした声で、これがアガータよ、このとおりだったわ、と明言したのです。――こうした話を続けるうちに、アウステルリッツと私は聖クレメント病院裏手の墓地を抜けて、リヴァプール・ストリート駅への道をたどっていた。駅前での別れしな、アウステルリッツは持参の封筒からプラハの劇場文書館で見つけてきた写真を出して私に差し出した。思い出に、とアウステルリッツは言った。今から、父の行方を捜しにパリに行こうと思っています。父が暮らしていた時代に自分の身を置いてみたい。それは一方では、イギリスにおける私のまやかしの人生からの解放にはなるでしょう、でももう一

方では、たとえその見知らぬ街へ行こうと、いやどこへ行こうとも、自分はけっしてその街の人間にはなれない、そんな予感がぼんやりとしていて、胸を塞ぎます、と。

＊

アウステルリッツから新しい住所（パリ十三区、サンク・ディアマン通り六番）を記したはがきが届いたのは、その年の九月のことだった。それが、できればすぐにでも来てほしいという誘いの意味であることは察せられた。パリの北駅に着いてみると、国中をからからにした旱魃がゆうに二ヶ月も続いたあとだけあって、真夏の高温が依然として猛威を振るい、十月になってもいっこうに収まっていなかった。温度計は早朝はやくも二十五度に達し、昼どきにはガソリンと鉛を含んだ重たい靄が、巨大な釣鐘様にイル・ド・フランス地方を覆いつくして、街は文字どおりその重みにあえいでいた。大気は息もできないほど青灰色にどんよりと澱んでいる。車は道を這うようにして進み、高層ビルのファサードはぎらつく陽光に鏡像のように揺らめき、テュイルリー庭園やリュクサンブール庭園の樹々の葉は焼け縮れ、地下鉄電車の乗客や、なま暖かい砂漠じみた風が吹くうねうねと果てしない地下道を歩む人々は、憔悴の極みにあった。到着したその日のうちに、申し合わせたとおり地下鉄のグラシエール駅からほど近いオーギュスト・ブランキ大通りのル・アヴァンヌ《ハバナ煙草》というビストロ・バーでアウステルリッツと待ち合わせた。真昼どきというのにひどく薄暗いバーに足を踏み入れると、壁の高所に据え付けられたテレビの二平方メートルはある大スクリーンに、もうもうと立ちこめた煙の映像が映し出されている。その煙ははや数週間にわたってインドネシアの村や町を窒息させ、どんな理由からか家の外に出た、防毒マスクをした人々の頭に白い灰を積もらせているということだった。私たちは世界のもうひとつの果てで起こっているこの大災害の光景をしばらくいっしょに眺めていたが、そのうち、アウステルリッツが例によって一切の前置き抜きに自分の話をはじめた。私のはじめてのパリ滞在は五〇年代のはじめでしたが、とアウステルリッツは私に顔を向けると語った。そのときはミラボー橋——あの不恰好なコンクリートの塊は今でもときどき悪夢の中に出てきます——から歩いてすぐにあるエミール・ゾラ通り六番の、アメリ・セールというどことなく影の薄い初老の女性の家に部屋を借りていました。それで今度も当初はエミール・ゾラ通りに住むつもりだったのですが、思い直して十三区に部屋を借りることにしたのです。というのも、父マクシミリアン・アイヒェンヴァルトが知らせてきた最後の住所がバロー通りになっていましたので、かき消えたように二度と消息が知れなくなってしまうまでは、父は少なくともしばらくその近辺にいたにちがいないと思われたのでした。いずれにしても、バロー通りの当該番地の建物は現在では大半が空き部屋になっていて、私の調査は空振りに終わりました。住民登録課を転々とたずねまわってみましたが、こちらも同様に成果はありませんでした。この夏のうだるような暑さに、いつもに増して不愉快な、聞きしにまさるパリ官庁の対応のひどさがその一因でしたが、それもさることながら、私自身、見込み薄の調査のために(と思わずにはいられませんでした)あちこち官庁を訪ね回ることにしだいに厭気がさしてきたのです。いくらもしないうちに、私はオーギュスト・ブランキ大通りからはずれた横丁を、一端はイタリア広場まで、もう一端は南下してグラシエール駅にいたるまで、あてどなく彷徨うようになりました。そのあいだ、ひょっとして父が思わぬところでこちらに向かって歩いてくるかもしれない、そこらの家の扉からひょいと出てきはしないだろうか、と、まったく理屈に合わない希みをどこへ行っても考えているのです。行きつけになったこのバーでも、何時間となく居座って、今ではいくらか擦り切れ

SUZE

ているだろう深紫色のダブルのスーツを着た父の姿、カフェのテーブルに身をこごめ、届かない手紙を愛する家族に書き送っている姿を脳裡に描こうとしました。そのたびに想いが舞い戻っていくのは、父は一九四一年八月のパリ警察による最初の手入れの際にもう検挙され、郊外に完成なかばだったドランシーの収容所に収容されたのだろうか、あるいはそれはもっと遅くて翌年の七月、フランス警察の動員のもと一万三千人のユダヤ人市民が住居から連行され、そのうち百人以上が追い立てられ進退きわまって住居の窓から飛び降りるなどして命を絶ったという、いわゆる一斉検挙《グランド・ラフル》のときだったろうか、ということでした。恐怖に凍りついた街を、窓のない警察車が猛然と走り去っていく光景が目に映じたような気がしました。冬季競輪場《ヴェルディヴ》に集められて露天で寝起きしている人々の群れ、ほどなくしてドランシーやボビニーから彼らを運び去っていった移送列車の数々、大ドイツ帝国を突っ切っていくその旅の光景を見たように思いました。そして父が眼に映じました、あいかわらず美しいスーツに、黒いフェルト帽子のいでたちで、恐怖にとらわれた人々のあいだにすっくと、静かに佇立している姿が。それからまた私は、マクシミリアンはきっとパリを首尾よく脱出しただろう、南へ向かって、ピレネー山脈を徒歩で越え、その逃避行のどこかで消息を絶ってしまったのにちがいない、とも想像しました。さきほどもお話ししたようにまたあるときは、とアウステルリッツは語った、父がまだパリにいて、いわば姿を現す好機をうかがっているだけではないだろうか、と思うこともありました。こうした感情が起こるのは、きまって、現在というよりは過去に属している場所にたたずんだときでした。たとえば街を彷徨っているうち、何十年間少しの変化もないひっそりした裏庭などをのぞきこむと、忘れ去られた事物のもつ重力場の中で時間がとてつもなく緩やかに流れていることが、ほとんど肌身で感じられるのです。すると、私たちの生のあらゆる瞬間がただひとつの空間に凝集しているかのような感覚をおぼえる。まるで、未来の出来事もすでにそこに存在していて、私たちが到着するのを待っているかのようなのです、ちょうど私たちが、受けとった招待に従って定まった日時に定まった家を訪れるのと同じように。それに、とアウステルリッツは続けた、私たちは過去に向かっても、つまりすでに過ぎ去りあらかた消え去ったものに対しても、約束をすることがあるのだとは考えられないでしょうか？　そしていわば時を超えて、自分たちと何らかの繋がりをもつ場所や人々を訪れなければならないのだとは？　たとえば先日のひどく陰気な朝、私は十七世紀に慈悲修道会が施療院の敷地に造営し、今では高層ビルに周囲を取り巻かれているモンパルナス墓地を訪れ、いささか隔離された区画に並ぶヴェルフリーン、ヴォルムザー、マイヤーベア、ギンスベルク、フランクといったユダヤ人家族の墓碑を縫って歩きました。おのれの出自を長年知らずにいた私でしたが、そのときには、終始この人たちとともにいたような、彼らが今も私に寄り添って歩いているような気がしてなりませんでした。美しいドイツ語の名前を、私はひとつひとつ読み、脳裡に刻みました。――エミール・ゾラ通りに部屋を借りていたころの貸主、アメリ・セールのことを思い出しながら。ある墓碑に、イポリット・セールなる、一八〇七年にヌフ・ブリザックで生まれた人の名を見つけたのです。おそらく誕生当時は、ドイツ語でヒポリット・ヒルシュ（セール、ヒルシュとも〈鹿〉の意）と呼ばれていたでしょう、銘誌によればこの人物は、フランクフルト出身のアントワネット・フルダと婚姻を結び、一八九〇年三月八日、ユダヤ暦五六五〇年アダル十六日にパリで死去しています。ドイツからフランスの首都に移り住んだこの先祖の子どもたちはアドルフとアルフォンス、ジャンヌとポーリーヌといい、女性ふたりがそれぞれランスベール、オシェを一家の娘婿に迎えていて、さらにそれから一世代下るとユゴーとリュシー・スュスフェル、旧姓オシェとの名があるのですが、狭い霊廟の内部に、干涸びたひともとのアス

パラガスに半ば隠されて打ちつけられている銘板には、この夫婦が一九四四年、移送の途上で死亡した旨が記されているのでした。今ではそれから約半世紀が過ぎたとはいえ、一九五八年十一月に私がわずかな身の回り品を携えてエミール・ゾラ通りのアメリ・セールの家に引っ越してきたときは、その時からわずか十年有余しかたっていなかったのだ、とアスパラガスの貧弱な枝を透かして見える〈移送のさい死亡〉という文字を一語ずつ追いながら思いました。十二年や十三年の歳月が何だというのだろう。それは永遠に苦しい一つの点でしかないのではないだろうか。私の記憶の中で肉体を持った人としては存在していないにも等しいアメリ・セールは、あるいは一族の最後の生き残りではなかったろうか。それゆえに一族の霊廟に彼女の墓碑銘を刻んでくれる人が誰もいなかったのではないか。彼女はそもそもこの墓所に葬られたのだろうか、それともユゴーとリュシーにおなじく、陰気な大気の中へ霧消してしまったのだったか。アウステルリッツはそこまで語ると長いあいだ黙りこんでいたが、ふたたび話を継いだ。私のことをお話しますと、とアウステルリッツは語った、最初のパリ滞在のときも、後年の再訪のときも、私は努めて研究以外のことには目をくれないようにしていました。週日は毎日欠かさずリシュリュー通りの国立図書館に足をはこび、他のおびただしい頭脳労働者たちと暗黙の連帯を結びながら、晩方まで席を離れずにいたものです。手にした書物の細かい活字で記された脚註を、われを忘れて読みました、その脚註に言及されていた他の書物をひもときました、そして今度はまたその書物の巻末の註を読みました、そうやってつぎつぎと横道に逸れていき、事実に立脚した学術的な記述から奇天烈なディテイルへと、いわばとめどなく退行を重ねていったのです。そのすえに書きつけられたものは、どんどん枝分かれしてんでばらばらになった、およそ纏まりのつかない文章でした。私の隣席には、たいていいつも頭をこざっぱりと刈って、腕に袖カバーを着けた初老の紳士が腰を下ろしていました。この人は何十年間と教会史事典の執筆にたずさわっていて、当時Kの項までたどり着いていましたが、ということは生きているうちに完成をみるのはとうてい覚束ないということなのでした。彫ったように端正な小さな文字で、彼は一瞬のためらいも一語の訂正もなく、着々と小型の索引カードを埋めていき、仕上がったものを厳密な順序にしたがって目の前に並べていました。あれから何年かして、国立図書館の内部の様子を描いたモノクロの短編映画を見たことがあります。気送郵便がいわば図書館の神経経路ともいうべき道筋を伝って、読書室から書庫へと送られていました、学者たちと図書館の巨大な機構とが一体となって生み出される、複雑多岐にわたる生成進化してやまない一匹の生き物、その生き物は無数の言葉をもって養われ、お返しにまた無数の言葉を産出していくのです。わずか一度見たきりながら、私の想像の中でいや増しに幻想的に、とてつもなく大きく膨れていったその映画はたしか《世界のすべての記憶》といい、監督はアラン・レネだったと思います。あの当時、幽かなざわめきやページを繰る音や咳払いに空間をひたされた読書室に座りながら、ここは死者たちが棲むという彼岸の極楽島だろうか、あるいは私は逆にどこかの流刑地にいるのだろうか、と怪しい心地がしたものでした。そして忘れがたいあの日、やはりそんな物思いにふけりながら、二階の資料文献室のいつもの席から一時間ばかり、屋根の黒いスレート板を映しこんでいる彼方の側翼の縦長の窓の列や、赤い煉瓦造りの細長い煙突や、澄み切った深い青空や、空と同じ青さをし、天高く昇ろうとしている燕を彫り出したブリキ製の真っ白な風見などを見るともなしに見ていました。古びたガラス窓を通して見る像はどことなくいびつに波打っていて、忘れもしません、とアウステルリッツは語った、その光景を眺めやるうちに、私はいわれもなく涙を流していたのです。そして、とアウステルリッツはつけ加えた、同じ資料室で仕事をしていたマリー・ド・ヴェルヌイユが、ふいに奇怪な悲しみの発作にとらわれた私に眼を留めたのでしょう、コーヒーでもごいっしょにいかがですか、と記した紙片をそっと滑らせてよこしたのも、その日のことでした。彼女の常軌を逸したふるまいをそのときの私は頭で反芻することすらできず、承諾のしるしに黙ったままこっくり頷いて、ほとんど言われるがままという感じで、連れだって階段を下り、中庭を抜けて図書館の外へ出ました。すがすがしい、どこか荘重な感すらする朝の心地よい風の吹き渡る小路を抜けて、私たちはパレ・ロワイヤルまで歩き、そこのアーケードのカフェに長いあいだ腰を下ろしていました。かたわらの店のショウウィンドウに、色鮮やかな軍服に身を包んだナポレオン軍の錫《すず》人形が、何百体と、行進や戦闘の隊形に並べられていたことが甦ってきます、とアウステルリッツは語った。マリーは、はじめて会ったこのときも、それからのちも、自分のことは来歴を含めてほとんど話そうとしませんでした。それは彼女のおそろしく高貴な家柄のゆえだったのでしょうけれど、一方の私といえば無から湧いて出たようなもので、彼女はおそらくそのことを漠然と感じ取っていたのかもしれません。マリーがペパーミントティーとバニラアイスを交互に注文し、私たちはアーケードのカフェで話しこんだのですが、たがいの関心が同じだとわかったあとは、話題はおもに建築史を巡ることになりました。マリーがその中で、従兄といっしょに最近見学に行ったというシャラントの紙漉き工場の話をしたことを、今もありありと憶えています、とアウステルリッツは語った。マリーは、これまで訪れたなかであそこほど神秘的な感じを漂わせていたところはない、と語りました、とアウステルリッツは語った。オーク材を組み上げた、自重に耐えかねてときおり軋み声を上げる途方もなく大きな建物が、深い翠色の水をたたえた河の曲がり端、木立や茂みの蔭になかば隠れたように立っている、とマリーは言うのです。その建物の中では、ひとりはやぶ睨み、もうひとりはひどいいかり肩の、それぞれが熟練の技をもつふたりの兄弟が、膨れ上がりどろどろになった紙と裁ち屑の塊を、きよらかな、まっさらの紙に変身させる。その紙は屋根裏の広い部屋で棚の上に載せて乾燥される。そこはひっそりした薄闇に包まれているの、とマリーは言うのでした、ブラインドの隙間から真昼の光が漏れてきて、耳を澄ますと、かすかに堰を流れ落ちる水の音、水車の回る鈍い音が聞こえてくる、そうして心は、ただとこしえに平和であれと、それだけを思うの、と。私にとってマリーという人がいかなる人であったかは、おのれについて何ひとつ語らぬうちに心中を浮き彫りにして見せた、このときの紙漉き工場の話にすべて語りつくされています。それからの数ヶ月、とアウステルリッツは話を続けた。私たちはたびたび連れだってリュクサンブール庭園やテュイルリー庭園、植物園などへ散策に出かけ、枝を刈りこんだプラタナスの木立をぬってエスプラナーデをそぞろ歩き、自然史博物館の西門をあるときは右、あるときは左に見て歩み、熱帯大温室に入り、またその外に出、アルプス庭園の入り組んだ道や、うら寂しい旧動物園の中をぶらついたものでした。動物園のこの区画は、かつてアフリカの植民地から連れられてきた巨大な獣たち、象、麒麟、犀、ひとこぶ駱駝、鰐などが展示されていたところでしたが、当時は、とアウステルリッツは語った、木の切り株や人造の岩や沼など、自然の残滓をわびしく残した飼育地の大半が空のまま打ち捨てられていました。散策のおりおり、それでも大人に連れられて動物園にやってきた子どもたちが、大きな声でこうたずねているのを耳にしたおぼえがあります。でもどこにいるの《メ・イ・レ・ウ》？　どうして隠れてるの《プルクウワ・イル・ス・カシュ》？　どうして動かないの《プルクウワ・イル・ヌ・ブージュ・パ》？　死んでしまったの《エス・キレ・モール》？　牧草もない埃っぽい囲いの中で、ダマ鹿の家族がいかにも仲むつまじく、しかし同時に不安に怯えながら飼い葉棚の下に寄り添っていて、その姿をマリーが写真に撮ってくれと頼んだことも思い出されます。今なお忘れられませんが、そのとき、彼女はこう言ったのでした、幽閉された動物たちと私た

ち人間の観客が、おたがいに見つめ合っているのね、理解のかなわぬ溝《トラヴェール・ユヌ・ブレッシュ・ダンコンプレアンシオン》に、へだてられたままに、と。マリーは、とアウステルリッツは話を転じてまた続けた、週末は二週間か三週間おきに、コンピエーニュ近傍やそのさらに北方ピカディーの緑ゆたかな一帯に所有地をもつ両親や親戚のもとを訪れていました。それで彼女がパリからいなくなると、私はきまって不安感に駆られるのでしたが、そうしたときは欠かさず郊外の探索に出かけました。地下鉄に乗ってモントルイユ、マラコフ、シャラントン、ボビニー、バニョレ、ル・プレ・サン・ジェルヴェ、サン・ドニ、サン・マンデなどまで足を伸ばし、日曜日の閑散とした通りをぶらついては、郊外《バンリュー》風景図（と私はかってに名づけていました）を何百枚と撮影するのです。ふり返ってみれば、がらんとしたその風景写真は、寄る辺のない私の境涯をそのまま写したものでした。こうした郊外探索のおり、南西の空から鉛色の雷雲が頭をもたげていたある異様に気分の滅入る九月の日曜日、郊外のメゾン・アルフォールに出かけた私は、二百年前に創設された獣医学校の広大な敷地の一角に、それ

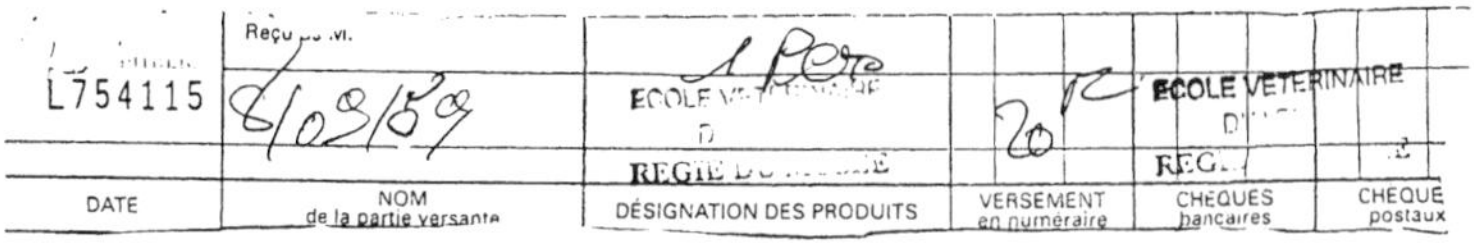

までそんなものがあるとはまったく知らなかった獣医学博物館を発見したのです。入り口には年老いたモロッコ人がひとり、バーヌース風の上着にトルコ帽をかぶって門番をしていました。そのとき二十フランで買った入場券は、今もいつも財布に入れているのですよ、とアウステルリッツは語ると、券を取り出して、私たちがついていたバーのテーブル越しにいかにも曰くありげに渡して寄こした。博物館の内部では、とアウステルリッツは話を続けた、均整のとれた階段室と二階の三つの展示室のどこにも、最後まで人影はありませんでした、寄せ木造の床が足もとで軋むたびにいっそう静けさがきわだち、それだけになおさら、天井まで届きそうなガラス棚の中に陳列されているほぼ例外なく十八世紀末から十九世紀初頭の日付の付された、おびただしい数にのぼる標本が不気味に思われました。石膏取りした反芻動物や齧歯《げっし》類動物の歯型の数々、サーカスの駱駝の体内から発見されたという九柱戯のボール大で、しかも完璧な球形の腎結石、生後わずか数時間の子豚の、化学処理をほどこされて透き通り、今や陽光を仰いだことのない深海魚のように封入液の中を漂っている器官の横断面、コントラストをつけるために網状の血管に注入した水銀が漏れ出して、薄い皮膚の下に氷花のような模様を浮かせている蒼白い馬の胎児、千差万別の生き物の頭蓋骨や骨格、ホルムアルデヒドに漬かった内臓一式、奇形の器官、萎縮した心臓、肥大した肝臓、高さ三フィートもあり、石化した赤錆色の樹枝が珊瑚のお化けを思わせる気管支の樹状組織。奇形学の部門には、およそ想像しうる、いや想像もつかない化け物が並んでいました。双面および双頭の子羊、額の骨の異様に発達したキュクロプスばりの

生き物、奇しくもナポレオンがセント・ヘレナ島に流された当日にメゾン・アルフォールで生まれたという、両脚が接合していて人魚と見まがう人間、十本脚の羊、まばらな体毛と歪んだ片翼と半分の爪しかない無惨な怪物。しかし何にもまして凄まじかったのは、とアウステルリッツは語った、博物館最後の陳列棚の、奥まったガラスケースにおさめられた、等身大の騎馬像でした。フランス革命後の時代に名声をほしいままにした解剖学者にして標本作成者、オノレ・フラゴナールがその卓越した技巧を駆使して皮膚を剝いだその人と馬の体は、凝固した血液の色に染まり、騎手と、殺気立った眼で突進する馬の張りつめた筋肉の一筋一筋が、蒼い血管、黄土色の腱や靱帯《じんたい》とともに、このうえなく鮮明に見て取れるのです。プロヴァンスの有名な香料商の家系から出たフラゴナールは、一説に生涯で三千の屍体とその各部を標本にしたといいますから、とアウステルリッツは語った、魂の不死を信じない不可知論者であった彼は、明けても暮れても甘ったるい腐臭に包まれて、死の上に身をこめていたに相違ありません、そしておそらくはガラスの中に密閉するという処理を通じて、つまり易々と瓦解に屈する物質をガラスへと変性させる奇蹟を通じて、脆い肉体に不朽の生命を一端なれども授けたいという欲望に衝き動かされていたのでしょう。――獣医学博物館を訪れてからの数週間は、とアウステルリッツは、眼を外の街路に転じながら、ふたたび話を続けた、じつは、たった今お話したことはまったく憶えていませんでした。というのも、メゾン・アルフォールからの帰途、発作的な失神を起こし――その後いくどか繰り返すことになりますが、そのときがはじめてでした――一時的に一切の記憶を喪失してしまったのです。私の知るかぎり、とアウステルリッツは語った、精神医学の教科書にヒステリー性癲癇として載っているものです。抜け落ちた経験を組み立て直すことができたのは、のちほどその九月の日曜にメゾン・アルフォールで撮影した数々の写真を現像し、それらの写真に合わせて、マリーが辛抱強く質問を重ねてくれたおかげでした。博物館を出たときに午後の暑い陽が獣医学校の庭を白く灼いていたことがふたたび甦ってきました。それから壁添いに歩いたと思います、急斜面の歩きにくい場所に来て、腰を下ろしたくなったのですが、思い直してぎらぎらする太陽を正面に受けて歩きつづけ、地下鉄の駅までたどり着きました。暗く茹《う》だるような暑いトンネルの中で、列車を待つ時間がはてしなく長かった。バスティーユ方面の電車に乗ると、とアウステルリッツは語った、乗客はまばらでした。アコーデオンを弾いていたジプシーがひとり、それとすこぶる色黒のインドシナの女性、その顔がぎょっとするほど細長く、眼窩が深く落ちこんでいたことがあとから甦ってきました。他のわずかな乗客については、誰もが顔を背け、車内の風景がぼんやり映るだけの外の闇を凝視していたことしか記憶にありません。後日少しずつ甦ってきたのですけれど、乗っているうちだしぬけに気分が悪くなり、胸にきりきりと幻影痛が拡がって、ああこれで自分は死んでしまうのだ、こんな弱い心臓を遺伝してしまったから、と誰から遺伝したかもわからぬくせにそんなことが心をよぎりました。ふたたびわれに返ったのは、収容先の、かのサルペトリエール病院の中でした。何百年かけていわば生き物のように生長をとげ、植物園とオーステルリッツ駅の中間にあってそこだけ独自の世界を造っている巨大で複雑な建物の群れ、病院と刑務所の境界がつねに曖昧だったあの施設のどこかの、四十人からの患者が一部屋にいるのも稀でない男性用の大部屋のひとつに横たわっていました。なお数日間、なかば意識のない状態を続けながら、私の脳裡には、どこまでも続く通路や、ヴォールトや、歩廊や、洞窟の迷宮を彷徨う自分の姿が映っていました。カンポ・フォルミオ、クリメ、エリゼ、イエナ、アンヴァリッド、オーベルカンプフ、サンプロン、ソルフェリノ、スターリングラードといった地下鉄の駅の名前がつぎつぎに現れ、褪せた色や空気の翳りからすると、そこはどうやら戦死者か、あるいは何らかの理由で惨たらしく死んだ人々の流刑地です。浮かばれぬ人々の群れが遠く彼岸への橋を渡っていくのが、またあるときは地下通路をこちらに向かって、凝《こご》った、冷たい、光のない眼差しで歩いてくるのが見えました。あるときには地下墓地《カタコンベ》に姿を現し、擦り切れた埃まみれの羽根の服を着、押し黙ったままたがいに顔を背けて石の床に座りこんで、両手で床を引っ掻く動作をくり返していました。そしてあるときは、いくらか回復しはじめてから思い出したのでしたが、とアウステルリッツは語った、半覚半醒の中で私自身の姿を見ました。自分の中でなにかが忘却の底から浮上しそうになるのを苦痛とともに感じながら、トンネルの壁に貼られた、洒落たタッチの一枚の広告ポスターの前に立っているのです、そこには冬のヴァカンスでシャモニーに来ている幸福そうな一家が描かれていて、背後に純白の峰がそびえ、その上にみごとな青空が広がっているのですけれども、ポスターの上端に、一九四三年七月とある、パリ当局発行の黄ばんだ掲示書が下からのぞいていました。もしあのときサルペトリエール病院で、とアウステルリッツは語った、カンタン・キニャールという、燃えるような赤毛をし、眼をしばたかせる癖のある看護人が、M.de.V というほとんど判読不能のイニシアルとヴォージュ広場七という住所——それはパレ・ロワイヤルのアーケード街のカフェではじめて話しこんだときに、マリーがノートの余白に書いてくれたものでした——を私のメモ帳に見つけてくれなかったなら、過去はおろか自分のことを何ひとつ思い出せず、後日聞いたところでは各国語で脈絡のない言葉を口走っていたという私は、それからどうなっていたかしれません。マリーは病院に呼び出されると、何日も何時間も私の枕辺に座り、終始おだやかな口調で、彼女が誰なのかすらわからない私に話しかけてくれたのです。おぼつかないながらに、とアウステルリッツは語った、それでも私は彼女を慕っていました。疲労が重く身体に圧しかかるようになると、最後の意識をふりしぼって毛布から片手を出し、さようならの合図、そしてまた来てほしいという合図を送ったのです。サルペトリエールに私を規則正しく見舞ってくれたマリーは、あるとき祖父の蔵書だと言って、一七五五年にディジョンで刊行された薄い医学書を持参してくれました。『あらゆる疾病のために　内科・外科、宿病・難病を治す』と表紙にあるこの書物は、まさしく印刷技術の精華であって、ジャン・ルセールという印刷業者その人が、上層階級の敬虔で慈悲深い婦人たちに向かって、治療法の記された本編の前書きの中でこう説いていました、貴女方は我らが運命を掌《つかさど》る最も高き神によりて、神の慈悲を行なう手足として選ばれし者なり、見捨てられ重荷を負いて悲嘆の淵に沈む者に手を差し伸べるとき、なべての幸福と安寧と恵みとはひとり貴女のみならず、貴女の家族の上にも天より降り来るべし、と。その美しい前書きの一行一行を、とアウステルリッツは語った、私はかみしめ、同様に、病んだ神経を鎮め、黒胆汁から血液を浄め、憂鬱症を払うための、薔薇の暗色あるいは淡色の葉、匂菫、桃の花、サフラン、メリッサ、小米草《こごめぐさ》などの香油やパウダー、精油や浸出液の製法を倦まず読み返したのでした。事実、その薄い書物をひもとくことによって――今なおその文章のすべてを私は諳んじています――私は失っていた自分を取り戻し、記憶の能力を回復したのです、とアウステルリッツは語った。そして獣医学博物館の見学後に麻痺し衰弱していた体を徐々に立て直し、ほどなくマリーの腕にすがって、サルペトリエール病院の薄日のさす埃っぽい廊下を歩くことができるようになったのでした。三十ヘクタールの敷地に広がり、四千床の患者を擁し、その数を以ってすればいつでも人類の全疾病の目録を用意できそうなこの要塞じみた病院を退院すると、私とマリーはふたたび街の散策を開始しました、とアウステルリッツは続けた。そのときの光景のひとつが瞼に灼きついています、リュクサンブール庭園の白砂利を敷き固めた広場でした、もじゃもじゃの剛い髪に氷のような碧い眼をした小さな女の子が、縄跳びをしていましたが、長いレインコートの裾を踏んで転び、右膝を擦り剝いてしまったのです。その光景にマリーは既視をおぼえると言いました、二十年以上前、まぎれもないこの場所で自分の身に同じことが起こった、それは恥ずかしい事故として、そして死というものをはじめて予感させた事故として胸に刻みこまれた、と。それからしばらくのちの霧深い土曜日の午後のこと、いっしょにセーヌ左岸、オーステルリッツ駅の線路とオーステルリッツ河岸のあいだに伸びるうら寂しい一帯を歩いたことがあります。当時は貨物の積み換え地や倉庫、貨物の保管庫、税関手続き所、数軒の自動車修理工場などが散らばっているほかは何もないところでした。駅からそう遠くないがらんとした空き地に、移動サーカスのバスティアーニが、オレンジ色の電球を吊した継ぎはぎだらけの小さなテントを広げていました。打ち合わせたかのように私たちが入場してみると、すでに演目は終わりに近づいていました。二、三十人の女性と子どもが小さな低い腰掛にかけて舞台を囲んでいましたが、舞台といってもとてもそう呼べるような代物ではなく、とアウステルリッツは語った、一列目の観客が取り囲んでできた、シャベルに二、三杯のおが屑を撒いた丸い輪があるだけで、仔馬が一周する広さすらないのです。私たちがぎりぎりにすべりこんだ最後の演目で、濃紺のマントに身を包んだ奇術師が進み出、シルクハットから煌びやかな羽色をした鵲《かささぎ》か鴉《からす》ほどの大きさの一羽の矮鶏《ちゃぼ》を取り出しました。明らかに人慣れているその華やかな鳥は、階段や梯子や障害物のミニチュア版をひととおりこなすと、奇術師がボール紙に書いた二かける三、四ひく一といった計算問題にくちばしをこつこつと叩いて答え、ついでささやき声の命令をきくと羽を開いたままおかしな格好で横向きにことんと地面に落ちて寝てしまい、そして最後にまたシルクハットの中へ消えるのでした。奇術師が退場するとゆっくりと照明が落ち、眼が暗闇に慣れていくと、頭上のテントの空に、亜麻布に蛍光塗料で描かれたおびただしい星々がまるで本物の空の下にでもいるかのように見えてきました。下の端を手でつかめそうに思われるその人工の星辰を、私たちはなにか荘厳な気に打たれたようにしばし仰ぎ見ていたと思います、とアウステルリッツは語った。そのうちにつぎつぎとショーの役者たちが登場し、奇術師、素晴らしく美しいその夫人、黒い巻き髪のこれまた美しい三人の子どもたちが現れました、最後の子はランプを手にし、真っ白な鵞鳥《がちょう》をお供に連れていました。それぞれの団員の手にはなにかしらの楽器が握られています。私の記憶が正しければ、とアウステルリッツは語った、横笛、いささかへこんだチューバ、太鼓、バンドネオン、バイオリンでした。毛皮の縁取りのついた長い外套に、男は明るい緑色のターバン、というぐあいに全員が東洋風の衣装でした。目配せを交わしあって彼らは演奏をはじめました。つつましいながら胸に沁み入るような調べで、生涯ほとんど音楽に触れてこなかった私は、いやそれゆえでしょうか、出だしの一小節から烈しく心を揺さぶられたのです。あの土曜の昼下がり、オーステルリッツ駅裏のサーカスのテントで、よく集まったものといえそうな微々たる数の観客を前に五人の曲芸師が奏でた曲が何だったのか、私には知るよしもありません、とアウステルリッツは語った。が、その調べは私の耳にははるか遠方《おちかた》から響いてくるように思われました。きっと東だ、と私は思いました、コーカサスかトルコあたり。楽譜を読める者は誰ひとりいないであろうあの楽師たちの奏でた調べに、そのとき何を思い起こしたのかも憶えていません。演奏の中からときおり、とうに忘れ去っていたウェールズの教会歌が聴き取れたような気もしました、それから緩やかでいながら眩暈を覚えさせるワルツの回転、レントラーのモティーフ、あるいは葬列を行進する人が一歩踏み出すたびに脚を宙に一瞬とどめる光景の浮かんでくる、葬送行進曲の緩慢さ。サーカスの団員たちがいささか音の狂った楽器でいわば虚空から魔法のように取り出してみせた、はるか異国の夜の音楽に耳を傾けながら、そのとき私の心に何が去来したのか、胸が苦痛に締めつけられているのか、それとも生涯はじめての幸福感に拡がっているのか、当時もさだかではありませんでしたし、今もってわかりもしないのです、とアウステルリッツは語った。ある種の音色や、曲調やシンコペーションの微妙な陰翳がなにゆえに人の心をそれほど打つのか、根っからの非音楽的な人間である私には見当もつきませんが、ただ、今ふり返ってみると、とアウステルリッツは語った、私を当時揺さぶった神秘は、あの純白の鷺鳥、演奏のあいだ身じろぎもせず、楽師たちとその場にたたずんでいたあの鷺鳥の姿に集約されるような気がしています。首をやや前に傾けて瞼を閉じ、描かれたテントの星空の下で、最後の音が揺らめき消えていくまで一心に耳を傾けていた、まるでおのれと、おのれの傍に立つ仲間の運命をわきまえていたかのようなあの鷺鳥に。——ご存知でしょうが、と私たちがブラセリー・ル・アヴァンヌでその次に会ったとき、アウステルリッツはこう話の口火を切った。年々殺伐とするばかりの、かつてマリー・ド・ヴェルヌイユとともに見た忘れがたいサーカスが公演を打っていたセーヌ左岸のあの界隈に、最近、フランス大統領の名を冠した新しい国立図書館が建設されました。自分の足で確かめに行ってみると、リシュリュー通りの旧図書館はすでに閉鎖された後でした。ドーム天井の閲覧室、気持ちの休まる心地よい光を投げかけていた翠色の陶製ランプシェードのあったあの閲覧室はがらんとして人気がなく、ぐるりを丸く取り囲んでいた書架からは書物が消え失せ、隣席の人と袖を軽くふれあわせ、かつて自分の席に着いたことのあったあまたの人々と暗黙裡に心を通わせながら、エナメルの小さな番号プレートのついた机に向かっていた閲覧者たちは、冷えびえとした空気の中に雲散霧消してしまったようでした。ここで本を読んでいた人たちがみんなフランソワ・モーリアック河岸のあの新図書館に移ったとは、私には信じられま

せん、とアウステルリッツは語った。新図書館に行くには、無人運転で不気味なアナウンスが響く地下鉄で行って、索漠とした無人地帯に降り立つか、それが厭ならヴァリュベール広場でバスに乗り換えるか、あるいは強風の吹きつける河畔を徒歩で行くしかないのです。この図書館はその記念碑的《モニュメンタリズム》な大仰さからして、大統領の自己永遠化の欲望から発案されたとしか思われず、はじめて訪れたときにはやくも感じたとおり、そのとてつもなく大がかりな外観と内部の構造において、人間を拒絶し、真の意味で書物を読む人の求めに徹頭徹尾、背を向けた建物でした。ヴァリュベール広場から新図書館に行くと、馬鹿でかい建造物の足元にいきなり段階式ピラミッドの基壇めいた、街路に面する二面おのおのを三百メートルおよび百五十メートルにわたって取り囲む、無数の溝を刻んだ堅い板張りの野外階段にあたります。五十段はきかないこの

幅の狭い急階段をようやく登りきると――若い来館者にとってもこの登坂はけして安全とはいえません、とアウステルリッツは語った。やはり階段と同じ溝を刻んだ板が一面に並んだ、文字どおり眼を圧倒する広大なデッキが、建物の四隅にそびえる二十二階建ての四つのタワーに挟まれて、サッカー場九個分はありそうな面積に広がっています。吹きさらしのデッキを雨まじりの風が吹きすさぶ日には――そうした日が少なくないのです――自分はなにかの間違いでベレンガリア号のような遠洋客船の甲板に迷いこんだのかしらと訝られるほどで、かりにそこにふいに霧笛がとどろき、大波に上下する蒸気船にあわせてパリの地平線がタワーの輪郭の背後で波打ちはじめたとしても、あるいは愚かにも甲板に出ていたちっぽけな人間がつむじ風にさらわれて、手すりを越え大西洋の空漠とした海原に運び去られたとしても、少しも驚かなかったこと

でしょう。法の棟、時の棟、文の棟、数の棟、となにやら未来小説めいた名のついたガラス張りの四つの高層タワーにしても、とアウステルリッツは語った、ファサードを仰ぎ見れば、閉ざされたブラインドの背後はまだ大半が空き部屋だろうと想像され、まさしくバベルの塔の印象が喚起されるのでした。新国立図書館の遊歩デッキにはじめて立ったとき、とアウステルリッツは語った、来館者がベルトコンベヤで地下へ、実はそれは一階なのですけれども、運ばれるための入り口を見つけるまでにしばらくかかりました。苦労してやっと高台に登りついたというのに、この下への搬送は読書する者をわざわざ怯えさせ貶めるため――としか説明のつけようがないのです、とアウステルリッツは語った――に考え出されたナンセンスだ、と即座に思いました。ましてや私がはじめて訪れた日は、下降して行き着いた先がいかにも間に合わせめいた、鎖で入り口を塞いだスライディングドアの前で、そこで半分だけ制服姿の警備員から検査を受けたのです。ついで大きな玄関ホールに入ると、床一面に赤錆色の絨毯が敷かれ、ぽつりぽつりとたがいに離れて椅子が置かれていました。背もたれのないソファ、折り畳み椅子めいた、来館者が座ると膝と頭がほぼ同じ高さになってしまう安楽椅子。ですからそこを見たときとっさに思ったのですよ、とアウステルリッツは語った、このばらばらに、あるいは小集団で床に座りこんでいる人たちは、サハラ砂漠かシナイ半島を行く旅人だろうか、そしてここで入り陽を浴びて野営しているのだろうか、と。当然、とアウステルリッツは語った、赤一面のシナイのホールから図書館の要塞内部に入るのもおいそれとはいきません。まず女性たち六、七人が控えている案内カウンターで用件を述べなければならないのですが、それが規定をいささかでも外れたこととなると、いかに些細な事柄だろうが税務署なみに番号札をもらい、たいがい三十分かそれ以上待たされるはめになるのです。あげく今度は前と別の職員が出てきて、よほど胡散臭い、人目を避けた

処理の要る用件でもあるかのように別室へ連れて行かれ、そこで希望を言って指示を受けることになるのでした。こうした検査をくぐったすえやっと、とアウステルリッツは語った、私は新しくオープンした一般閲覧室〈オー・ド・ジャルダン《中庭上階》〉に席を取ることができ、それからの日々は延々そこに腰を掛けて、いつものごとくぼんやりと中庭を眺めて過ごしたのでした。この中庭は遊歩デッキのある面から二、三階下がった、異様な感のあるいわば切り取られた自然保護区で、いかなる方法でか、ボールの森からおよそ百本の松の成木が運ばれてきて、この流謫の地に植えられてありました。故郷ノルマンジーになお想いを馳せているだろう樹木の灰緑色の樹冠をデッキから眺めると、起伏の多い荒地を眼にしているような感にかられますが、読書室からは赤いまだらの幹しか見えません。鋼のワイヤを斜め方向から引っ張って固定してあるとはいえ、強風の吹く日は水槽の中の水草さながら、それらがかすかにゆらりゆらりと揺れ動きます。閲覧室で白昼夢を見るにまかせていると、とアウステルリッツは語った、地面から常緑の樹冠へと架け渡されたワイヤの上を、サーカスの曲芸師が両端のぶるぶる振れるバランス棒を手にそろりそろりと高みへ登っていく姿や、つがいの栗鼠が見えるか見えぬかの際どいところをすばしこく走り抜けていくのを眼にしたような気がしました。栗鼠が繁殖して人工の松林に一大コロニーを築いてくれれば、閲覧者が書物から眼を上げて外を眺めるいい気晴らしになるだろうというので、つがいの栗鼠がここに放たれたのだと、私の耳にも出所の怪しげな話が入ってきていたのです。たびたび起こったのは、とアウステルリッツは語った、図書館の林に迷いこんだ鳥がガラス窓に映った樹影に向かって飛びこみ、鈍い衝突音とともに落下して死ぬという事件でした。閲覧室に腰を掛けながら、とアウステルリッツは語った、私は自然の行路を逸れた一羽の生き物の衝突死といった、誰も予期しなかったこうした事故、あるいは頻繁に起こるコンピュータ情報システムの麻痺といった現象が、国立図書館のデカルト的設計図の総体とどのような関係にあるのだろうかと、頭をひねったものです。至りついた結論は、私たちが設計し開発するプロジェクトにおいては、いかなるものであれ、中に組みこまれた情報・制御システムの規模と複雑さの度合いが決定的に重要な要素になっている、したがって構想を全面的かつ完璧に実現するとなると、現実にはそこに絶えざる不具合と構造的な不安定がついてまわってもおかしくない、いやついてまわらぬわけにはいかぬのだ、というものでした。少なくとも、とアウステルリッツは語った、生涯の大半を書物の研究に捧げ、ボドリアン図書館、大英博物館、リシュリュー通りの図書館をわが家のように感じてきた私にとっては、あの新しい巨大図書館、今しきりと使われている醜悪な表現によれば、〈わたしたちのあらゆる文字遺産の宝蔵〉たらんとしている図書館は、パリで消息の絶えた私の父の足どりを探すにはまったくの役立たずだとわかったのです。障害から成り立っているかと思うほど日ましに神経をいらだたせる検索機と明け暮れ格闘したのち、私はいっとき調査をすっぱりやめてしまい、かわりにある朝、シュポルコヴァ小路の書棚にあった深紅色の五十五巻本をなにとなしに思い出して、それまで読んだことのなかったバルザックの小説を手にとりました。それはヴェラの教えてくれた『シャベール大佐』の物語でした。シャベール大佐はアイラウの戦場でサーベルの一撃を受けて落馬し、そのまま意識を失って、皇帝の臣下としての輝かしい経歴をとつぜんに断たれます。そしてそれから長年ののち、ドイツを久しく彷徨ったすえに、いわば冥界から蘇った者としてパリに帰還し、おのれの財産、再婚して今はフェロー伯爵夫人となったおのれの妻、おのれ自身の名前への権利を取り戻そうとはかるのです。代訴人デルヴィルの事務所に来て立ったのは、とアウステルリッツは語った、亡霊さながらの姿でした。老兵はからからに干乾び痩せ細っていた、と書かれています。なかば盲いて真珠母のような光沢に覆われた眼が、蠟燭の炎のように不安定に揺らめいていた。げっそりとこけた鋭い顔には血の気がなく、頸には黒絹のみすぼらしいネクタイが巻かれていた、と。〈私はシャベール大佐です、アイラウで死んだ男です〉、そう言って自己紹介し、戦いの翌日屍体とともに投げ入れられたという共同墓穴――バルザックは〈死の穴〉と呼んでいます、とアウステルリッツは語った――の話をします。自分は気がつくとそこにいて、凄まじい痛みを感じていた、と。〈私は聞きました、いや、聞いたような気がしました〉、とアウステルリッツは店の窓からオーギュスト・ブランキ大通りに眼をやりながらそのくだりを諳んじた。〈私の横たわっている周りの屍骸の山から漏れてくるうめき声を。あの時の記憶は模糊として霧に包まれ、思い出は雑然と入りまじっていますし、また、苦痛の印象は当時感じたはずのものよりもはるかに強まっていて、そのため思考はかき乱されているのに、私は今なお、あの押し殺した溜息を聞くような思いのする夜がときどきあります!〉ほかでもないこの三文小説めいた調子に、死と生の境界はわれわれの思うほど画然としていないのではないかとの積年の疑いをいっそう濃くしてから数日後、とアウステルリッツは続けた、ぴったり午後六時でした、閲覧室でアメリカのある建築雑誌を開いた私の眼に、大判のモノクロ写真が飛びこんできました。天井まで届く開架の棚に囲まれた部屋、テレジンの通称小要塞の内部にあるその部屋に、収容者の資料が現在保管されているというのです。ボヘミアのゲットーを当時はじめて訪れたとき、星形要塞の外の斜堤にある外堡までは足を伸ばせなかったことが思い出されました、とアウステルリッツは語った。そのためか記録文書室を見たとたん、強迫観念めいた想いが湧き起こったのです、冷たく湿った装甲室でおびただしい人々が絶命していったこのテレジンの小要塞こそ、私の真に働くべき場所だったのに、それを引き受けなかったのは私の咎であった、と。その想いが胸をきりきりと揉み、絶え間なく襲いかかる苦悶がそのしるしを容貌に刻みつけていくのをはっきりと感じていたころでした、とアウステルリッツは話を続けた。最初のパリ滞在時に連日リシュリューに通っていた私を見憶えていたアンリ・ルモワーヌという図書館員が、声をかけてきたのです。私の机の傍らに立ちどまり、いくぶん身をかがめながら、ジャック・アウステルリッツ、と私の名を呼びました。それから、とアウステルリッツは語った、私たちふたりは、時刻がら人影のまばらになった閲覧室〈オー・ド・ジャルダン〉で、ひとしきり声を潜めて語り合ったのです、情報の増殖と歩調をあわせるように霧消していく私たちの記憶の能力について、もうとうに起こっているこの図書館の崩壊（という言葉をルモワーヌは使いました）について。全体の設計といい、馬鹿ばかしいまでの内部の規制といい、この新図書館の建物は、閲覧者を潜在的な敵として締め出そうとしているのだろう、とルモワーヌは言うのでした、とアウステルリッツは語った。ここは、かろうじて命脈を保っている過去とは一切の繋がりを絶ちたいという、日々露骨になっていく欲求を公然と顕示したものなのだと。話のどこかで、とアウステルリッツは語った、ルモワーヌは私の何気ない頼みに応じて、南東タワーの十九階にいざなってくれました。そこのいわゆる見晴らし台《ベルヴェデーレ》からは、何千年のうちに掘削されて空洞だらけになった土中から生え出した、市の建物の集積を眺望することができるのです。ダヴ、スルト、ポニャトフスキ、マセナ、ケレルマン（いずれもナポレオン配下の将官）などの大通りをはるかに越え、郊外の街のなお彼方の靄にかすむ周縁部まで同心円状に瘡蓋を広げていく、一種増殖物のような色褪せた石灰石の建築群を。南東数マイル、均一な灰色の中につぶれた円錐のように脹《ふく》れている淡い緑の点は、ヴァンセンヌの森の猿山なのだと、ルモワーヌは教えてくれました。眼を近くに転じると、入り組んだ道路や線路を、列車や自動車が黒い甲虫か芋虫さながらに這っていきます。おかしなもので、とルモワーヌは私に語りました、ここに来ると、下

の世界で音もなくゆっくりと命が摩滅しつつあるような、地下に蔓延する得体の知れない病気にこの市の身体が冒されているような気がしてならないのですよ。ルモワーヌがそう語ったとき、とアウステルリッツは語った、一九五九年の冬リシュリューで、その後の研究の指標になってくれたマクシム・デュ・カン著の六巻の書物『パリ、十九世紀後半におけるその器官、機能、および生命』を精読していたことが思い起こされました。〈死者の埃からなる〉東洋の砂漠を旅したのちのデュ・カンが、一八六〇年前後にポン・ヌフの橋上で強烈な幻覚に襲われて書きはじめ、七年後にようやく完成したという書物です。ベルヴェデーレ階の反対側からは、とアウステルリッツは語った、北方に、はすかいに延びるセーヌ河の帯、マレ地区、バスティーユが望めました。翳りゆく街の空を濃紺の厚い雨雲がおおい、塔も、宮殿も、モニュメントもほどなく見分けられなくなって、あとはサクレ・クールの円蓋がしろじろと浮き出しているばかりでした。私たちは床まで届く窓からわずか一歩下がったところに立っていました。眼を落として、明るい遊歩デッキとそこから飛び出した樹々の暗い樹冠をのぞきこむと、奈落に吸いこまれるような心地がして、思わず一歩退いたのです。ここにいると、とルモワーヌは言うのでした、とアウステルリッツは語った、ときどき、こめかみと額に時の流れを感じるような思いがします、この都市の底に積もってきた幾重もの層が、積年のうちに私の脳裡に作り出した意識の反射にすぎないのでしょうけれど。たとえば、今、この図書館が立っているオーステルリッツ駅の操車場とトルビアック橋に挟まれた荒涼とした一帯は、終戦まで、ドイツ軍がパリのユダヤ人の住居から簒奪した物品を集めた巨大な倉庫になっていました。数ヶ月にわたる作戦で空にされた住居は、四万軒にのぼったと思います、とルモワーヌは語りました。そのためにパリ家具運送組合の全車両が接収され、千五百人をくだらぬ運搬要員が出動したのです。隅々まで組織化されていたこの財産没収・再利用計画になんらかの形で関わった者、つまり、とルモワーヌは語るのでした、指揮を執り、ときとして相互がライバル同士だった占領軍の幕僚たち、税務署、住民登録課、登記所、銀行、保険会社、警察、運送会社、家主、管理人のいずれもが、疑いもなく、ドランシーに収容された人々が二度とふたたび帰ってこないことを知っていました。当時没収された有価物件、預金、株券、不動産は、ええ、とルモワーヌは言うのです。今にいたるまで市ないしは国の財産になっています。生活を彩る品と単なる日用品とを問わず、われわれの文明が生み出したありとあらゆる品々、ルイ十六世様式のチェスト、マイセン陶器、ペルシャ絨毯、膨大な蔵書、はては塩胡椒の瓶までが、一九四二年以降、この下のオーステルリッツ＝トルビアック倉庫に山と積まれていったのでした。そこで働いていた人からせんだって聞いた話ですが、とルモワーヌは語りました、没収されたバイオリンケースが汚れないように中から取り出したロジンだけで、段ボール箱に何箱もあったとか。五百人を超える美術史家、骨董商、修復家、指物師、時計職人、毛皮縫製工、ファッションデザイナーがドランシー収容所から連れてこられ、インドシナ兵士の一団が見張るなか、毎日十四時間、運びこまれる物品の修復、値踏み、分類に明け暮れたのです——銀器は銀器へ、鍋は鍋へ、おもちゃはおもちゃへ、と。荷を積載してこの駅を発ち、破壊された帝国ドイツの諸都市に向かった列車は七百両を超えました。〈オーステルリッツ・ギャラリー〉と収容者が呼んだ倉庫のホールでは、ドイツから訪れた党高官や、パリ駐留の親衛隊上層部、国防軍の将校たちが夫人や女性同伴で歩き回り、グルーネヴァルトの別荘のサロンに入れる調度品だの、セーヴル焼きの食器だの、毛皮のコートだの、プレイエルのピアノだのをたびたび物色していきました。むろん、超のつく高級品のほうは、爆撃でつぶれた都市に送られはしません。その行き先がどこであったかは、今もってみんな口をつぐんだままです。そうですとも、

あの歴史のすべては、ファラオ然とした大統領の大図書館の土台の下に、文字どおり埋没してしまったのです、ルモワーヌはそう語るのでした。人影の絶えた遊歩デッキから、最後の光が消えていこうとしていました。高所からは苔に覆われた地面のように見えていた小さな松林の樹冠も、今は一枚のくろぐろとした矩形でした。私たちは黙りこくったまま、とアウステルリッツは語った、それからしばらくベルヴェデーレに肩を並べ、電光にきらめく都市を見下ろしていました。

＊

パリを発つ少し前にオーギュスト・ブランキ大通りの店で朝のコ

ーヒーを飲もうと待ち合わせると、アウステルリッツは、前日ジョフルワ・ラニエ通りの文書館の館員からある知らせをもらった、それによるとマクシミリアン・アイヒェンヴァルトは一九四二年末、グールの収容所に収容されたということで、だからパリからかなり南にあたるピレネーの山麓にあるその場所に、自分はどうしても行かなければならない、と私に告げた。不思議にも、アウステルリッツは先日私たちが最後に会ってから数時間後、国立図書館からオーステルリッツ駅で乗り換えたさいに、父に近づいているような予感がしたという。ご存知でしょうが、このあいだの水曜日はストライキがあって鉄道が一部動いていません

でした。それでいつになく静かなオーステルリッツ駅にたたずんだとき、ふと、父はこの駅から、バロー通りからいちばん近いこの駅から、ドイツ軍の侵攻直後にパリを発ったのだ、という想いが胸に湧いたのです。父の姿が見えたような気がしました、とアウステルリッツは語った、動き出した電車の車室の窓にもたれている姿が。大儀そうに走りはじめた機関車から白煙があがっているのも見えました。なかば呆けたようになって、私はそれから構内をさまよいました。迷宮のような地下道をふらつき、歩行者橋を登ってはまた降りました。この駅は、とアウステルリッツは語った、かねがねパリでいちばんの謎めいた駅だと思っていたところです。学生時代はここに何時間もとどまって、この駅の構造と歴史について覚書のようなものを書いたことすらありました。その当時とりわけ私を魅了したのは、バスティーユ方面からやってくる地下鉄電車がセーヌ河を越えたあと、鉄の高架橋を渡って駅の側面から上の階へ滑りこんでいく、いわばファサードに吸いこまれていくことでした。同時に、このファサードの奥に広がる、仄暗くがらんとしたホールが薄気味悪く思われたものです。その一隅に、角材と板でぞんざいに作ったデッキがあり、その上に錆びた鉄の鉤手がずらりとついた絞首台然とした骨格のものがありました。あとから聞けば自転車置き場とのことでしたが、ある日曜日の午後、ちょうどバカンスの時期にこのデッキにはじめて登ったときには、一台の自転車もなかったのです。そのためなのか、あるいは床一面に毟られた鳩の羽根が散らばっていたからなのか、自分が、いまだ償われていない罪の犯された場に立っているのではないかとの想いに無性に駆られました。ちなみに、とアウステルリッツは語った。その禍々しい木造物は今もあるのですよ。灰色の鳩の羽根すら飛ばされもせずに残っています。それにあの染みもまだある、こぼれたグリースなのか、カルボリニウムなのか、あるいはまったく別のものなのか、わからないままに。あの日曜の午後、台に乗り薄明かりを

透かして北正面の飾り格子窓を仰いだとき、しばらくして気づいたのでしたが、修理のためなのか、上端に人影がふたつ、ザイルに繋がれて巣を動く黒い蜘蛛のように動いていたのも、なんとも厭な感じでした。――こうしたことがすべて何を意味しているのか、とアウステルリッツは語った、私にはわからない。だから父を、そしてマリー・ド・ヴェルヌイユを探しつづけます。私たちがグラシエール駅の前で別れたときには、すでに時刻は正午に近づいていた。むかし、とアウステルリッツは最後に言った。このあたりは大きな沼地でした。冬にはスケートができました。ロンドンのビショップスゲイトとちょうど同じです。そう言って、アウステルリッツは私にオールダニー通りの自宅の鍵を差し出した。いつでもお気が向いたらいらっしゃってください、そしてモノクロの写真をご覧ください。あれだけが私の生涯で唯一残るものでしょう。それから忘れずに、隣の煉瓦壁にある門口の呼び鈴を鳴らしてみてください。私の家の窓からはまったく見えないのですが、

あの壁の後ろには、菩提樹の木立やライラックの繁みに囲まれて、十八世紀このかた、彼の地の東欧ユダヤ人《アシュケナージ》社会に生きた人々が埋葬されてきた墓地がある。ラビのダヴィド・テヴィレ・シフやロンドンのバールシェムだったラビのサミュエル・フォークも葬られています。いま思うと蛾たちはあそこから私の家に飛んできていたのでしょうが、私が墓地に気づいたのは、ロンドンを離れる数日前のことでした。オールダニー通りに長年暮らしましたが、入り口の扉が開いていたのはそのときがはじめてだったのです。中では、七十ぐらいの年恰好のおやと思うほど小柄な女性が――あとからその人が墓守りであることがわかりました――室内履きのまま、墓を縫う道をそぞろ歩いていました。かたわらにほとんど同じ大きさの毛色の褪せたベルギーシェパードが随いていて、ビリーと呼ばれると応え、ひどくおどおどとしていました。菩提樹の若葉の陰からこぼれるまばゆい春の陽を浴びながら、とアウステルリッツは私に語った、ふと、おとぎ話の中に入りこん

でいるような錯覚を覚えました。人生とおなじく、過ぎ去った時とともに歳をとっていったおとぎ話の中に。――アウステルリッツが別れしなに語った墓地の話が脳裡を去らず、おそらくはそのためだろう、私はパリからの帰路アントワープで列車を降りて、いまひとたび夜行獣館を見学し、ブレーンドンク要塞を訪れた。アストリッド広場わきのホテルは寝苦しい一夜になった。茶色い壁紙を貼った醜悪な部屋で、窓からは、建物の裏手の防火壁や排気筒や鉄条網で仕切られた平たい屋根が見えていた。ちょうどなにか祭りでもあったのだと思う。いずれにせよ明け方まで救急車とパトカーのサイレンが鳴りやまなかった。不吉な夢《いや》から目覚めると、まだ薄闇に沈んでいる家々の上を、十分から十二分の間隔をおいて、飛行機の銀色の機影が小さな矢にも似て抜けるような青空を横切っていった。フラミンゴホテル（私の記憶が正しければそういったと思う）を八時ごろ出ようとすると、人気のない受付の横に高い担架が置かれ、四十歳ほどの女性が土気色の顔に白目を剝い

て横たわっている。外の歩道で救急隊員がふたり話をしていた。私はアストリッド広場を突っ切って駅に向かい、紙コップのコーヒーを一杯買って、メヘレン行きの郊外電車を待った。メヘレンからウィッレブルークまでは、宅地造成されて今やすっかり景観の損なわれた郊外の十キロの道のりを、徒歩で行った。道中見たものは今はほとんど記憶に残っていない。ただひどく細長い、ひと部屋分の幅もないほどの暗褐色の煉瓦家が、同様に細長い黒檜の生垣に囲まれた地所に立っていて、いかにもベルギーらしいと感じたことだけは憶えている。その家のすぐわきを運河が流れ、大砲の弾ほどもある丸いキャベツをいっぱいに載せた長いはしけが、船頭の影もなさそうなまま、暗い水面を波紋もたてずゆっくりと滑っていた。ウィッレブルーク村に着くまでに、三十年前と変わらぬ異様な暑さがやってきた。要塞はむかしのまま蒼翠色の島の上にあったが、訪れる人の数はあきらかに増えていた。駐車場にはバスが何台も連なり、切符売り場と入り口の売店には色とりどりの服を着た学校の生徒たちが群がっている。幾人かはもう橋を渡って暗い門扉に向かっていた。かつてとおなじく、私はかなり逡巡したが、結局この度は入ることはできなかった。親衛隊員がいろいろな文書や挨拶状を作る目的で建てた木造の印刷所に入り、中でしばしの時を過ごした。屋根が、壁が、暑さにきしんだ音を立て、ふいに、砂漠を行く聖ジュリアンのように自分の髪の毛もぱっと燃え上がるのではないかという想念が頭をよぎった。そのあとしばらく要塞をとりまく壕の畔に腰を下ろした。眼を上げると、流刑地の垣根や監視塔のはるか彼方に、着々と郊外へ延びていくメヘレンの高層ビル群が見える。暗い水面には灰色の鵞鳥が浮き、あるときはこなたへ少し、あるときはかなたへ少しと水を掻いていたが、しばらくすると岸に上がり、私からそう遠くない草蔭にうずくまった。私はリュックサックから、パリで会った最初の日にアウステルリッツがくれた本を取り出した。著者はロンドンの文学研究者ダン・ジェイコブソン――長年まったく知らずにいたのですが、私の同僚だったのです、とアウステルリッツは言っていた――、それは祖父であるラビ、イスラエル・イェホシュア師、通称ヘシェルの来歴を求めた書物だった。ヘシェルから孫に遺されたものは、日付入りの手帳一冊、ロシアのパスポート、ぼろぼろの眼鏡ケース一個（その中には眼鏡のほか色褪せ千切れんばかりに擦り切れた一枚の絹布が入っていた）、そして黒い外衣に黒いビロードの山高帽をかぶった、写真館で撮った写真一枚きり。片眼は、少なくとも背表紙の写真に見るかぎり霞がかかったように濁っている。もう一方の眼は白いところにまだ命の光が認められるが、それもヘシェルが第一次大戦の終戦後まもなく、五十三の歳に心臓発作で亡くなったときに消えた。このあまりにも早い死に、ラビの妻メヌハーは一九二〇年、九人の子どもとリトアニアを捨てて南アフリカへ移住することを決意し、そのためジェイコブソンはダイヤモンド鉱に隣接する都市キンバリーで、幼年時代のほとんどを過ごすことになる。鉱坑の大半は――とブレーンドンク要塞に向きあうかっこうで腰を下ろしたまま、私は読みつづけた――当時はすでに閉鎖されていた。キンバリー鉱、デ・ビアス鉱の二大鉱山も同様だった。そこは柵がしてなかったので、近づこうと思えば誰でも巨大な鉱坑の端まで寄って、何千フィートの深淵を見下ろすことができた。ジェイコブソンは書いていた、確固たる大地から一歩踏み出せばこのようながらんどうの空間が口を開けているのを目の当たりにし、そこに何の移行部もなく、一方の側はあたりまえの人生、もう一方の側は想像もつかないその対極をただ一線が分っているだけであることに気づくと、身も凍るような恐怖にとらわれた、と。一条の光もとどかないこの奈落が、ジェイコブソンにとって彼の家族と民族の失われた過去のイメージになった。奈落の底からその過去を拾い上げることはもう叶わない。リトアニアに向かったジェイコブソンは、祖先の足跡をどこにも見つけることができなかった。見つかったのはただ、至るところに残る絶滅の跡ばかりだった。病んだヘシェルの心臓は、鼓動を止めて彼の家族をそこから救ったのだった。ヘシェルが写真を撮った写真館があったカウナスの市について、ジェイコブソンはこう書いている。十九世紀末、ロシア軍はカウナスの周囲に十二の砦をぐるりと帯状に造営した。しかし一九一四年、砦の置かれた高台という地の利、搭載された多数の大砲、厚い壁、迷路のごとき通路の数々にもかかわらず、この砦はつゆほどの役にも立たなかったことが証明された。砦のいくつかは、とジェイコブソンは書いている、後代に崩れ、またいくつかはリトアニア軍の、のちには再度ロシア軍の牢獄として使われた。一九四一年にはドイツ軍の手に落ちた。悪名高い第九要塞にはしばらく国防軍の司令部が置かれ、以後三年間に三万人以上が収容されて命を落とした。彼らの遺骸は、とジェイコブソンは書いている、壁の外百メートルの麦畑の下に埋まっている。敗戦がとうに決まっていた一九四四年五月になっても、西方からカウナスへの移送は続いていた。要塞の地下牢に囚われていた人々の最後のメッセージがそれを証している。牢獄の冷たい石灰の壁に、〈私たちは九百名、フランス人《ヌ・ソム・ヌフ・サン・フランセ》〉の一文が誰かの手で刻みこまれていた、とジェイコブソンは書いている。ほかの人々は、日付と住所、名前のみしか残していない。ロブ、マルセル、サン・ナゼール市。ヴェクスレール、アブラム、リモージュ市。マックス・ステルン、パリ、18. 5. 44。私はブレーンドンク要塞の水堀の畔で『ヘシェルの王国』第十五章を読み終え、帰路についた。メヘレンに着いたときは、夕闇が立ちこめていた。

解説　異言語のメランコリー

多和田葉子

ゼーバルト氏とは九〇年代ヴォルフェンブッテルという町で毎年行われていた作家の集まりでお逢いしたのが初めてだった。その後、二〇〇一年に死の知らせを聞くまでに、バーゼルでもう一度だけお話を聞くことができた。

ある人がこの世を去ると、初めて逢った時のことを思い出す。そして出逢いの町が、ふいに重層的な意味をおびてくることがある。語り手「私」とアウステルリッツが出逢ったのがベルギーのアントワープだったことも偶然ではないだろう。なぜベルギーであって例えばドイツではなかったのか。アウステルリッツが、ニュルンベルクの駅で降りた時に陥った底なしの精神的不安について語る場面があるが、「私」がドイツに滞在していた間は、アウステルリッツからは手紙さえ全く来なかったというから、彼にとっては心をひらける国ではないのだろう。また、もしもイギリスで出逢っていたら、初めから英語で話さなければならなかっただろうから、アウステルリッツが他人とすぐに打ち解けて言葉を交わしたとは思えない。英語が母語だと思ってずっと生きてきた彼が、実は自分には別の言語を話す両親がいたのだと知った時、英語との関係にヒビが入ったのではないかと思う。養父は、地獄の恐ろしさを語って人々をふるえあがらせることだけを生き甲斐にしていた牧師。少年アウステルリッツの心を惹きつけたのは、養父とはいろいろな意味で対極にあるイヴァンで、養父が英語ならイヴァンはウェールズ語、養父がキリスト教ならイヴァンは死者と交流のあるシャーマニズム的な世界を代表する。「イヴァン」というスラブ系の名前はプラハ方面を指していたかもしれない。

ベルギーは見逃してしまいそうなくらい小さな国だと「私」は書いているが、普通なら見逃してしまうような小さな可能性をしっかり摑んでアウステルリッツと出逢うことができたのは、「私」がいつも心のどこかで先生となる人を捜していたからだろう。因みにこの「先生」は、時間のとまってしまった過去のある時点へ向かって旅を続けているという点で、夏目漱石の「こころ」に出てくる「先生」と似ていないこともない。

その先生の関心と「私」の関心の交差したベルギーという国には、ヨーロッパが凝縮されている。まわりの大国に遅れて植民地の獲得にあわてて乗り出し、資本の蓄積を短期間に成し遂げたせいか、搾取の原理が建築物にありありと現れてしまっている。

歴史を知りたいなら建築物を眺めているより図書館に行く方が手っ取り早いようにも思えるが、例えばパリの国立図書館でアウステルリッツと「私」が初めて出逢うという設定は可能かと考えてみると、それではブレーンドンクの要塞が遠すぎるし、夜行性動物が近くで見られないのでやはり無理がある。「私」は、アウステルリッツと学会などで知り合ったのではなく、夜の待合室でその夜行性動物のような表情を見て心を惹かれたのである。アウステルリッツも「私」も文明的人間どもの交わす社交的な会話には嫌気がさしていたようで、すぐに「本題」に入る。本当に知りたいことを胸に抱えている人間にとっては、普通の会話のルールはかえって障害になるとでもいうように。

ゼーバルト氏と初めて逢った時の話をもう少しだけしたい。ハノーヴァーの近くに位置するヴォルフェンブッテルの町にはヘルツォーク・アウグスト図書館がある。羊の皮で装丁された古書の白い背表紙が神殿のように高い天井まで壁をびっしり覆っている。この図書館は十六世紀につくられ、十七世紀にはアルプスの北側で一番大きい図書館だったらしい。「賢者ナータン」の作者レッシングがこの図書館につとめていたことがあるが、初めはほんの腰掛け程度に考えていた図書館にすっかり魅せられてしまったようだ。

レッシングが「賢者ナータン」を書いたのが十八世紀のことだと思う度に改めて驚く。二十一世紀に入った今もドイツ語文学の重要なテーマの一つは相変わらずナチスによるユダヤ人迫害であり、マスコミはイスラム社会とイスラエル・アメリカの対立に関するニュースで溢れている。

レッシングの家の前に八重桜の木が一本あるが、満開だったから春だったのだろう。ゼーバルト氏の朗読で今でもはっきり覚えているのはその旋律だった。確かな技術に支えられ先へ先へと美しく編まれていく文体に身を任せるのは快かったが、やがてメランコリーがこちらの細胞にしみこんできて少し不安になった。

この時ゼーバルト氏が朗読したのがどの作品だったのかは正直言って覚えていない。今「アウステルリッツ」を開いて読み返すと、一瞬ゼーバルト氏の声がメランコリーをともなって耳の中に蘇ってくるが、黙読しているとその声はいつの間にか遠ざかっていき、あの図書館の静寂が訪れる。つまり、声に宿っていたメランコリーが活字にはほとんど感じられない。むしろテキストの中に何重にも演出された距離感がはっきり伝わってきて気分や雰囲気は遠慮する。ドイツ語文法では、人から聞いた話を伝える時に使う動詞の独特の時制がある。口語ではほとんど使われないこの時制が目に入るとすぐに心理的に距離ができる。アウステルリッツが幼年時代にかみしめたうすら寒い孤立感や、プラハでヴェラと出逢って生前の母の話を聞く時に胸の中に花の咲くような気持ちなどはそっくりそのまま心に伝わってくるが、「とアウステルリッツは語った」というフレーズが聞こえてくると、わたしたちは彼の物語を自分のものとしてむさぼることをやめ、一歩下がって過去への敬意を示したくなるのである。

ゼーバルト氏はアメリカでは一時期、「一番知名度の高いドイツ語作家」とまで言われた。一方ドイツでは知名度より評価の方が高かった。面白いことに、ある研究者が、かの有名なゼーバルト独特のメランコリーは英訳されることで生まれてきたものだ、と主張している。ドイツ語という言語が許してくれなかったメランコリーが実は書かれたものの底に隠されていて、それは作者自身が朗読する時や、翻訳された時のみ前面に出てくるということもあり得るのではないか。ドイツ語そのものがメランコリーを許さないわけではなく、ドイツ語がくぐりぬけてきた歴史のせいだと思う。

シュピーゲル誌のインタビューで、ゼーバルト氏はメランコリーと鬱病の違いについて述べ、「メランコリーは無力にさせるのではなく、何かしようという気にさせてくれる」と語っている。またフィクション作家にとって取材や資料調べがどれだけ大切かを強調し、新人作家はまず何年かレポーターとして働いたらいいのではないかとまで言っている。

わたしが二度目にゼーバルト氏と逢ったのはバーゼルの文学館に三ヶ月滞在していた時のことで、たまたま同館でゼーバルト氏の朗読会がありその後数人で食事をした。その時誰かに「長年イギリスでお暮らしになって、英語で小説を書こうと思われたことはないのですか」と訊かれ、「英語はわたしにとっては、あくまで研究用の言語です。小説を英語で書こうと思ったことはありません」とゼーバルト氏が答えていたのを覚えている。

アウステルリッツが生前の母の親友をプラハで探し当て、習ったこともないチェコ語をふいに完全に理解する場面がわたしには印象深かった。母語の保存されている場所は意識の届かない場所なのだ。だから母語は奪われてもなおアウステルリッツの中にあり続け、奪われた母語が探求欲を無意識に刺激し続けた。一方、作者のゼーバルト氏はイギリスに住むことでわざと母語を奪われた状態に自分を置き、それを取り戻す形で母語のドイツ語で文学活動をしているのではないか。わたしはそんな仮説をたててみたくなった。

アウステルリッツは、実在の人物二人半を混ぜて作り上げたのだと作者は前述のインタビューで述べている。ユダヤ人迫害の史実を扱う時、その一回性を重視する必要がある。「戦争はいつの時代にもあった」というようなずぼらな一般論で視界を曇らされないように書くことが重要である。作者が取材を重視するのは、個々の人生を重視するということでもあるだろう。

しかし取材を重視するからと言って、フィクションを否定しているわけではない。それどころか、この小説にはカフカのフィクションを土台にしているのではないかと思わせるところさえある。何を守るために作られるのかわからない要塞と言えば、カフカの「万里の長城」を思い出さずにはいられないし、また図書館、病院、収容所跡などいろいろな場所が「流刑地 Strafkolonie」に例えられるが、これも日常よく使われる単語ではなく、どちらかと言えばすぐに同タイトルのカフカの小説を思い起こさせる。また、アウステルリッツはカフカの日記に出てくる名前だという記述があり、アウステルリッツの探し当てる出身地は、カフカにとっては子宮であり墓場であるプラハである。

アウステルリッツがアントワープ駅の時計について語る部分を読み返しながら、わたしは福島のことを考えずにはいられなかった。かつては東北の村々にもそれぞれの時間が流れていたのだろう。そのうちすべての土地を統一的な一つの時間の流れに組み込んで、同じテンポの近代化を強制しようという動きが出てくる。統一化が平等化の逆なのが皮肉なところで、ある土地には犠牲が強いられ、そこに棲む人々が病気になり命を失うことを承知の上で人体に有害な工場が造られていく。その頂点に原発がある。特定の人々の懐に資本が蓄積されていく一方、犠牲者は一時的にはおこぼれで多少潤っても、いつかは必ず経済危機や災害事故が来て、すぐにすべてを失ってしまう。

ブーレンドンクの要塞は完成前にすでに町を守る役割を果たせないことが判明したが、それでも建築現場で働く人たちの命を栄養にして膨張し続けた。役に立たない軍備設備という点ではカウナスの砦も同じで、こちらは後に政治犯を閉じ込める監獄として使われるようになる。外敵への不安が消せないものだと分かった時、国内に無理に敵を作りだし、少数民族や反勢力を収容所に送り込む。作りかけの要塞や砦が、やがて収容所や監獄になる。

この本が今の時代にまた日本で出版されることになって本当によかったと思う。親と別れて遠くへ送られて生き延びるというモチーフひとつ取ってみても、原発事故の終わらない今の日本ではすぐにぴんとくる。建築のあり方や生物界についてこれから精密な議論を重ねていかなければいけない日本に、この邦訳は、豊かでみずみずしい語彙と上質のペシミズムを伝えてくれる。

訳者あとがき

鈴木仁子

ガラスの檻に囲われ、薄暗い灯りのしたで倦むことなく一切れの林檎を洗いつづける洗い熊……。冒頭まもなく描かれる神経症的なその動物のように、憑かれたようにみずからの過去を探しつづける男がいる。眺めている語り手の〈私〉が闇の中でいつまでも凝視をやめられないように、本書を手にする者もまた、いったんゼーバルトという世界に魅入られてしまえば、その暗い深淵の中にどこまでも引きこまれずにはいられない。

くり返しを厭わない、延々と従属文がつらなる正確な文章。「～のような」「～と思われ」といったかたちで確定的に語ることを避けた物言い。そして沈鬱で静謐でありながら、おそろしいように美しく端正な文体。ごく限られた数カ所をのぞいて、パラグラフの切れ目すら見当たらない。死や、厄災や、破壊や、時間や、記憶や、狂気が、さまざまなモチーフとなって、薄暗闇のなかでひそかに響きあい、全編にはりめぐらされている。しかも心象風景の描写があれば歴史的考察があり、事実の詳細な記述があればそれが唐突にごく私的な回想に移行する、というぐあいに、筆はおどろくべき跳躍をなしとげる。徹底的な客観性と立ち上ってくる怨念のような主観性がふしぎに入り交じった、呪文のような魔力を持った文章がここにある。

アウステルリッツ、それは交通の結節点でありはるかな異郷へとつづく駅に幻惑されて薄暗いプラットホームにいつまでとなくたたずむことを好む、奇矯な主人公の名だ。ウェールズの建築史家である彼は、帝国主義の遺物である駅舎や、裁判所や要塞都市や、病院や監獄に興味をひかれ、文献をひもとき、それらを見て回っては記録している。そして彼の話の聞き手であり、この作品の語り手である〈私〉にむかって驚くべき博識を開陳する。時代のイデオロギーを体現した巨大建造物によせて語られる、十九世紀から二十世紀にかけての近代の歴史のさまざまな断片。前へ前へと進んでいく時間の流れの中でくり返されてきた暴力と権力の歴史。

歴史との対峙はしかし、まぎれもないアウステルリッツ自身の身におこっている。彼は、二十世紀がもたらした未曾有の出来事によって、五歳に満たないうちに名前と言語と故郷を喪失した存在なのだ。アウステルリッツは牧師の子として十五歳まで自分の本名を知らずにウェールズで育ったが、自分でもしかとはわからない理由から、どこにいても、だれといても心の安らぎを得られなかった。それが無意識による抑圧に起因していたことに気づいた彼は、五十歳も半ばをすぎてから失われた自らの過去を探しはじめる。建物や風景を目にした瞬間に、フラッシュバックのようによみがえる過去の記憶。

アントワープ、ロンドン、プラハ、テレージエンシュタット、マリーエンバート、ニュルンベルク、パリ……いわれのない衝動に駆られるまま、あるいは抑圧してきた過去を取り戻すべく彼が訪れるヨーロッパの諸都市。それは個人と歴史の深みへと降りていく旅だった。アウステルリッツは母が収容されたテレージエンシュタットに行き、迫害の詳細を目の当たりにして、人気のない町の広場にかつてうごめいていた収容者たちを幻視する。幼い自分が移送されたルートをいま一度たどり直そうとして、プラハから列車に乗ってドイツを横断し、父がナチ党大会に訪れて驚愕した都市ニュルンベルクに降り立って、無言の群衆の波にもまれて蒼白になる。パリでは建物の上からオーステルリッツ駅（アウステルリッツのフランス語読み）付近を見下ろし、かつてそこにユダヤ人から没収された財貨の集積場があったことに思いをはせる。そしていま、同じ場所には、記憶の守り手であるはずでありながら、歴史を忘れ去ろうとしているかのような巨大図書館がそびえ立っている……。

「追放され消し去られ」「時の外にいる」アウステルリッツの眼差し。時の深淵をのぞき、みずからとおなじく忘れられ、消し去られたものたちの重力場へと降りていくアウステルリッツは、それらにひたと目をとどめながら、埋もれていた記憶をひとつずつ拾い上げようとする。歴史を秘めた事物をひとつずつ名指しながら、細い切れ切れの糸となって歴史を貫く「苦痛の痕跡」をなぞろうとする。──あたかも、進歩の風に逆らって顔を過去に向け、うずたかく積もった廃墟に目を凝らすベンヤミンの歴史の天使のように。そうしたなかで、わたしたちは、直線的な時間の流れに引きさらわれ消えていったものが、アウステルリッツの、ゼーバルトの眼差しをとおして、忘却の底からふたたび浮かび上がってくることに気づくのだ。時をまたぐ想起というものを、ここまでつきつめた作品の凄みには震撼するほかはない。〈アウステルリッツ〉という名前はナポレオンが勝利したかの三帝会戦の舞台の名であることはもちろんだが――ゼーバルトはインタビューの中で、ナポレオンの時代を「無秩序なヨーロッパをもっと秩序立て、組織化し、権力あるものにしようとする見果てぬ夢のはじまった時代」としている――そこにさらに多くの歴史がふしぎな暗喩のように重層的に刻印されていることは右にも少しふれたとおりだ。が、もうひとつ、ゼーバルトがインタビューでAusterlitzがAuschwitzを連想させると示唆していることも指摘しておきたい。最後までひと言も言及されることのない、そして主人公がとうとうたどり着くことのないアウシュヴィッツという場所は、この本の（ひとつの）消失点だろう。調べれば調べるほどに混沌と惑乱のなかに落ちこんでいくアウステルリッツ。どこまで自己と歴史を追っていっても、けっして答えには行き着かない。しかしとこしえの沈鬱のなか、忘却に逆らって破壊と惨禍のあとを見つめつづけるその眼差し――近代へのゼーバルトの眼差しには、思いのほかに強靱な抵抗が秘められているのだ。

ゼーバルトの作品は、小説とも、エッセイとも、旅行記とも、回想録ともつかない作品である。いずれの作品にも、ふしぎなオーラを放つ写真がちりばめられるなかに、著者自身を想起させる伝記的事実をもった〈私〉が登場する。荒廃した建物の歴史が詳述され、破壊された自然が語られる。かと思えば、カフカやスタンダールやナボコフが自在に引用される。ゼーバルト自身が、彼の作品を「ジャンルを特定できない散文作品」と呼んでいた。本書はなかでは小説にもっとも近いものと言えるかもしれないが、その呼称は例外になってはいない。ちなみに、主人公アウステルリッツは仮構の人物とはいえ、その造形は数名の実在の人物に対する綿密な取材にもとづいているという。表紙を飾るふしぎな幼児の写真も、インタビューによれば、この作品のモデルのひとりとなった、イギリスに実在する建築史家の幼少時のものであるとのことだ。

また、訳文中に「〜とアウステルリッツは語った」が頻出してたびたび読みの流れが妨げられたかもしれない。没入しようとする読みからふっと読み手を引き戻すこの挿入は、語りと読者とのあいだにたえず距離を作り出していく手法のひとつであろう。再現的な語りがもはや機能しないことは、現代の作家たちにとっては前提とするべき出発点だった。ジャンルを越えた書き物という手法もまた、いわゆる客観的な語りをとらずに時空を架橋するひとつの方途ではなかったろうか（ゼーバルトが敬愛する作家ベルンハルトが同じ「〜と〜は語った」という手法をとっている。また語り口はまったく異なるとはいえ、戦後半世紀してから収容所の体験を書いたクリューガーの自伝が、経験の再現と物語化をいっさい捨て、時の経過に自覚的なスタンスをとっていたことも思い出される）。通常の翻訳なら省いてしまうところだが、いささかの不自然さをのんで、というよりもいささかの不自然さを感じてほしくて、あえてほぼ原文どおりに入れた。

最後になったが、ゼーバルトの経歴を少し書いておきたい。一九四四年五月十八日（この日付をゼーバルトはひそかに本書の本文中にもぐりこませている）、ドイツ・アルゴイ地方ヴェルタッハ生まれ。ドイツのフライブルク、スイスのフリブールでドイツ文学を修め、六六年にマンチェスター大学の講師としてイギリスに赴任。スイスで学校教師を務めた一年間をはさんで、六九年マンチェスター大に復帰、イギリスを定住の地とする。一九七〇年からノリッジにあるイースト・アングリア大学の文学部講師。七六年にゲーテ・インスティトゥートの講師となるべくミュンヘン他に滞在するが、同年ふたたびイギリスに戻り、一九八八年からは、イースト・アングリア大ヨーロッパ文学の正教授となる。本名はヴィンフリート・ゲオルク・ゼーバルト（Winfried Georg Sebald）だが、ヴィンフリート・ゲオルクを「ドイツ的に過ぎる」とイギリスではマックスを通称とし、筆名には W. G. Sebald を用いた。異郷に生きたゼーバルトにとって、はたして故郷というものはあっただろうか。アウステルリッツは安住の地をもたずにさまよう形姿であった。根なし草になった、こころ安まることのない四人の男の生涯が、スーザン・ソンタグが絶賛した二作目の散文作品『移民たち』（一九九二）に描かれている。『目眩まし』（一九九〇）、『土星の環』（一九九五）とあわせ、散文作品は四作が残された。

ハイネ賞、ブレーメン文学賞、全米批評家協会賞などを受賞したほか、将来のノーベル文学賞候補とも目されていたが、二〇〇一年十二月十四日、運転していた車がタンクローリーに激突して、住まいのあるイギリス・ノリッジで死去した。助手席に娘さんを乗せて運転中に、心筋梗塞を起こしたと推測されている（旧版あとがきの「卒中」は誤りでした）。五十七歳だった。

翻訳にさいしては、蛾の和名（厳密に対応するものはほとんどないため、日本での近縁種を指している）をお教えくださった齋藤哲夫先生、そして多出するドイツ語以外の語の読みや意味をご教示下さった各国語の諸先生がたをはじめとして、お名前を書ききれない多くの方々のお世話になった。また、本文中、バルザックの『シャベール大佐』からの引用は、川口篤さんの訳（東京創元社刊）を一部改変のうえ使わせていただいた。

作品に抗いがたく魅了され、一語一語を嘗めるように味わう喜びを手放したくなくて翻訳をお引き受けしたとはいえ、この半年近くは苦痛と恍惚とをともに味わうことになった。本書を探し出し、翻訳の機会をあたえてくださった白水社編集部の藤波健さんに深謝するとともに、助けてくださった方々に心よりお礼を申し上げます（二〇〇三年六月記）。

改訳版　訳者あとがき

　本書は二〇〇三年にゼーバルト作品の初の邦訳として刊行されたものだが、このたび「ゼーバルト・コレクション」の第六巻として新装なることとなった。収録に際し既訳を見直したが、改訂はいわば微調整にとどまった。ほかの巻よりも漢字の使用が多かった旧版だが、改めて他巻と用字を統一することはできなかった。日本語版のあるトーンが、すでに独自の命を持った何かのように感じられたのである。訳者の事情から六巻の出版までに長い時間を要してしまったことを心からお詫びするとともに、この本が新しい読者の元に、そして以前の読者の元にもまたあらたに届くことを願っている。

　なお、ゼーバルトの他の著作のうち、ケラーやヘーベル、R・ヴァルザーなどについて書かれたエッセイ集 *"Logis in einem Landhaus"*（『鄙の宿（仮題）』）があらたに本コレクションに加わることになった。美しい図版を散りばめ、ゼーバルトが心から愛した作家たちについて書かれた同書をまた楽しみにしてくだされればと思う。

訳者略歴
一九五六年生まれ
名古屋大学大学院博士課程前期中退
椙山女学園大学教員
翻訳家
主要訳書
ベーレンス「ハサウェイ・ジョウンズの恋」
ゲナツィーノ「そんな日の雨傘に」
ゼーバルト「移民たち」
「目眩まし」
「土星の環」
「空襲と文学」
「カンポ・サント」
「鄙の宿」（以上、白水社）

アウステルリッツ（新装版）

二〇二〇年二月二〇日　第一刷発行
二〇二二年一〇月五日　第四刷発行

著者　W・G・ゼーバルト
訳者　©　鈴《すず》木《き》仁《ひと》子《こ》
装幀者　緒方修一
発行者　及川直志
印刷所　株式会社理想社
発行所　株式会社白水社

東京都千代田区神田小川町三の二四
電話　営業部〇三（三二九一）七八一一
　　　編集部〇三（三二九一）七八二一
振替　〇〇一九〇 - 五 - 三三二二八
郵便番号　一〇一 - 〇〇五二
www.hakusuisha.co.jp
乱丁・落丁本は、送料小社負担にてお取り替えいたします。

株式会社松岳社

ISBN978-4-560-09748-9
Printed in Japan

「20 世紀が遺した最後の偉大な作家」の
主要作品を、
鈴木仁子個人訳、
豪華な解説執筆陣、
緒方修一による新たな装幀で贈る！

W・G・ゼーバルト［著］ **鈴木仁子**［訳］

アウステルリッツ 解説▸多和田葉子
移民たち 四つの長い物語 解説▸堀江敏幸
目眩まし 解説▸池内 紀
土星の環 イギリス行脚 解説▸柴田元幸
空襲と文学 解説▸細見和之
カンポ・サント 解説▸池澤夏樹